文昌澜涌

陈静◎著

江苏凤凰文艺出版社
JIANGSU PHOENIX LITERATURE AND ART PUBLISHING

图书在版编目（CIP）数据

文昌潮涌 / 陈静著. -- 南京 : 江苏凤凰文艺出版社, 2025. 7. -- ISBN 978-7-5594-9325-5

Ⅰ. I25

中国国家版本馆 CIP 数据核字第 2025HN6401 号

文昌潮涌

陈 静 著

出 版 人　张在健
责任编辑　项雷达
装帧设计　刘孟云　李少雄
责任印制　杨 丹
出版发行　江苏凤凰文艺出版社
　　　　　南京市中央路 165 号，邮编：210009
网　　址　http://www.jswenyi.com
印　　刷　江苏凤凰扬州鑫华印刷有限公司
开　　本　787 毫米 ×1092 毫米 1/32
印　　张　10.25
字　　数　216 千字
版　　次　2025 年 7 月第 1 版
印　　次　2025 年 7 月第 1 次印刷
书　　号　ISBN 978 - 7 - 5594 - 9325 - 5
定　　价　68.00 元

自序
往事如歌

二十年，日月如梭，弹指一挥间。在历史的长河里，如沧海一粟，似浪花一朵；在人生的岁月里，化茧成蝶风华正茂，是青春的华章，是最美的风景。

江苏省扬州市广陵区曲江街道文昌花园社区2005年成立至今，已走过二十年光阴。二十年前，它像一个呱呱坠地的婴儿，在沧海桑田回响着“广陵潮”涛声的广袤大地上横空出世。从开工时挖下的第一锹土，到一百多栋高楼拔地而起，运河之滨诞生了扬州最大的拆迁安置小区，老百姓实现了梦寐以求的居有其屋的夙愿。

二十载奋斗，筚路蓝缕，砥砺前行。从曾经的路不平、灯不明、家不宁、地偏人杂是非多，到成为和谐社区建设的“扬州样板”、全国颇有影响的明星社区、群众心中的幸福社区；从逐浪荒滩到和谐安居，前行的每一个脚步，都荡漾着“广陵潮”的时代鼓点，厚植着人类文明的时代底色，回响着水域之美和曲江观潮之盛的遗风余韵，成为扬州城乡变迁的一个缩影。

二十载发展，激情澎湃，铸就辉煌。“全国创先争优先进基层党组织”“全国文明社区”“全国和谐示范社区”“全国民主法治示范社区”等20多项国家级荣誉榜上有名。社区“领头雁”郑翔书记先后荣获“全国小巷总理之星”“全国模范小巷总理”“全国先进工作者”“全国优秀党务工作者”“全国三八红旗手”等10多项国家级荣誉称号，被授予江苏第二十位“时代楷模”，当选党的十八大、十九大、二十大代表。其治理社区形成的经验，获评“全国100个优秀社区工作法”，《人民日报》、中央电视台等众多媒体关注“文昌经验”，“文昌经验”在全市获得推广。扬州市委发出向郑翔同志学习的号召。

每一份荣誉的背后都是恪守初心的执着坚守和无私付出，都是不忘使命地服务百姓和满足需求，都是勇于担当的尝试创新和自我超越。

创新开通首个“社区110”电话，引进成立46家服务型社会组织，开办社会组织公益集市，打通服务居民群众的“最后一公里”；

鼓励社区党员牵头，成立28支民间服务队、23支文化活动队，成立扬州市首家社区邻里中心，开设雷锋信箱，创办社区小报《和谐文昌》，建设城市书房，多措并举引导居民群众共同营造文明氛围；

分众问需，创办扬州首个社区托老所、建成社区老年公寓，注册0~3岁婴幼儿照护中心，为下岗职工和失地农民创办的“家门口饭碗”服务社已成为服务项目灵活多样的服务平台，开办慈善超市，成立残疾人之家等等，走出了“全龄化服务”的新路子；

民情恳谈室、专题听证会、协商议事会、五议工作法等构建了多元化自治平台，推动基层治理迈上新高度，实现了“民事民议民受益、民事民管民满意”。

…………

日复一日，年复一年。怀着“让老百姓幸福是我一辈子的追求”这份初心，郑翔书记带领社区一班人，“心声呼声建议声声声入耳，急事难事群众事事事关心”。在扬州市创下20多个“第一”，为了问题而创新，为了居民而付出。社区千头万绪的事，说到底是千家万户的事，大事小事，只要群众有需要，他们就没有“分外事”。

无数个日夜的坚持与付出，较好地诠释了他们“老百姓说好才是真的好”的工作理念；记录了文昌花园由出了名的“三多三难社区”，困难家庭多，群众生活难；矛盾纠纷多，凝聚人心难；不良现象多，文明和谐难，到“宜见扬州好地方”的宜治、宜安、宜商、宜业、宜行、宜养等二十宜的心路历程；定格了拆迁安置农民华丽转身变成文明的城里人，下岗失业人员重新燃起生活的希望，剑拔弩张的邻里和谐相处的每一个瞬间；见证了社区变迁的进步与成就，城乡融合发展的精彩蝶变，以及发生在老百姓身边的幸福美好和那些让人感怀的记忆。

一个个民生愿景变成一幅幅幸福实景，一个个文昌人奔向和谐的精彩故事，奏响了文昌社区的“幸福之歌”。“人生只合扬州住，福地文昌享太平。”“月亮城中皆碧玉，璀璨明珠数文昌。”“新政惠民楼宇耸，平常百姓有新家，拆迁解困春风暖，满脸阳光灿烂花。”这些居民们发自肺腑的诗文写出了他们的骄傲和自豪，抒发了他们安居乐业的心声。

梧高凤必至，花香蝶自来。中央、省、市多个条口的会议都把文昌花园社区作为来扬州必看的现场参观点；率队来社区视察参观调研的既有党和国家领导人，也有中央、省、市各个层级的领导，大家对文昌花园“精致和谐，舒适宜居”的人居环境赞不绝口，赞许郑翔“一个人和谐了一个社区”。江苏省委组织部领导称赞郑翔充分彰显了新时代基层工作者“有形的价值观，鲜活的正能量”。

日本福祉大学的专家学者、第五届丝路青年行的青年们、第13期阿拉伯国家官员研修班学员、金砖国家人文领域的各界人士代表等国际友人也先后来到文昌花园社区参观学习。联合国原副秘书长、人居署执行主任安娜·朱莫洛·蒂贝琼卡女士来扬期间，参观了文昌花园的人居环境和居民家庭，欣然题词：“我很高兴参观了文昌花园社区，这是一个快乐的模范社区。非常精彩，祝贺你们！”

历史需要记忆，印象需要珍藏。让我们一起走进文昌花园社区栉风沐雨的二十年，从岁月磨砺中去体验古城扬州城乡快速融合前所未有的激情速度；去感受扬州城乡面貌蝶变势不可挡的蓬勃力度；去触摸扬州城市建设发展中彼此协调又相互融洽的人文温度。

目录

第一章　好地块留给拆迁户

一

拂去历史的尘埃，三千多年前，这片广袤的土地是长江与东海的交汇处，弯曲形的江面烟波乾坤，白茫茫的一片。

每当曲江出现泥沙淤积，河道变浅，潮水奔涌至此遭遇阻滞，雄浑壮阔的怒潮便会应运而生。刹那间，汹涌澎湃的“逆浪”从大海深处呼啸而来，声如惊雷破空，势若万马奔腾，浩浩荡荡，不可阻挡，鸟来不及起飞，鱼来不及回转，兽来不及躲避……这摄人心魄、令人神往的壮观景象，逐渐发展为备受瞩目的民间盛事“观潮”。无论是身着华服的达官显贵，还是布衣芒鞋的市井百姓，都争相前往一睹为快；更引得文人骚客纷至沓来，留下无数动人诗篇。

股股巨浪激发诗人满腹的才情，隆隆涛声助兴文人墨客的狂欢。从汉乐府《长干曲》“妾家扬子住，便弄广陵潮”，到西汉文学家枚乘的《七发》“往观涛乎广陵之曲江”，以枚乘最为详尽，不仅凝练道出广陵潮“疾雷闻百里；江水逆流，海水上潮；山出云内，日夜不止。衍溢漂疾，波涌而涛起”的特点，更以抽丝剥茧之笔，由表及里、层层铺陈，生动描摹出广陵潮奔袭而来时震天撼地的磅礴声势，以及席卷一切的雄浑气魄，“其始起也，洪淋淋焉，若白鹭之下翔。其少进也，浩浩溰溰，如素车白马帷盖之张。其波涌而云乱，扰扰焉如三军之腾装……”，成为众多描写广陵潮的辞赋佳作中最负盛名之作。

“广陵潮”回响在众多脍炙人口的诗赋里，更是催生出被后世赞誉为“一词压两宋，孤篇盖全唐”“诗中的诗，顶峰上的顶峰”的《春江花月夜》。唐代诗人张若虚一生漂泊，仕途跌宕起伏，然而“曲江观潮”的壮丽景象却在他心中深深扎根，始终萦绕不去。正是家乡曲江吞吐江海的雄浑气象，点燃了他内心汹涌的诗情，激发他以诗为舟，探寻宇宙与人生的深邃奥秘，发出了直击苍穹的哲学之问——“江天一色无纤尘，皎皎空中孤月轮。江畔何人初见月？江月何年初照人？人生代代无穷已，江月年年望相似。不知江月待何人，但见长江送流水”。

人事有代谢，往来成古今。在千年一瞬、沧海桑田的地域流变中，这里因泥沙逐渐沉积，水下沙坎陆续露水成洲，形成大片的河漫滩地，低洼处留存一些河流与夹江。智慧的人类依水道挖河筑坝建闸，保漕泄洪排涝护航，沙河连接起长江与古运河扬州城区段，这里成为人们从长江进出扬州的必经水道。从清朝王锦云的《扬州忆》“东关城外艇如鸥”，可以想象当时的舳舻千里，帆樯连云，万丈惊涛，千秋繁华。静水深流，曲江潮的壮观胜迹虽然早就消失，人们再也无法聆听大海旷远深沉的低语，无法目睹潮涨潮落的浩瀚与磅礴，喧嚣浮华散去，留下的唯有深邃的文化底蕴。

直到上世纪五十年代末京杭大运河的截弯取直，切断了沙河水道，这里的水系与长江水域失去沟通，也失去了往日的繁忙。因无人问津，河床日趋淤浅，河滩长满芦柴，人们利用河滩湿地开荒种田，利用水系筑埂围塘放养水生作物，筑坝围塘养鱼养虾。一些工厂企业为扩大发展空间也陆续在此安家落户，污水和废弃物直接排放或倾倒进入沙河，一些河塘也成为扬州的垃圾填埋场，水流变质变色，水系成了杂草丛生、垃圾成患的臭水沟，这里也成了扬州东郊“脏、乱、差”的代名词。

斗转星移，几经沧桑，上世纪七十年代中期，在“农业学大寨”的热潮中，扬州市委、市政府为彻底解决农田的排灌水问题和改变东郊“脏、乱、差”的环境面貌，全面启动了更新改造老沙河滩工程。重新组合沙河水系，疏浚旧河床，开挖新河塘，建筑滚水坝、涵洞、桥梁、排灌站等设施，从根本上解决了东郊境内的旱涝之忧。

城东公社利用废弃沙河滩地开挖标准化精养鱼池，开垦沙河两岸荒地，建起了养猪场、养鸭场和养鸡场等附属配套用房，发展规模水产养殖业，组建东郊副食品生产基地。取名时还颇费了一番周折，“沙河渔场”“城东渔场”……不确切、不雅致、太一般，一个个提出来，又一个个被否定。在众人争论不休、举棋不定时，时任城东公社的党委书记提出，沙河在古代曾经叫过“曲江”，西汉枚乘的辞赋《七发》中“观涛乎广陵之曲江”，就是指今沙河一带，何不以此为据定名为“曲江渔场”？这一富有历史和文化遗韵的提议得到大家的认可，“曲江渔场”正式定名对外挂牌，“曲江”也成为东郊的代名词被广泛沿用。

勤劳的人们在“曲江”这片土地上日出而作，日落而息。他们穿梭的身影，是这片土地最宝贵的财富，如同自然的一部分，随着风的节奏，随着季节的变换，一刻不停地忙碌着；他们的脚步虽然沉重，却充满了力量和韵律，那是大自然的律动，也是生活的节奏；他们的笑容，虽然带着疲惫，却充满了温暖和希望，是对生活不屈不挠的宣言。他们怀着对劳动最真挚的敬意，用双手和汗水在泥土上书写着生活的篇章，用勤劳和智慧传承着古老农耕文化的价值和精神，谱写出一首首改天换地的壮丽史诗，诠释着对未来生活的美好期待。

二

1992年的春天在中国当代史上具有无限丰富的寓意，一位82岁的老人面对浩瀚澎湃的太平洋，指点江山，激昂情怀，一时间春潮带雨席卷大江南北、长城内外。在曲江这片被春风吹醒的土地上，新的希望和梦想在世纪交替的风中翩然起舞，一波波新的“曲江潮”正挟着雷霆万钧之势滚滚而来，如同洪流汇聚，再一次敲响时代的鼓点，激荡起新时代的澎湃潮声，唱响“广陵潮”的高光时刻。

有人说，城市是人类改造自然最深刻的地方。世纪之交，随着我国延续半个世纪的福利分房制度的终结，各地的房地产开发如火如荼，时代洪流中的扬州也不例外，整个城市像一个庞大的建筑工地……在拆与建、修与复、治与理、堵与疏中“深刻”改造着。身在其中的每个扬州人都能触摸到这种巨变，人们在时空交替中享受着变化带来的每一个细节，感受到一个与大时代接轨的扬州正在快速崛起。

贯穿扬州城区的古运河，作为孕育、缔造并见证了千秋扬州城的崛起、繁荣与变迁的母亲河，曾经是历代漕运和盐运的必经之道，名副其实的黄金水道，两岸蕴藏着丰厚的旅游资源和人文景观。然而，随着岁月的沧桑变迁，古运河扬州城区段年久失修，沿岸水利工程老化，大量工业废水及生活污水的排入，导致水质严重恶化，水体暗黑并时常散发腥臭，像一条蒙尘的玉带，淹没在沿河而立的一座座颇具规模的工厂和两岸千姿百态私自搭建的低矮破旧房屋中。

经过反复调研、科学论证，市委、市政府作出整治市区古运河的决策，投资3亿多元综合整治古运河城区段，对总长13.5公里运河的沿河区域进行房屋拆迁、河道疏浚、河边驳岸、污水截流、道路改造以及实施滨河绿化工程，再现昔日“运河波影碧悠悠”的美景，彻底消除多年来困扰扬州社会经济发展和人民生活的隐患，将古运河打造成市民与外地游客品运河文化、赏运河风光的“休闲外滩”。

古运河整治是一项浩繁的综合工程，沿河两岸3000多户居民、100多家单位，50万平方米的危旧房屋、棚户的拆迁安置工作是整个整治工程的第一步，谈何容易？拆迁工作搞不好，驳岸、疏浚、道路、绿化等后续工程将无法展开。因此，拆迁安置工作成为整个古运河综合整治工程的重中之重，也成为摆在市领导案前的一大难题。

同时，为保护古城，拓展城市发展空间，市委、市政府根据城市建设总体规划，决定建设一条新十里长街——文昌路，贯穿城区东西，既是时代发展轴，也是展现“唐宋元明清，从古看到今”的时空轴。文昌中路延伸段六车道马路的拓宽改造及东延工程，推动了扬州东郊城市化进程的加速，大面积的拆迁，让一批农民失去赖以生存的土地，如何安置他们也成为市领导亟须同步考虑的一大难题。

让居者有其屋，这是多少年、多少代人的愿望。市领导带着规划、国土、建设、房管等相关部门负责人，在多次实地探访考察地形，反复比较权衡，充分论证的基础上，决定就近安置，将文昌中路北侧，古运河和京杭大运河之间的这一风水宝地拿出来，画了一个圈，“就是这里了！”在市区东郊建一个扬州最大规模的拆迁安置小区，把古运河两岸的部分拆迁户和东郊大面积拆迁的老百姓就近安置进这一小区。当时尚且偏僻，不通路灯的沙河滩瞬间经由命运的“变车道”，驶入发展的“超车道”。

方案一出如“一石激起千层浪，两指弹出万般音”，成为大家的第一谈资，引起很大争议。有的领导认为这么好的地段，和城区一河之隔，用来建安置房，可惜了；有的认为这么好的地块，应该让它利益最大化，用来开发房地产；有的认为这么好的地段应该有一个更长远的规划，拆迁安置房的选址一般都是远离城区，比较偏远，规划上也是低档次、简配套，施工低成本，在这么好的地段建，将来再让他们搬迁就不容易了。但也有领导认为这届政府是为民办实事的，这个选址是站在老百姓的立场考虑的，定得太偏，老百姓根本就不愿意去，拆迁的难度也会加大；还有的领导认为征地拆迁，事关人民群众切身利益，政府不能光想着自己的利益，拆迁户已经为城市发展做出贡献，不能对他们不负责任……

众说纷纭纷纷扰扰，市主要领导有过犹豫，最终力排众议一锤定音。不仅要建，而且要“高起点规划、高标准建设、高质量管理”，把它建成一个设施配套齐全、功能完善、环境优美的示范性小区。

市领导认为作为城市的管理者一定要打破思维定式，拆迁安置小区并不是远离城区交通不便、品质一般、配套不全、管理脏乱差的代名词，政府只有站在被拆迁人的立场，解决他们的现实问题，打消他们的后顾之忧，他们才会选择离开固有的生活环境，从感情上、心理上理解支持拆迁，在行动上配合拆迁。

市领导一再嘱托市相关部门和项目实施主体的负责人要带着责任、带着使命走进项目，形成凝心聚力、共谋发展的强大合力和浓厚氛围。吩咐广陵区领导和相关部门主要负责人要深入一线、靠前服务，现场协调解决项目推进过程中遇到的困难和问题，以最短的时间、最快的速度，推进项目快审批、快开工、快建设、快见效。

在后来的项目推进中，市领导始终以一个领导者的远见和魄力，一个拓荒者的胆识和勇气，找准症结、抓住关键、统筹协调，按照既定方案、时间节点有序推进项目进展，确保工程建设充分惠及民生。

三

这一惠民的安居工程被列为市委、市政府为民办实事重点工程，由市房管局牵头成立文昌花园建设工程指挥部，一把手担任总指挥，所属经济适用住房发展中心具体承担建设任务。他们精心挑选合作伙伴、倒排时间节点、细化工作方案，加快前期手续办理。

在规划设计上为体现“以人为本”和“三高”的理念，市规划设计院邀请上海勘察设计院直接参与设计，前后五易其稿，在环境系统、道路交通系统和公共配套等方面都形成自己的特点。专家们付出极大的心血和精力，几乎到了心力交瘁的程度，一叠叠厚重的图纸从他们手中勾画出来，无论是总体规划，还是单体工程设计，都力求做到匠心独运，科学规划合理布局，既让空间利用最大化，又体现现代高端上档次，让老百姓得到实惠。

整体布局上，文昌花园小区打破了扬城流行的“四菜一汤”形式，即中心一个广场，周围是居民楼的做法。根据原有地形地貌，将西南角的河流加以改造，设计成一个广场，形成视觉上的亮点。如今，一条小河从小区西南角斜穿过去，河的两边，树木葱茏，鸟语花香。东段通过涵洞穿越文昌中路，连接一路之隔的曲江公园，中段流淌的正是老沙河，西边与沙施河相接，而沙施河是通往古运河的，并顺着古运河与滚滚长江水一起汇入茫茫大海，河水无声，一路逶迤诉说着千年文脉。

小区规划总用地面积600亩，其中住宅用地480亩，住宅和公建配套总建筑面积45万平方米，计建楼房116幢，形成5个组团，以表示文明、吉祥、雅致的“康、盛、萃、贤、德”5个字对楼栋组团予以命名，分别为文康苑、文盛苑、文萃苑、文贤苑、文德苑。其中多层住宅90幢，主要用于城市建设改造和古运河综合整治拆迁户的安置，高层住宅12幢，公共配套用房14幢，小区住宅建筑净密度28%，容积率1.13。

奉行“现代高端上档次”的理念，小区南大门设计了长四五十米，高将近十米的大门头，门头上“文昌花园”四个大字在蓝天的映衬下格外醒目，从文昌路上一眼就能看到，成为当时扬州最宽敞、最气派的小区门头。从文昌路弯过来，一条主干道通往小区深处，进入大门，仿佛穿越了时空隧道，车水马龙的喧嚣声瞬间被温柔地隔绝在外，只留下脚下柏油路的轻响和远处偶尔传来的鸟鸣。

在营造自然生态环境方面，以“水”为景观轴线，广场中心地区建有由绿树、草坪、小桥、流水和石滩构成的“十”字形大道，中心花园四周由环形水池和花草灌木围合，绿化率高达45.5%。错落有致的绿植环绕着静静的水池，四季变换中总有不同的风景：春日里，百花齐放，争奇斗艳；夏日，绿荫如盖，为居民们提供一片凉爽的避暑之地；秋风起时，金黄的落叶飘然而至，踏上去沙沙作响，别有一番风味；冬日雪后，银装素裹，更显小区的宁静与纯洁。这些自然景观不仅美化了环境，更让居民们在繁忙之余能享受到一份难得的宁静与放松。

小区配套两个地下人防停车场1万平方米，1000个小轿车泊位，现在老小区最大的问题就是停车难，车位紧张，有的老小区甚至为了争夺车位大打出手，闹得不可开交，居民间反目成仇。可在文昌花园小区，却没有这个矛盾，除了地下停车场，小区内宽敞的人行道到处都是停车位，这种20年仍不显落后的超前意识不得不让人佩服。

最令人羡慕不已的是小区内万余平方米的中心花园广场，是小区居民晨练、休闲、娱乐和组织开展活动的绝佳场所。特别是傍晚时分，老人们在这里三五成群四五一堆地下棋聊天锻炼，孩子们则在嬉戏打闹骑车玩耍，欢笑声此起彼伏，构成了一幅温馨和谐的画面。在这里，你可以暂时忘却尘世的烦恼，感受到那份难得的亲情与归属感。可以毫不夸张地说，二十年后的今天，依然能让人跷起大拇指，佩服当时的人怎么会考虑这么长远、这么周到！

中心广场南北纵深160米，东西长280米，中心部分呈直径42米的圆形，设有下沉式音乐喷泉，东、南、西三个出入口，内筑亭台、小桥、喷泉、山石、河道、花架廊等。广场中央竖立着一座“群鹤腾飞”的不锈钢雕塑，高达6.8米，上方有一群仙鹤，正展翅腾飞，在阳光下闪闪发光。其南侧底座刻有“鹤舞文昌，紫气东来”的字样，北侧则刻有“安居乐业，吉祥如意”的字样。这座古城扬州的第一座街景雕塑，最初寓意“腰缠十万贯，骑鹤上扬州”，在城市道路拓宽改造工程中一度被闲置，但在2004年秋天落户文昌花园小区后，就成为文昌花园社区标志性吉祥物。

小区的以人为本不仅体现在内部规划上，还体现在公共设施的配套齐全，经济适用。大家最关心的小孩子上学，小区配套了建筑面积7200平方米的东关中心小学文昌校区，2018年改名为扬州市朱自清小学；6300平方米的明月幼儿园，现为育才幼儿园文昌园。600多平方的社区办公用房更是一般社区望尘莫及的。另外还配有社区卫生服务站

（保健室）、老年公寓、物业管理中心、垃圾中转站及沿街商业网点6万多平方米，应有尽有，可以说是一个交通便捷、环境优美、设施齐全的宜居理想住宅小区。

更让老百姓受益的是在小区对面，文昌中路南侧，京杭大运河畔，利用原沙河胡家湾段遗址上的天然河道遗迹，同期规划建设了一座占地近400亩的曲江公园。园内建有广场、水域、绿地三大板块风景区，并按照老沙河自然地貌特点，沿滩植柳，依河筑景，打造了九龙戏水、百舸争流、露珠滴翠、荷塘月色等八大景点。后又通过堆山理水复原“曲江观潮”之景观，建有景观亭，市民可“登山观潮”，打造了亲水平台和林荫慢道，种植近百种乔灌木，这座开放式公园是扬城东区最大的市民休闲活动场所。

2002年6月26日，这一天在扬州人居历史上是个值得铭记的日子。万众期待和瞩目之下，伴随激昂的奏乐，现场彩烟缭绕，领导们共同挥动金锹，为文昌花园小区奠下了重要的一锨土，让项目根基牢牢扎在这片热土之上。

工程总投资7.23亿元，计划2005年全部建成，并分期投入使用。10家房地产开发公司，60多家施工单位联合开发，100栋大楼同时开工，5000多人在工地上展开“会战”。热辣滚烫的施工现场，放眼望去，彩旗飘飘，塔吊林立，机器轰鸣声、打桩号声此起彼伏，机械拌和、振捣、风镐冲击声回荡在“广陵潮”的余韵里。大型机械在项目现场来回穿梭，挖掘机长臂挥舞，如同舞者的伸展，轻盈而有力，工人们忙碌地挥舞着手中的工具，像精巧的乐师一样，演奏着一曲曲完美的施工之歌。

建设中的日日夜夜，大家都憋着一股劲，仿佛已经忘记了时间的流逝，全身心投入到项目中。“朝夕尽争，躬耕不辍；披星戴月、奋战正酣。”昼夜灯火通明、焊花飞溅，一派繁忙的建设景象。那场景甚是壮观，大家的热情和努力让整个场景变得更加生动和感人，在扬州历史上可以说是“前无古人”，声势浩大。项目现场同时也牵动着拆迁安置户们的心，只要有时间，他们就会跑到工地看进度，讨论房子的户型，拿到手后怎么装修，他们期待着梦想成真的日子。

指挥部人员也是夜以继日、埋头苦干，与各参建单位及时处理施工过程中遇到的各种矛盾和问题，制定工程质量、工程进度、品质工程等方面的管理办法及实施细则。按照“安全、环保、舒适、和谐、经济”的原则，全面实施工程建设管理工作，把它当作一项精品工程项目来推进，高标准严要求建成扬州首屈一指的住宅小区和大运河畔的“明珠园”，为古城增辉，为百姓造福。

从最初的谋划、纸上的蓝图，到热火朝天、生机盎然的施工工地，市领导更是时刻关注，指导规划设计，实地督查工程进度和质量情况，组织各类会议代表参观考察，及时协调相关部门处理各类难题。税务部门按照系统要求要按房地产开发项目收税，他们化解了；为让老百姓得到更多实惠，土地性质由划拨到出让，他们协调了。各相关部门也在政策范围内对这一民生实事大开方便之门，能减的减，能免的免，一切为了项目早日完工，一切为了老百姓早日住进新房。

业内人士认为，文昌花园小区的开发在扬州房地产史上可以大书一笔。不仅首次在扬州引进“康居工程”的概念，作为一项政府的“民心工程”，在房地产开发、销售和物业管理上也都相继推出新的模式。改变了过去一直沿袭的经济适用房指定某开发公司负责开发的做法，引入市场竞争机制，对开发公司进行招投标，实行“阳光操作”。16家单位报名，苏房、中房等10家开发公司入围，他们一般资质都在3级以上，开发实力强、质量优、社会信誉好。

作为“康居工程”的又一创新之举，是文昌花园小区实行统一销售模式。开发商开发的房屋交由扬州市经济适用房发展中心统一销售，这既可以让开发公司安心开发，保证质量，又可以对销售对象进行严格控制。此外，在开发过程中，物业管理同步介入。物业管理也实行市场化运作，进行招投标，这在市区的经济适用房小区中也是首次。

匠心耕耘结硕果，历时3年多时间的精心施工，在这片神奇古老的土地上，阡陌连片的农田碧野滩涂被鳞次栉比的高楼、蔚然如画的公园、规模宏大的小区所取代，这里前行的涛声依旧，令人沉醉。文昌花园小区达到了经济适用房“标准不高水平高，面积适中功能全，造价不高质量高，占地不多环境美”的理想要求，成为扬州经济适用房的第一品牌。

四

2004年9月28日，是古运河两岸拆迁户终生难忘的日子，不少人欢呼雀跃，激动地说：“终于盼到了这一天！”他们翘首以盼期待已久的日子终于来临。

这一天，刚竣工对外开放的曲江公园成了欢乐的海洋。轻快的音乐声为这个收获的季节增添了喜庆的气氛，对拆迁户们来说，耳边唱响的《好日子》就成了最贴切的心情写照。扬州市经济适用住房发展中心在曲江公园门前举行首批拆迁户发放钥匙仪式。市委、市政府主要领导等亲临现场，向首批喜迁新居的拆迁户表示热烈祝贺，并向他们发放新房钥匙。

接过新房钥匙，也就意味着新生活的开始。“你看，这是厨房、卫生间，这是两个卧室，比瓦片房好太多了，以前和现在没法比。”不少居民感叹“文昌花园比洼字街‘好了八辈子’”。古运河两岸留给他们的是低矮、积水的记忆，即将入住的文昌花园却如此整洁明亮，小区环境堪称一流。更舒坦的是，被视为东部城区“生态明珠”的曲江公园近在咫尺，这道窗外的风景就像自家的后花园，为他们提供了一个休闲娱乐的绝佳去处。一些原居住在古运河边披棚内的老人，拿到新房钥匙后高兴得热泪盈眶，连声说道：“万万没有想到，我到晚年也能住进新大楼，这是党和政府为百姓办的一件大好事啊！”

古运河综合整治刚启动时，很多居民都是反对的，原居住条件好的，认为自己单门独院，拆迁后去住商品房，很不自在；条件差的，觉得自己换个房子还要贴钱、还要装修，心中很是担心。虽然运河边属于老旧小区，卫生问题和环境隐患突出，但在古城区域内，可谓黄金地段。且故土难离，有的居民也不舍得搬走。但亲眼见证了文昌花园建设过程中的点点滴滴，感受到市委、市政府一切为他们考虑的初衷，“真的没想到，安置房的设计这么好，环境这么棒。”他们感到满意安心。

文盛苑93幢一单元九旬老人罗春华，历经人间忧患，辛劳一生。拿着新房钥匙，打开门第一次踏入自己的新家，南北通透的设计明亮通风，三房两厅格局的合理分布很人性化，阳台上开阔的视野让人身心放松……一切都让他直观感受到新家园的“高大上”。他说：“我这一生，上半辈子住的是草房，上世纪70年代家里虽翻建了3间小瓦房，但一家五六口挤在里面真不是滋味。现在拆迁安置能住上花园式的宽敞楼房，真是做梦也没有想到。”

首批拆迁户的入住，吸引了还在观望等待的拆迁户们，大家议论纷纷。有的说：“现在想想，这个地理位置也不错，西连老城区，东临京杭大运河，南门口一条文昌路，串联东西，交通非常方便。”

有的说：“小区环境没得话说，外部环境的改造还在如火如荼地进行，与曲江公园隔路相望，与古运河沿河风光带比邻而居，就像生活在花园里。”

有的说：“配套的幼儿园、小学都是扬州有名的，小孩上幼儿园、小学都不要烦神。”

有的认为，这次参与开发的房地产开发公司都是在扬州有一定名气和实力的，质量绝对过得硬。何况这是扬城首家“康居工程”，又是“民心工程”，他们不敢搭浆。一些消息灵通人士还说“有几个虽然实力强但群众意见大的开发公司都被淘汰了”。

那段时间，待拆迁家庭里谈论最多的话题就是“拆迁”。拆迁合同，签，还是不签，困扰着他们。毕竟先签合同的，可以先选房，先拿房。他们有的希望通过拆迁造福，改善居住条件；有的希望通过拆迁造富，实现财富的剧增与暴富的梦想。既想早点拿到新房子，又想再坚持坚持，看能不能争取到更多的利益。正如人们常说的拆迁很简单，拆毁旧房子、老街巷；拆迁不简单，拆出社会万象，世态人生……

第二批，第三批……一批一批的拆迁户携家带口走进了文昌花园小区。洼字街的来了，二畔铺的来了，便益门的来了，沙口村的来了，新农村的来了，新星村的来了……居民来了，农民来了，小商小贩来了，下岗失业的来了，失地无业的来了，困难无助的来了……4000多户家庭中，来了70%的拆迁安置户，人越住越满，生活越来越丰富，矛盾也越来越多，管理的问题迫在眉睫地摆上领导的议事日程。

第二章　怎么就“沦落”到只能到社区

一

“一流的小区就要配一流的管理人员，安置小区更需要有高水平的管理者。”“既是民生工程，就要把它做好做到位。”小区建好，按照属地管理的原则，移交给广陵区管理，这是市领导对广陵区的要求，也是小区居民的殷切期盼。

当时的扬州市广陵区正在纠结懊恼着急中，先后两位国家领导人来扬州视察工作，起初市里面拿的方案都安排了广陵区的视察点。可有的老小区，虽然名声很响，有软实力，但周边环境杂乱陈旧，缺乏硬实力；有的新小区，虽然有硬实力，外表光鲜，但居民素质偏低，缺乏管理，软实力跟不上，最终都未能如愿，与国家领导人的视察失之交臂。

广陵区曾经是扬州唯一的城区，只有4个街道，和郊区的区域关系被戏称为蛋黄和蛋白的关系。虽是城市的核心地段，却缺乏发展的空间，特别是住房制度改革以后，郊区的各大楼盘如雨后春笋般在大地上蔓延开，广陵区却只能局限于古城的保护中望地兴叹。2002年的区划调整，让它从“蛋黄”中蹦出来，文昌花园小区所在的郊区城东乡成为广陵区的曲江街道，文昌花园的移交让广陵区的领导欣喜之余压力倍增。

那时，在扬州要论居委会的管理水平，广陵区排第二，就没有人排第一。原来的纯城区培养了一大批居委会管理人员，特别是企业改制后，一批年富力强，有着群众工作经验和基础的下岗人员，进入居委会工作者行列，改变了过去“居委会老大妈”的形象。率先向社会公开招聘社区工作者，更是让广陵区的社区居委会管理工作如虎添翼，注入新的活力。原来的郊区是纯乡镇，没有一个居委会，随着一个个新小区的建成，才有了居委会，当时几个有名的居委会主任都是从广陵区交流过去的。

文昌花园小区是全市的示范工程，要让它成为“永久牌”的示范，必须找到与之相匹配的合适人选，这不是一件容易的事。市领导的要求，小区居民的期待，都让广陵区领导感觉到责任重大。一场推荐、寻找、确定合适人选的讨论，在广陵区的相关领导间展开。已有的典型，虽然经验丰富，群众工作能力强，但有的年龄偏大，不利于社区的长期发展；有的学历偏低，不一定能适应社区居委会工作的新形势新要求。有学历、年轻的，要肯吃苦愿奉献、有耐心懂情怀、有激情会创新、有基础上手快、素质高可培养，同时具备这些条件的人在哪儿？

领导们的目光像雷达一样在全区的社区居委会工作者队伍中扫来扫去，一个个人选提出，被否定，提出，被否定，最终聚焦在一个人——文峰街道宝塔社区党总支书记、社区主任郑翔身上。

为什么会是郑翔？历史选择郑翔的必然性又在哪里？

当时的郑翔，40岁刚过，中共党员，大学毕业，在企业从技术骨干做到生产科长、项目组组长。企业改制后，借用到街道参与人口普查，普查结束后留用在街道劳服所、团委工作。2002年9月，在广陵区率先向社会公开招聘社区工作者的考试中脱颖而出，走上广陵区文峰街道宝塔社区党总支书记兼社区主任的岗位。

在宝塔社区3年不到的时间，她用实际行动改变了大企业瞧不起小社区的观点，赢得辖区大企业的尊重和支持；她白手起家，寻场地，找资源，建成当时广陵区最大的社区办公用房和广场；她根据居民特点，打造“爱心社区”的特色，率先将“居家养老”的概念引入社区；她办起了慈善超市，组建各类活动队……全身心服务居民群众，成为大家拥护和信任的“大家长”。宝塔社区由原来没有一点名气的家委会，慢慢进入全区社区工作第一方阵，成为当时广陵区社区工作的一个标杆。

只要对她一路走来的轨迹稍加分析，便不难得出这样的结论，她是一个年轻有闯劲，做事认真，事业心强，有一定奉献精神的实干者。有一定的领导能力，有社区工作的经验，有群众工作的基础，不正是“众里寻他千百度，蓦然回首，那人却在灯火阑珊处”？

可对于郑翔来说，她在宝塔社区的发展可谓顺风顺水，低开高走，即便此时冒出点坐享其成的小思想也是人之常情。但恰恰在这个节骨眼上，她事业的方向盘突然一个大转向：到文昌花园社区工作。

领导找她谈话，说是调她到文昌花园社区工作。从领导的谈话中她隐隐约约感觉到“这个地方难管，是拆迁安置小区，别人管不了，只有你能管”的意思。郑翔蒙了，一头雾水，什么状况？文昌花园社区在哪里？是个什么样的社区？领导为什么这样说？宝塔社区刚走上轨道，自己就要走了？还这么突然？

组织上选派郑翔到文昌花园社区工作，消息很快传开了。明眼人都知道那就是个“烫手山芋”，躲还躲不及。

有人劝她：“你家住西区，文昌花园在东区，每天要穿过大半个扬州城上班，太不方便了”。

有人对她说：“宝塔社区的工作已经打开局面，果子成熟了怎么能让给别人摘呢？”

也有人提醒：“文昌花园社区是最大的拆迁安置小区，工作不好做，吃力不讨好，就怕‘自己忙了一身汗，群众还是不点赞’”。

甚至有知情人跟她说：“那些拆迁户野尼，好多都是侉子，那里就是一个雷区，随时都有可能引爆。最好不要去，去了也做不好”。

郑翔心里无比郁闷，她想不通，为什么自己的人生会这么纠结折腾，企业改制、区划调整、竞聘上岗，刚得心应手又要重新去开辟新的战场。每一步都被时代所裹挟，容不得自己自觉自愿去选择，每一次都来得那么猝不及防，容不得自己去慢慢想通。那些人生的过往像运河水摇曳着逶迤而来……

二

1985年，21岁的郑翔随家人从山东济宁回到故乡扬州。济宁和扬州都是中国历史上著名的运河城市，因为有南来北往、川流不息的行船停靠，它们繁华起来；也因为商贾、行人、船夫、河工各色人等歇脚休闲，它们缤纷起来。它们是运河水擦拭得溜光铮亮的珠子，被时光缀饰在两岸。运河不但畅通着漕运，给国家带来强盛；还浇灌着田野，给黎民带来富裕；更以它的流动、它的贯通、它的深邃、它的柔情来孕育文化、创造文化。像用水和面一样，运河水用它无可比拟的柔情和黏合力，将不同地域的文化融合在一起，滋养了郑翔水一样的柔性，赋予她超尘出俗的想象力和创新力，谁也没有想到她会在未来的社区工作中肆意挥洒尽情发挥。

郑翔的父母本来都是扬州人，在邮电系统工作，年轻时响应组织号召，离开扬州支援山东，父母对国家“哪里需要就到哪里去”的责任感从小就流淌在郑翔的生活里。郑翔出生在山东，从小就跟着家人山东、扬州两头奔波，在济宁度过学生时代，大学毕业后成为济宁鱼台机关招待所的一名会计。父亲在她一岁多时就去世了，母亲义无反顾挑起工作和家庭的重担，把他们兄弟姊妹四人都培养成对社会有益的人，其中的艰辛和不易可想而知。正是这些艰辛和不易的日子如同磨刀石一般，潜移默化地磨砺出郑翔勤劳、善良、正直且坚强的性格，这些品质成为她人生中最宝贵的财富，引领她直面人生遇到的各种挑战。她常说母亲就像一所无形的学校，是她人生的第一导师，

“耳濡目染，母亲的言传身教让我一生积极向上，心性豁达”。

母亲老了，退休了，她唯一的愿望是叶落归根，带着家人回到扬州，这也是父亲生前的想法。但人生总有很多的身不由己，唯一在扬州出生的二哥却因为女朋友的牵绊留在济宁，其他家人都跟着母亲回到扬州。大哥进了邮电系统，姐姐和她进了企业工作，一家人重新融入家乡古城。

扬州广陵开关厂是郑翔回到扬州的第一站，也是她重新融入家乡古城的起点，她以为这将是她这辈子工作生活的地方。那是一次分配定终身的时代，只要有个单位，就意味着今生不愁，有粮吃、有衣穿、有工资拿，逢年过节有假期、有福利、有补贴，生老病死一辈子都有国家兜底。虽然开关厂只是广陵街道办的企业，但计划经济时代效益不愁，是广陵区数得上的大企业，广陵区又是扬州市唯一的城区，更何况那时候企业收入比机关高，不少人都下海去了企业。

作为少有的大学生，郑翔一进厂就分配到新产品开发室，参与设计高、低压柜。凭着认真肯学、做事踏实，很快就成为技术骨干，得到领导认可，成为厂里重点培养的年轻干部，也成为区委组织部关注的后备干部。一次参加区委组织部组织的青年干部培训班，被安排到扬州灯泡厂实习一个月，在那里她遇到人生的第二个导师，也是对她一生影响最大的人——扬州灯泡厂厂长高仁林。

高仁林，一个上有年迈老母、下有智障儿子，左肾切除、右肾积水，身患高血压、冠心病等多种疾病，被医生宣称只剩“半条命”的人，从1983年担任灯炮厂厂长后，带领全厂职工，把一个资产不足4万元、残疾人占60%的街道福利小厂，发展成拥有8家合资公司、年产氖灯7亿多只、资产达7000万元的企业集团，产品覆盖了70%的国内市场和30%的国际市场，让一家不起眼的街道福利厂成为全国同行业的排头兵。

他是二十世纪八十年代改革发展的带头人，广陵区企业界的大哥大，先后获得“全国优秀共产党员”“全国劳动模范”“全国优秀经营者”“全国助残工作先进个人”“全国‘五一’劳动奖章”等荣誉称号。中共江苏省委、扬州市委先后作出向高仁林同志学习的《决定》，成为全省干部群众学习的榜样。

一个月近距离的接触，郑翔亲眼看到高厂长和残疾工人们相处得亲如一家，他冒着高温在车间手把手地教残疾人工作生产，顺道请他们在厂门口的小吃店吃一碗面条，进车间时顺手帮着推一把轮椅，等等；亲耳听到工人们闲聊时说高厂长昨天又到哪家去走访了，又给哪家送了什么生活用品，又为哪家进行了坡道改造，又为哪个换了轮椅，又拒收了哪个送去的烟酒，等等，工人们那种发自内心的感激、尊敬和崇拜溢于言表。

郑翔亲身感受到高厂长那种始终把事业放在首位，为企业发展呕心沥血；心里始终装着职工群众，尽心竭力为他们排忧解难；严于律己，始终保持艰苦奋斗本色的敬业奉献和博爱清廉。

她真正理解了高厂长“心中时刻装着残疾人”的现实内涵，真心帮助残疾人找到合适的工作岗位，圆他们的就业梦；耐心倾听他们的诉求，化解他们心中的疑惑，帮他们打开心结，大家不管公事私事，遇到难处首先想到的都是高厂长；满怀爱心地走访残疾人家庭，关心他们的冷暖疾苦，进行生活救助，为有需要的人伸出援助之手……这些深深影响感染着郑翔，她在心中暗暗发誓，此生一定以他为榜样，任何时候都要保持一颗正直的心，在自己力所能及的范围内，给予他人帮助与关心。

实习结束回到厂里，郑翔对待工作的态度和热情都发生了很大变化。领导看中她的组织协调能力，让她负责生产科的调度，很快提拔为生产科科长，后又成为全厂的项目组组长，不仅在厂里，在街道的知名度都越来越高。

正当她在厂里如鱼得水展翅飞翔时，一场全国性的由计划经济向市场经济变革的浪潮如“广陵潮”一样席卷而来，处于变革浪潮核心的国有和集体企业成千上万名工人不可避免地被卷入其中，汇入了被媒体称为壮士断腕的失业大潮，属于工人的黄金年代宣告终结。“时代的一粒灰，落在个人头上，就是一座山。”无数人一夜之间失去了单位的庇护，成为散落在社会上的无业游民，不少优秀职工甚至劳模都失业了。许多职工流着眼泪、痛哭着走出厂门……在时代风浪和阵痛中体会着下岗的无奈和残酷。此时的郑翔并没有感觉到危机的到来，她认为“企业改制跟我有什么关系？凭我的工作实绩和能力，再怎么下岗也轮不到我”。

然而历史的车轮滚滚向前，时代潮流浩浩荡荡，不会因为任何人的意志而停留或者改变。也有人抛来“橄榄枝”，想和她联手拿下新厂区，可她还想着做个单位人；也曾因自己年轻不懂得争取而与机关部门擦肩而过。她回到老厂，从业务部门转向行政事务，从忙碌中闲下来，就像一个正在高速旋转的陀螺突然停下来，一下子失去重心。她感觉到焦虑、茫然，身体出现了各种不适。自己辛辛苦苦干了这么多年，一下子成了没事干的人，改革的“阵痛”蔓延全身，越来越密集，越来越伤筋动骨。

人要是不顺起来，喝凉水都塞牙。她接到街道抽调去搞全国人口普查的通知，领导跟她说，你平常工作踏踏实实，所以把你选了去，然后又说了一句：正好你这边也没什么事做。这后半句话直接让她内心彻底凉透，郁闷、愤怒，如同深秋的落叶，孤寂而萧索，她无法接受自己成了单位可有可无的人。

尽管内心有再多的痛苦、不满，但作为单位人，她还是接受了组织安排。不过只要一有事做她就忘记了这些不愉快，她有着女性的特质，要么不做，要做就要竭尽所能做得最好。当时分配她做指导员，她对那个区域不熟悉，就一条巷子、一条巷子地跑，然后画了图，带着普查员，一家一家跑。她设计的“画图作战”普查法，有效提高了普查效率和准确率，也因此获得“全省人口普查先进个人”，那是她第一次获得省级荣誉，这个荣誉重又唤起她内心的自信。

人口普查工作结束后，她得到街道领导的赏识，留在街道办公室帮忙打杂。可她内心还是有点别扭，在厂里自己好歹是个中层干部，管人管事，现在借用干些帮忙打杂的事。没想到，很快连借用帮忙打杂这份工作也保不住了……

不久广陵区进行区划调整，将广陵街道和东关街道合并，多余人员进行分流，她被暂时安置在劳动所，忙惯了的人闲下来浑身不自在，她感觉自己直接就是多余的。街道组织科长不忍心看她整天无所事事心事重重的样子，就劝她与其在这里干耗着，关系又进不了，回企业也不合适，还不如到居委会工作，说“以你的能力，肯定做得好”。

组织科长的话让她觉得万分委屈，“我去居委会干吗？我才多大年龄？”那时的居委会，在人们印象中，全是“婆婆妈妈”的事，本身就没什么人愿意干，居委会主任基本都是由退了休的人担任，“好心大妈”是居委会主任的典型形象。她在企业留用的时候，介绍了不少快要退休的下岗人员到居委会担任主任或副主任，自己年纪轻轻的，才三十七八岁哎！“我离退休还早着呢，怎么就‘沦落’到只能到社区？”

再说在街道借用的这段时间，她已经感觉到居委会的工作要多繁琐就有多繁琐。兵头将尾，上面所有的政策要求最终都落到居委会头上，上面千条线，下面一根针，上面千把锤，下面一根钉。每个居委会面对上千户家庭，就是有三头六臂，吃再多的苦，做再多的事，也不能让所有家庭都满意，当时还流行一句“最难当好的官就是居委会主任”。

更何况到居委会说是工作，讲奉献的成分倒更多些，那时候每个居委会全年的经费仅3600元，其中每月正、副主任的工资仅有160元和120元，跟自己在厂里的收入相比差距不是一般的大。她当时就直截了当回了组织科长，她心想自己怎么也不可能跑到老年人发挥余热的地方去工作，她还残存着一丝侥幸，根本就不会想到自己很快就陷入到“过了这村就没这个店的”尴尬境地。

此时的她心里就一个字“烦！”她越来越清楚地意识到自己已经站在人生的十字路口，单位没有退路了，今后的人生之路在哪里？她想出去创业，但想到从此就像脱线的风筝，没了单位，做个个体户，心有不甘；她想重新找一个单位，有个稳定的职业，可大气候在这里，几千万的工人下岗失业，她都快四十岁的人，谈何容易？她在郁闷孤独痛苦中徘徊，迷茫在人生的十字路口，自己究竟该怎么办？一个踏踏实实做事的人怎么就落到走投无路的地步？

这时候，社区的概念出现在国务院的文件里。广陵区在全区推行居委会改革，将居委会改为社区居委会，并把社区工作作为一个职业，首次拿出一些岗位面向社会公开招聘社区工作者，在全市引起轰动。

刚开始她根本没关心这个事，先生看她整天愁眉苦脸失魂落魄的，就劝她去报名，说骑着马找马总比现在强，她把先生好好怼回去了。她说：“要到居委会我早就去了。我介绍那么多下岗的去居委会，组织科长劝我去时都不要考试，我都没答应。现在反倒要我通过考试去居委会，说出来还不被人笑话死，你叫我怎么咽得下这口气”。先生想想，她说得也对，换作任何一个人都受不了这个委屈，抱着“凡事不可强求”的态度没再硬劝她。

也许缘分天注定，一切皆有定数，社区就是她的“宿命”。报名截止日的最后一天下午，她到同事家玩，同事的妹妹是机关工作人员，闲聊中就说“像你现在这种状况还不如到居委会工作”。当着人家的面她没好意思怼人家，只是说出自己的看法和顾虑。同事的妹妹一听，忙说：“那是过去，现在可不一样，随着社区管理体制改革的稳步推进，社区的职能不断扩大，重要性不断凸显，财政投入也随之逐步加大，今后社区居委会的发展不可同日而语。”她告诉郑翔这次向社会公开招聘就是释放的一个信号，社区工作将作为一个职业，而不再是以前的“婆婆妈妈”。

她还说这次广陵区重新布局，将原有的85个居（家）委会调整合并为43个社区居委会，财政将每年拿出200多万元，彻底解决居委会干部待遇和办公经费不足的问题。每个社区居委会全年的经费达到4万元，正、副主任的工资调整到550元、450元。她反问郑翔，在不少人下岗失业，就业形势严峻的情形下，社区工作者的工作反而变得稳定，由政府发工资，社区居委会的工作经费和人员工资大幅提高，还办理养老保险，社区干部由“业余化”走向“职业化”，这样的社区工作不比你现在吊在这儿半死不活的强？

“有些人闯进你的生活，只是为了给你上一课”，同事妹妹的出现只是郑翔生命旅程中的一刹那，不在乎时间长短，却有其独特的意义和价值。听她这么一分析，似乎有些道理，郑翔犹豫了，未来的社区真的如她说的这么好？同事也怂恿她先去报名，哪怕考上了不去也可以啊。

就这样她成了最后一个报名的。多年之后郑翔每每想到这次偶遇，都觉得“有时命运之吊诡令人无法解释，在某个关键点上出现的人物，往往负有‘宿命式的使命’”。某个场合的偶然相遇，随机的话题，散漫的闲谈，或许是个意外，但冥冥之中似乎有只手臂在牵引着郑翔。即使不是同事的妹妹，也会有同事的哥哥、同事的姐姐在她命运的转折关头，轻轻推上一把，而正是这一把让她阴差阳错进入社区，刷新了她人生的天空，成就了未来的“全国小巷总理之星”。

三

虽然勉强报了名，但心里的这一关还是过不去。她想想就怄气，一次次机会失之交臂，凭什么自己沦落到要通过考试才能进社区居委会工作？

考试那天的情景她这辈子也不会忘记，像做地下工作的，现在想想都有点滑稽。怕被熟人看到，她好好把自己打扮了一番，宽宽的墨镜、大大的遮阳帽，挡住了半个脸，还披了个平时不怎么用的披肩，就是熟人猛一看也不一定能认出来。除了乔装打扮，她还卡好时间，9点钟开考，迟到半小时就不允许进考场，她迟了20多分钟，差点进不了考场，完美地避开了与熟人相遇的时间。

提前一天看考场，她没好意思去，当天进考场后才发现她的座位在第一排。因为有电视台和记者，还有领导巡看，她吓得都没敢把帽子和披肩拿掉，匆匆忙忙做完考卷就提前离开了。最后一个进考场，第一个出考场，她觉得要是被熟人知道参加这个考试那真难为情死了。

晚上的电视新闻却让她一下子如梦初醒豁然开朗，彻底放下包袱。她怎么也没想到招聘23人，竟然有210人报名，且呈年轻化、高学历趋势，其中有6人是本科，74人大专，年龄最小的才20岁。竞争这么激烈，看来社区工作未来前景可期，吸引这么多年轻又有文化的人愿意从事这份职业，自己不丢人。意料之中，笔试顺利通过，进入面试，面试结束，她总分第一名，就这样鬼使神差，她成了一名社区工作者。

卸下思想包袱，心情也愉快多了，对新岗位充满期待。可2002年9月走马上任的第一天，还是让她一下凉到心底。这是什么工作环境呀？比想象中差远了。分配时她被安排到文峰街道宝塔社区担任党总支书记、社区主任，辖区内有几个大企业的宿舍区，她本以为办公条件要比老城区好，去了才发现只有十二三个平方。就这么一点大的地方，三个人三张桌子，加上文件柜，其他就没什么空间了。居民过来只能站着说话，要开文件柜，人先要站起来，把凳子挪开，才能打开柜门。老主任还跟她说，“三个女人一台戏，你这工作不好干啊”。

心凉归心凉，不管怎么说，既然来了，还是要干。有在企业管理的经验，她首先想到的就是找资源，找驻地单位帮忙，争取他们的支持。她从社区内最大的企业冶金厂开始走访，去之前想好了一番说辞，要共建共治，找到厂领导，那气场和架势让她一下慌了。现在回想起来，她说“当时没有经验，也不会说话，脸皮又薄，心里总觉得是求人，没底气，没有开口脸先红了”。

厂领导一脸的不屑，说：“你们社区有什么事？不就是打扫打扫卫生，做点上传下达的事。”言外之意就是，你们能为我们做什么？谈什么共建？只是没好意思说出口而已。她听了很不舒服，委屈得只想撂挑子，不干。

领导瞧不上，居民倒找上门了。她本身就是个热心肠，喜欢帮助人。一位老太生活困难，就在家属院里种菜，其他居民看不过去，老来提意见，还常和老太发生冲突。她就上门走访，了解到老太是个空巢老人，平时一个人，极度缺乏精神交流和关爱。于是，她便常常有事没事地找老太聊天，帮她解决一些生活上的困难。久而久之，老太对她产生信任，她劝老太先把菜铲掉，快过春节了他们想办法给她争取一些补助，老太真就按她说的做了，后来她一直关心这位老太，帮她争取一些政策和福利，办了居家养老。

在服务老太的过程中，她渐渐悟出一个受用至今的道理：“老百姓都是朴实的，只要能够切实为他们着想，哪怕解决不了他们的实际困难，也能得到他们的理解和支持。”她也明白了做社区工作的意义，改变了“骑着马找马”的念头，用她的话说“不再想着找马了，只想着怎么把工作做好”，一门心思扑到社区工作上。她每天早出晚归，开始了不分上下班时间的走访。

先生整天看不到她人影，难免抱怨，她一句“是你要我做的”就让先生哑口无言。不过家里的事她并不是不问，她觉得“自己家庭都忙不好，还做社区主任忙其他家庭，那不让人笑话？”她也不忍心把所有家庭负担都压到先生一个人身上，她说“宁愿自己忙一点，累一点，也要让先生抱怨少一点”。

每天一大早她就起床买菜做饭，把一天的饭菜都烧好，晚上回去把所有家务事干完才休息。下班不规律，她就请了一个钟点工，帮她接送小孩，她下班再去把小孩接回家。那时家里家外忙得像个陀螺，她不仅是小家里的家长，也成了宝塔社区居民的大家长。她用她的行动改变着居民对社区的看法，用她的服务改变了厂领导的观点，赢得大家的尊重和支持。

有一天上班，看到许多人堵在冶金厂门口吵吵嚷嚷，她就停下来了解怎么回事。她已养成一个习惯，辖区内有任何风吹草动，好像她都有责任和义务。原来冶金厂的改制也到了关键阶段，又有一批工人可能要下岗，他们不服气，联合起来要找领导讨个说法。看着他们情绪激动的样子，她想到自己，她能理解他们当时的心情，下岗就没了单位没了铁饭碗，今后就没了收入没了福利，日子怎么过？

回到办公室，她就把住在辖区内的冶金厂工人名单拿出来，对那些疑似要下岗的逐一分析他们的家庭情况，开始考虑怎么才能帮助他们。也有人劝她不要多管闲事，那是企业的事情，你管不了。可她不这么想，她认为居委会之所以改革，是伴随着企事业单位改制，所有下岗失业的工人只能回到居住地，帮助他们下岗再就业，是党和政府一直很关注的社会问题，也是经济转轨时期不可避免的一大难题，社区成了他们唯一可以依靠的“最小政府”，他们不管谁管？

她把那些有就业愿望和就业能力的推荐到辖区饭店、宾馆打工，用政府购岗安排在社区内做保安、保洁、保绿工作等等，她说“那时只要不挑不拣，我都能帮他们找到事做”。她还用足政策，帮生活困难的家庭办低保，住房困难的申请定销房，想方设法帮助他们解决生活困难，许多人就不到企业找领导了。企业觉得很奇怪，一了解才知道是社区帮了他们大忙。

随着改革开放的不断深入，不光是大量的下岗失业人员进入社区，还有大量农村人口涌入城市，干个体、打工，社区管理的事越来越繁琐，什么烂事，破事，没人管没人问的人和事，都归社区。街道也在鼓励各社区要建开放式的服务大厅，方便居民来办事。她翻来覆去睡不着，要为居民办事服务，得有地方让人家坐下来吧；要组织居民开展活动，得有场地拉开架势啊。

她天天到辖区内转悠，看哪里有闲置的房子或空场地，还真让她给找着了。她发现冶金厂有个已经废弃的球场，球场后面有一排厂房，是失火烧了的，已经没顶了，里面的杂草都长成了树，这块地方就荒在那里。她心想要是能把这块地方拿下来，建一排办公用房和活动房，把废弃的球场改成居民活动的场所，那是再好不过了。说干就干，她跑到厂里找到领导，这次领导的态度有明显改观，倒茶让座，热情接待，还说你们做了两件事让我们对社区有了新的认识。

郑翔忙问：“哪两件事？”

厂领导说：“有两三天，我们一群下岗的工人天天到厂门口要找领导，后来发现人越来越少，原来是你们帮他们找工作，办低保，解决住房了，真是为我们企业改制解除了后顾之忧。”

“还有一件呢？”郑翔很好奇。

“非典期间，你们怎么就知道我们的营销员是从北京回来的？我们都不一定了解他们的行踪，他们都是全国各地到处跑。”

郑翔笑笑，“我们靠的是细致地走访排查。”

“你们工作做得真细！这事本来应该是我们厂里的事，你们帮我们做了，而且稳控得非常好，避免他们到厂里引起恐慌。”

郑翔借机宣传了一下社区现在的职能和重要性，强调“社区是大家的，大家的事要大家一起努力才能办好”的社区工作理念，也说出了自己的想法。领导这次没有直接回绝，答应再商量商量，毕竟是国有资产。后来她又去了几次，街道领导也出面帮着做工作，终于把那块地拿下来。

拿下地只是第一步，更大的难题还在后面，没有钱怎么建？她想到扬建公司有4户职工宿舍在他们辖区内，就打起他们的主意。上门走访时，一位中层干部随口说了一句大话，“用以前公司拆下来的一些旧门窗、旧木材、旧砖头，帮助弄一下也不是不可以”。说者无意，听者有心。她就抓住这句话跑到扬建公司找领导，希望能帮帮忙，用旧材料帮他们把社区用房建起来。

她说“其实当时心里特别没底，这么大面积得要多少材料，自己一分钱没有，人家跟你社区也没多大关系，凭什么帮忙，说真的，他们不帮忙也是应该的”。正如俗话所说，“帮忙是情分，不帮忙是本分”，他们之间又哪来的情分？

公司办公室主任听说来意后，跟她说领导不在家，让她改天再来。她厚着脸皮说“那我就在这里等等”。说着就不请自来地找张椅子坐下来，也没人理她，一等就是一天。第二天一上班她还是准时去，坐在办公室等，天天去，去了将近一个月。其实，她也知道他们是在敷衍她，根本就不想帮她，他们以为拖拖，拖疲沓了她就不去了，想让她知难而退。可她心里清楚，不来这里，她到哪里去找这样一个对口的金主？不来这里，社区的办公用房只能是一片荒地。

每次要到扬建公司门口的时候，她心里就打鼓，头皮发麻，觉得难为情，不想进去。可想到社区办公用房，只能自己给自己打气加油，硬着头皮进去。用她的话说，“这时我已经比刚到社区时的脸皮厚多了”。她天天去，人家都当成一个笑话。有一次办公室主任说：“郑主任，我给你在这儿安一张办公桌好不好。”办公室其他人哄堂大笑。她知道他们是在讽刺嘲笑，当时眼泪都下来了，可她悄悄擦掉眼泪，装作无所谓地说：“桌子就不要了，有张椅子坐就行，要不我帮你们抹抹桌子，烧烧水也行。”表面上云淡风轻，心里面却是翻江倒海，委屈呀！又不是为自己的事，凭什么要受这个气。

他们都想不通，这个小个子社区主任怎么会这么难缠，是什么支撑她这么厚着脸皮坚持着。街道领导也通过关系找到扬建公司领导，最终领导答应，说“旧材料没那么凑巧，弄起来也费事，你们就不要烦了，一切我们来”。安排了一个工程队，所有材料全是新的，没要社区花一分钱，帮他们把办公用房建起来了。将近三百平方米的厂房旧址改建成功能齐全的社区办公房、会议室、活动室，八百多平方米的球场整理成大广场，成为当时广陵区最大的社区办公用地，深受居民的喜爱。

从那以后，场所有了，各种各样的活动也开展起来，区里一些文化节、邻里节的活动也放到他们的大广场上，宝塔社区的工作如鱼得水，似有神助，仿佛插上了翅膀。

四

郑翔他们根据居民特点，打造“爱心社区”的特色，组建爱心志愿队，成立居家养老服务站，免费服务社区行动不便的老人，带他们去浴室洗澡，帮老人们买菜，首创了居家养老的模式。

他们组建内容各异的兴趣活动小组，丰富居民的精神文化生活，首创扬州第一支箫剑队，并在扬州打出了品牌。

他们办起了慈善超市，虽然不是首创，却改变了其他超市征集旧物调剂使用的理念，争取各方资源，所有商品都是新货，明码标价，每月发给社区特困家庭30元购物卡在超市使用。冶金厂、农药厂、啤酒厂等一些辖区内的企业经常主动为超市上新补货……

宝塔社区由原来没有一点名气的家委会，慢慢走入人们的视线，也进入全区社区工作第一方阵。社区的各项工作都走上发展的快车道，市、区领导来了，全区性的大活动来了，外地参观学习的来了，郑翔更忙了。

2005年7月4日的《扬州日报》发表了一篇文章，《郑翔：百姓的事儿牵着走》，记录了郑翔在宝塔社区忙碌的一天：

7月2日是星期六。

8：00刚过，郑翔来到社区办公室，安排残疾人进行康复训练，安排老年大学学员相互切磋舞蹈、书法。不一会儿，进来七八位居民，七嘴八舌地说：“郑主任，楼上漏水影响我家怎么办？”“郑主任，我想办个运输证，有没有优惠政策？”……她一一耐心接待，约定处理的时间。

9：00，她来到残疾人康复室，了解他们的训练情况。居民范端华坐在手指康复运动器材前一脸茫然，不知如何锻炼。去年8月，范端华意外中风，左手要人扳着才能动。郑翔一边安慰她，一边拉起她的手帮助她锻炼起来，反复多次，直到她熟练为止。

9：24，郑翔来到爱心慈善超市，为10多位特困人员、残疾人发放物品。智障人员颜红左看右看，最后相中了货架上的蚊香。郑翔帮她装好，并反复叮嘱安全使用事项。身患重病的徐留双选中了一袋大米，可怎么也拎不动，郑翔帮她拎起来，放到自行车上。9：46，郑翔和工作人员带着精心准备的慰问品先后到5家居家养老院，看望老人。10：51，郑翔边走边打电话给丈夫叫他去接孩子。

“郑主任，我姨母的养老问题如何解决？”11：00，五保户陈宏玉的姨侄打来电话。11：06，郑翔骑着摩托车来到陈宏玉家，“主任来啦！”67岁的陈宏玉高兴地和她打招呼。陈宏玉丈夫去世，无儿无女，今年5月又突然中风，生活不能自理，郑翔没少为她烦心。这次前来就是与她姨侄商量怎么让她安度晚年，是居家养老还是去老年公寓、福利院。坐下不久，照顾老人的保姆因临时有事要回老家仪征，郑翔打了好几个电话，最后请来一位下岗人员照顾老人一天。

12：40，吃完午饭后，郑翔和社区的一名同事来到文峰路26号，协调一个2楼自来水漏到1楼的居民矛盾。14：30，郑翔带着两名社区下岗妇女来到扬州鑫源线业有限公司应聘。由于两人都超过了35岁，郑翔跟公司经理协商："只要能适应工作，年龄大一点也没关系啊……"一番诚恳的话语打动了老板，同意两人试岗。15：05，她又扛着大米来到孤寡老人吴桂英家，老人已70多岁，长年瘫痪在床，郑翔拉着吴桂英手问长问短，老人露出幸福的笑容。

忙得连轴转的郑翔顾不上休息，又赶到文峰路5号大院，一个社区听证会还等着她呢。居民们来找过她，说这里少个传达室，大家感到不太安全。经过近1个小时的讨论，终于达成了共识。

18：00，郑翔带上《保持共产党员先进性教育读本》，来到72岁的党员王荷英家。因为瘫痪，王荷英已好长时间没有过组织生活了，郑翔心里惦记着她，特地利用晚上时间来和她一起学习。1个小时后，她又回到办公室，在社区爱心慈善超市货架上摆放新进的大米、肥皂、毛巾等日常用品。这时儿子打来电话埋怨："妈妈，休息日你也不陪我玩，把我一个人留在家……”

现在再看这篇报道，郑翔笑笑，她说虽然不是每天都像报道中所说的这么忙碌，但那时候是真忙，整天想着怎么创新，怎么服务好居民，把社区搞得更加活跃。她非常感恩那段时光，那是她进入社区工作的第一站，是她开展社区工作的拓荒地，也是她成为基层治理“领头雁”的孕育地。正是在那里她明白了社区工作的意义，找到了社区工作的方法，积累了社区工作的经验。那些酸甜苦辣咸的经历她“三天三夜都说不完”，成了她一辈子的财富。

她忘不了为了创建卫生城，她一个人在通扬桥下蹲守了整整一夜，只为配合工人把那像小山一样成堆的建筑垃圾清理干净；她忘不了非典时期，她克服恐惧心理，怀着“关键时候主任要走在最前面”的工作理念，每天为隔离对象送菜、消毒，陪他们聊天；她忘不了与冶金厂领导之间从不理解不支持瞧不起，一步步走到互相感恩互相支持，临走的前一天专门为她开了居民欢送会，大家都哭了，还亲自陪着街道领导送她到曲江街道报到；她更忘不了社区居民听说她要调走，依依不舍，不少人打12345市长热线，希望能把她留下来……

她也不想走。犹豫中，找到街道领导，委屈地说“你们不要我了”。街道领导告诉她，因为文昌花园是全市最大的拆迁安置小区，也是一项民生实事，市里、区里都想把它打造成示范社区，社区主任的人选尤为关键，她是领导们在全区范围挑选出来的。还有这背景，她有点诧异。街道领导又略带遗憾地说：“不是我们不要你，我们也不希望你走，刚刚培养出来，但没办法，是区里面开会决定的。”交谈后才知道，她的调动是领导们在区委常委会上讨论决定的，一个小小的社区主任，跨街道调动在广陵区历史上是“前无古人”的。

领导这么重视，说明自己在宝塔社区的工作得到肯定，欣喜之余更加纠结。不去吧，领导这么器重，说不过去；去吧，听说文昌花园社区的人都是拆迁安置户、下岗职工、失地农民，要是做不好怎么办，会辜负领导的信任。矛盾纠结中她找到区领导，说出自己的顾虑，请区领导另找高人。区领导说：“没事，你放开手脚干，有什么困难我们全力支持你。”

没有退路，回去想想，还是觉得压力非常大。找先生商议，先生凭着大学老师的功底，替她分析来分析去，得出一句话：“既然领导这么信任你，你就去吧。”

退无可退。收起所有的忐忑、不安，带着五味杂陈的心情，奔赴新的社区，迎接新的挑战。离开这个虽然只有三年却让她快速成长的社区第一站，从此不可逆转地开始了一段裹挟着泪水与梦想、艰辛与收获、付出与荣耀的人生历程。

第三章　“任何人来都没用”

一

郑翔从组织找她谈话，到去曲江街道报到只有4天时间，到7月25日正式到社区报到，前后不到一个星期。简单的交接，她就彻底告别了打拼三年的宝塔社区，没带走任何资源，哪怕是一张照片一页材料，清空过往，轻装上阵，一切从头再来。

现在回想报到那天的情景，她自豪地说：“我是很风光的。”文峰街道领导和冶金厂厂长用小轿车像送女儿出嫁一样把她送到社区。在送她的路上，冶金厂厂长开玩笑说：“我要去看看，那个社区好不好，不好的话还把你带回来。”郑翔深知自己就像“商品售出，概不退换”，不管社区好不好，前面的路难不难走，她都只能义无反顾一往无前，没有任何回头的余地。

真是不来不知道，一了解吓一跳。文昌花园社区位于扬州城东部，由文昌花园、鸿泰家园和印染厂宿舍等住宅小区构成，东起运河北路，南临文昌中路，西至沙施河，北沿二里桥路。其中，文昌花园是扬州第一个大型拆迁安置小区，小区的人员组成不是一般的复杂，而是相当复杂。就是20年后的今天，我跟一些老居民聊天，了解当时的情形，不少人开口就说“当时的矛盾吓人呐”。

有三分之一是城市化进程快速推进过程中附近几个村的失地农民。对他们来说，繁衍生息了几辈子的每一寸土地、每一块砖头，都记录着一代人甚至几代人的汗水和梦想，都承载着他们的辛酸苦辣和欢声笑语。

在他们心中，把几代人的全部家底交出去，失去赖以生存的土地，以及附着于土地的农业耕作收益，部分农民还失去房屋出租收益；同时，受自身素质和农业文化的影响，他们失地就意味着失业，生活保障无着落；此外，熟悉的生存环境和社会交往关系被打破，生活方式发生重大变化，对未来的心理预期未形成稳定的向好面，他们心存恐惧与不安，内心的忐忑远胜于喜悦。

他们的思想观念、生活方式和居住习惯，让他们虽然实现了空间迁移，住进了小区楼房，但新瓶子里装陈酒，生活状态并没有发生质的飞跃，依然像磨道里蒙眼的驴子，还在拉着老磨盘转圈。

这些村民里还有拓宽文昌路时，村集体先期安置的失地农民。他们的房子是根据区里规划建设的农民房，属集体土地性质的拆迁安置房，周边道路泥泞，到现在为止还属于小产权房，没法过户交易。市里统一规划时，本来想二次拆迁，但受“新建房屋三年内不得拆迁”这一不成文规定制约，老百姓也不愿意，只能保留，这也是规划上最大的遗憾。他们还是农民，还享受着村民的待遇，属于村集体管理，不缴纳物业费，小区物业也没法把他们纳入小区管理。这种双重管理并存的现状给他们后期的社区管理带来了许多的不协调，特别是创建卫生城、文明城等各类检查期间更是复杂。

有三分之一是古运河景观综合整治提升工程中拆迁的居民。试想想，原来古运河西岸就是城墙，过了河就是城外，洼字街、二畔铺、便益门，那是三六九等鱼龙混杂，三教九流五行八作，什么人都有，什么事都有可能发生。用老居民的话说：“正儿八经的人没得几个。”

那些原居民，有了一定实力的，都把房子改造成几进几出的深宅大院，自然有一种优越感；那些祖辈打鱼上岸，一家三代四五口人二三十个平方的“鸽子窝”，像活在褶皱间；那些从乡下来城里打工的农民，刑满释放坐牢回来没处去的，“乱砖墙、油毡顶、木板芦席当门窗”，搭个棚子就是家。年久失修，透风漏雨，冬天受冻不说，每到夏天暴雨降临，河水猛涨，家里就水漫金山，桌子、床铺都要用砖头垫起来，烧饭炉子要设法摆在高处，出门就是烂泥路，被称作“有男不能娶，有女不能嫁”的棚户区。

还有三分之一是购买商品房或者二手购买房票的，大部分是附近曲江小商品市场的个体经营者。作为改革开放初期扬州最早的综合性区域日用消费品批发零售交易中心，曲江商品城一直位居同行业龙头地位，吸引着来自五湖四海的商户，他们的语言、习惯都各具特色，精明能干，脑子灵活，成为先富起来的一批人。

这样三部分人组合到一起的大杂烩，那真是各敲各的锣，各打各的鼓，各有各的利益，各有各的脾气。

既然决定来了，郑翔拿出以往的经验，到街道报到拿到党员名单后，7月23日，星期六，等不及上任，她一大早便一个人骑车先到社区，把小区转了一圈，准备从35位党员户开始走访。没想到第一户就让她吃了个闭门羹，按下门铃，亮明身份，户主虽是一楼，加上底层车库，站在一层半的高度，隔着防盗门跟她对话。

“社区是干什么的？你是书记关我什么事？”一副拒人于千里之外的样子。

“你是党员，我刚到社区，想来跟你谈谈，了解了解情况。”“党员又怎么了，我就是个农民，没什么好谈的。再说你是社区，我是农民，你管不了我，也帮不了我。”愣是对话了10多分钟都不开门，郑翔站在大太阳下，仰头望着高高在上的他，心里直犯嘀咕：这还是党员吗？什么素质呀。

好不容易开门了，牢骚满腹。“以前，有事还能找找村干部。现在，没人管我们了。”“我们现在是要地没地，要工作没工作，要收入没收入，党员能解决问题吗？”“以前蔬菜不用花钱买，还能卖钱，现在倒好，吃根大蒜都要花钱买。”

她压住心头的火气，耐心跟他解释，自己是新来的，农民也好，居民也好，组织上不会不管大家的。“我今天就是来了解情况的，你说吧，如果有需要社区做的，我们会尽力想办法去做，如果我们确实做不了的，我们会向街道和相关部门反映，大家一起想办法解决。”

整整一上午，她极具耐心地听他发牢骚。小区内有上百幢楼房，像个“迷宫”，也没有一个楼房分布图的指示牌，楼房号编排又不太科学，亲戚朋友到这儿来，常常摸不着门；人住进来了，报纸信件到不了我们手上，送信的不送到各家的邮箱，放在南大门的传达室，乱糟糟的一大堆，传达室门口没有公示牌，大家也不知道有自己的信件，这些信件便只好长期躺在传达室；小区内闲杂人员到处跑，有时放在门口的东西被拾荒人员顺手牵羊拿走，装修人员随地大小便也没人管；住户的门灯、对讲门铃等至今不好用，晚上经常有住户崴了脚……郑翔对他说的一些共性问题一一记下来，并承诺会尽快想办法解决。她也希望他能帮助社区，发挥好党员的作用。

他没想到这个小个子书记会花这么长时间认真听他说，他把一直以来憋在心里的怨气发泄完，看到郑翔的态度，反倒不好意思，态度也温和多了。他表示自己也能理解，有些问题不是一时半会能解决的，失地农民他都熟悉，有事可以找他帮忙。其实有好多人和他的心理一样，就是希望有人能听他说，把心里的不舒服说出来，也就好了。后来，他成了小区的党员志愿者带头人。

这小小的闭门羹只是见面礼，没过两天，直接给她一下马威。市四套班子的主要领导要到小区来检查安置房的建设情况，媒体的记者提前赶到小区来做准备。

老百姓一看区领导来了，电视台的记者来了，摄像的机器架起来了，知道大领导要来，喊人，赶快喊人。还没等郑翔反应过来就围上来五六十号人，陆陆续续来了上百人，她一下子蒙了，这从哪儿冒出来的这么多人？围着区领导呜呜杂杂，叽叽歪歪，煮成了一锅热气腾腾黏稠的粥。

她赶紧上前拦着：“大家先回去，有什么事回头跟我说。”“你谁啊，我们不认识你。”“我是新来的书记。”“你个社区书记算老几啊，你能解决什么问题。”有的甚至爆出粗口，“滚一边去，我们的问题只有找市里的书记、市长才能解决”。

郑翔当时真恨不得找个地洞钻下去，在宝塔社区谈不上一呼百应，至少她一开口讲话，居民都会听她的。可这个场面简直就是失控，不仅自己出洋相，连前来陪同的区领导都跟着难堪。幸亏那天市领导临时有事，没来，要不然这个糗可出大了。区民政局局长安慰她，“不要难过，你刚来，这不是你的责任，你只要用心为他们服务好，他们会拥护你的”。局长这句“你只要用心为他们服务好，他们会拥护你的”后来一直成为她社区工作的法宝，她坚信“人心都是肉做的，我就不信，我用真心换不来居民的真心”。

二

郑翔深知捉蛇先捉头，射人先射马。要想了解他们的诉求，化解他们的心结，解决他们的问题，必须从关键人下手，从重点户入手，从意见最大的住户入手。她把有一定组织能力，号召力强，极具煽动性，在洼字街拆迁户中“说得上话，说话管用”的关键人陈龙华作为居民走访的第一户。

第一次上门，陈龙华因为跌伤吊着膀子，扎一个小辫子，中等偏高的个子，说话声音很大，一看就是那种性格耿直、浑身上下充满义气的江湖人士，人群里的活跃分子。郑翔和陈龙华站在一起，堪称相映成趣：一个小个子女人，一个高个子男人；一个性情温和的社区书记，一个火暴脾气的江湖人士；一个在道义光环里化解矛盾的上门规谏者；一个在义气外衣下鼓动搞事情的幕后怂恿者。

知道她是新来的书记，看着个子不高，斯斯文文，好像也没有那种杀伐果断的魄力和狠劲。陈龙华站在门口就说：“你这人好像运气不好，怎么跑到我们社区来，我看你趁早走路，不要在这里丢人，像你这个人还能把社区搞好。”

郑翔内心感到一阵酸楚，愣在那儿，走也不是，不走也不是，在宝塔社区大家都很尊重她，到这儿没一个人瞧得起她，还说出这么伤人的话。也许觉得话太耿直，毕竟自己一个大男人，陈龙华接口说：“不是说你不行，你知道这里住的都是些什么人？简直就是一盘散沙，任何人来都没用。”

“怎么能这样说呢？你让我先进门，我们坐下来聊聊。”郑翔极力抑制住自己的情绪，硬生生地把内心如潮水般涌来的委屈咽回肚子里。还不错，他让她进了门。聊着聊着，郑翔觉得他是一个可以为社区所用的人。他像竹筒倒豆子，讲了许多事，全是关于小区存在的一些问题、矛盾、不足和需要改进的地方，没有说自己一件事，没有一句话是关系到自己私利的。

他谈了居民不满的根本原因，基本都是拆迁安置中一些不公平不合理问题。的确，任何新生事物的出现，刚开始都是不完善的，存在这样那样的漏洞，大家都在摸索中不断规范，更何况拆迁是很难求得绝对公平的头号事情。

他说拆迁工作涉及评估测算、协议签订、搬家倒房、费用兑付、公开公示等诸多环节，拆迁群众几乎对每个环节的工作都会产生疑问，担心自己不能得到公平公正的对待。从拆迁的初始阶段评估开始，就存在着差距，存在着矛盾。在知道要拆迁的消息后，每一户都想多争取一点利益，有的忙着在院子里搭坯子，有的忙着把家里用劣质瓷砖铺起来，能多增加一点面积，多点评估费，都是为将来拿新房子时减少一份费用。能不能如愿取决于上门评估的人员，同样的装修可以就高也可以就低，各类坯子棚子算不算面积，怎么算，评估人员是关键。

中国自古以来就是一个人情社会，讲究人情、关系和面子，只要有空间，就会有人情的存在，就会有权力的寻租。找到领导、熟人打个招呼，给评估员塞一两条香烟之类的，这些小动作前期会守口如瓶，等到分到房子，进入解密阶段，大家就开始比较了，这些也许还成为他们吹嘘的资本。老实人发现自己吃亏了。

签订拆迁合同的早晚也有玄机。那时候拆迁户最怕的就是家里有人在体制内，只要有人在体制内，哪怕是七大姑八大姨的亲戚，负责拆迁的都会安排人员到所在单位，“不达目的就不罢休、不完成任务就不收兵”，要求单位协助。单位也往往会要求这些人回去做家里人的工作，什么时候签合同了，什么时候再回来上班。负责拆迁的也会用先签合同、先选楼层和户型来吸引拆迁户签订合同。

一般刚开始，拆迁公司在利益的分配上都是管得比较严，抓得比较紧，先把一部分老实人，家里有抓手的先签了，然后再去说服那些思想犹豫，处在观望阶段的家庭。这些家庭看看没指望了，签吧。遇到那些难缠的，赖着不走的，提出无理要求的，他们会通过其他途径，曲线适当给予一点补偿，只求让他们尽快签订合同。到了后期，离要求的最后拆迁期限越来越近，如果户主再搞事情，到处反映，为了按时完成任务，息事宁人，适当做出一些让步也不是不可以。最先签合同的人发现自己吃亏了。

这些是同一区域的矛盾，不同区域也有矛盾。当时的拆迁安置是政府部门通过评估测算发给相对应的房票，小区同时安置的有洼字街、二畔铺、便益门等几个不同区域的居民和附近的失地农民，房票的价格不一样，补贴的钱就不一样。脑子活泛的乘机倒卖房票，也导致了大家对购买商品房价格的不满。在政府分部门包干拆迁户的过程中，各部门给各自分包拆迁户的支持和补偿差距太大等等，这些都牵涉到老百姓的真金白银，大家能不闹事吗？更何况“会哭的孩子有奶吃”，有的拆迁户通过闹事得到一些好处，滋长了其他老百姓的跟风。

他还说老百姓中确实也有一批有实际困难的，想通过上访争取到一些利益。像原来棚户区的那些居民，没拆迁前，二三十个平方，一间房包含所有功能，一家三代人生活得好好的。现在拆迁了，你就是给他一个六七十平方的房子，名誉上“出棚进楼”，面积翻番，好听，但他认为还不如原来住得舒服。原来门外用芦席搭个小坯子，就是厨房，一个痰盂放在床底下，就代替了现在的卫生间，再说拿到的房子都是毛坯，最简单的装修也需要一笔钱，原来日子就过得紧巴巴，他们从哪儿弄这笔钱，今后还要交物业费，这些都是无形中增加的开支。

听他这么一说，郑翔仿佛一下豁然开朗，以前光是听说拆迁是一场博弈，里面的猫腻很多，但跟她没什么关系，她家没有房子要拆迁，宝塔社区也没有地块拆迁过，她也就没关注这方面的事情。陈龙华倒像是给她上了一课，让她觉得拆迁真是一门大学问，她也逐渐理解了为什么人人都说这个社区矛盾多，不好弄。

闲聊中，陈龙华也谈了原来洼字街的一些情况，让郑翔明白了为什么他会成为洼字街的带头人，也坚定了要把他发展为工作帮手，为己所用的观点。原来他家是洼字街的原居民，祖上三代都在洼字街上开“土八鲜行”，也就相当于现在的农副产品贸易中转站，所有时鲜的农副产品，包括红枣、桂圆等，要交易都要通过他们家。他也因此结交了三教九流的人物，养成了他这种亦正亦邪的性格，成为那一片“说得上话”的人。

陈龙华接着说：“这些都不是你这个社区书记能解决的事情。”他停顿了一下，喝口茶，继续说：“还有小区里人员太复杂了，你到处走走看看，问题成堆，有哪一样是你能处理能解决的？”

她虚心地问：“你倒说说，有哪些具体的问题。”

他手一挥，“多了去了。你看，都住到楼房里了，不少居民还在生煤球炉，点炉子时黑烟咕咚咕咚，弄得楼道里满是呛人的烟味，乌烟瘴气，既污染环境，又容易引发火灾，还伤了邻里和气”。

“你再看看那些失地的农民，圈地养鸡养鸭，有一丁点地方都要种上菜，指甲盖大小的土地都舍不下，一丝一毫的利益也不容走失，好好的花圃被他们瓜分种菜，还不时用粪便施肥，臭气烘天，这些习惯你能让他们改得了？”

“一到下午，下岗的、失地的，全是没事干的，围到一起打麻将，到处能看到麻将牌局，到处能听到哗啦啦的麻将声，为了输赢还经常吵得面红耳赤，公安都没法管，你能管？”

他还很气愤地说：“你再看看这个物业，光知道收费，什么都不问，什么都不管。”

…………

他说了一个多小时，她认真听了一个多小时，边听边记录。“不说了，不说了，说了也是白说。”“怎么是白说，我都记下来了。”郑翔收起本子，跟他分析起产生这些现象的原因。

她说政府建这个最大的拆迁安置小区是城市建设的需要，也是为了改善大家的居住环境，大家刚住到一起，需要有个磨合的过程，人员复杂，矛盾重重，你刚才说的这些问题都是客观存在的。有些问题自己确实解决不了，但既然组织上派她来做这个社区的书记，她就有责任带领大家友好相处，过上幸福生活，她也相信总有一天，这个社区会变好的。如何帮助农民融入城市向市民转化，让下岗失业人员和困难群体重新找到生活的希望，让农民和市民和谐相处，这些都是新课题，她也需要在管理中找到解决的途径和方法。

“我想问你，针对这些矛盾和问题，如果你在我这个位置上，你认为社区应该怎么做？”

“不是我认为不认为，我看你一个女同志，肯定弄不好。”他摇摇头，不愿再说。

尽管对他瞧不起女同志的态度非常反感，但郑翔压制住内心的不愉快，步步紧逼，“那换作是你，你怎么做？”

陈龙华见她说得实实在在，不像一个说大话的，对她倒也有了几分尊重。“换作是我，最起码要做到公平公正。”他又高谈阔论地谈了自己的一些想法，为大家到市里争取政策，禁止小区里使用煤球炉，把农民种的菜全部拔掉，把物业换掉，小区内的保洁保绿全部用小区内的下岗失业人员和失地农民等等。

郑翔依然认真听着记录着，陈龙华见她这么尊重自己，对她越发尊重。听他说完，郑翔说：“话好说，事难做。给我点时间，我们一项一项来落实，能解决的我们会尽全力来帮助大家解决问题，有些不能解决的，包括拆迁遗留问题，还希望你能帮我们做做工作，一切都要向前看。”郑翔对他的尊重，让陈龙华的江湖义气奔涌，他拍着胸脯高声说：“这你可找对人了。行，没问题。”

不知不觉他们交流了两个多小时，这次愉快的沟通让郑翔看到了希望。“实际上这个人是有一定能力的，我真心真意听取他的意见，后来有些事情确实按照他说的做，他成了社区很好的帮手。”她觉得对于这些关键少数人物，只要放低身段，给予他们足够的尊重，激发他们的自尊，让他们感觉到不好意思，也就是常说的“架上去下不来”，再用真心换真心，大家还是能相互理解、相互支持的。

后来陈龙华变成志愿者的带头人，非常支持社区的工作，并以排名第二的得票数成为业委会成员，帮社区解决了不少棘手的事：小区楼道堆积物的清理，卖老鹅的、卖糍粑的等个体作坊的卫生，个别人的胡搅蛮缠等等。有时候民间智慧和方法往往更容易被老百姓接受，“拍拍肩膀喝喝酒”，比社区的讲道理下通知管用。

他也知道，只要郑主任开口，那必定是难事，他都会说：“没事，郑主任你放心，我一定帮你摆平。”他的那些剑走偏锋的招法，带有实用主义色彩，有效化解了社区治理中的一些难题。采访他时，他丝毫不掩饰对郑翔主任的钦佩和崇拜之情，他觉得郑翔是一个非常值得尊敬的人，她的敬业精神和无私奉献，如磁石一般，吸引着大家向她靠拢，深深打动了社区绝大部分居民。他说“郑主任真辛苦！大家都舍不得她。”他认为“只要大脑正常的人都会说她好。”他担心“再过两年，她退休了，还有人能像她一样把社区治理得这么好吗？”

三

正如陈龙华所说，小区里遍地的“不和谐”，层出不穷的新问题新矛盾结结实实地诠释着“话好说，事难做”。郑翔感觉到现实与理想之间依然横亘着一道鸿沟，要想跨过去绝非一蹴而就那般容易。更何况文昌花园是扬州出了名的“三多三难社区”：困难家庭多，群众生活难；矛盾纠纷多，凝聚人心难；不良现象多，文明和谐难。她深深体会到，来之前有朋友给她的忠告：那个地方像个火药库，随时都有可能爆炸。在遍地开花的炸雷中，郑翔使出浑身解数，长出三头六臂，四处按下葫芦浮起瓢。用她的话说“当时有四担忧”。

她担忧各类接待参访。这里是当时扬州市高起点规划、高标准建设的最大拆迁安置小区，是一形象工程，每次大会小会，特别是两会期间都会组织人大代表、政协委员来视察，也免不了经常有外地的人员来参观。只要一有参访的汽车出现，居民们就会一传十，十传百，纷纷围堵上来，不管大领导小领导，就拉着领导要反映问题。这里也是最大的民生工程，经常会有一些领导、专家学者、部门来小区走访调研、看望慰问。一次市委主要领导到小区看望慰问一户特困家庭，消息很快在小区内传开，刚开始大家以为到社区，就一股脑地围到社区，不少居民质问社区，“我们家也困难，为什么市领导不慰问我们家？”“要书记出来和我们对话。”后发觉不对，是直接到困难户家中，大家又想去围堵。得到消息的郑翔赶快让领导乘车从另外一个门先离开了，居民们把区里陪同的民政局局长的车子堵下来谈了半天。

她担忧各种各样的检查。只要一有人来检查，居民们就会围上来，倒苦水发牢骚提要求，要他们接受入户调查、回答问题更是没门。想想自己在宝塔社区，市领导来检查，眉头皱皱说周边道路有点破旧，居民们一条声地喊好，就想着维护宝塔社区的形象。两个社区相比，简直是一个天，一个地。有了检查区里还喜欢放到文昌花园社区，老城区小巷小道，平房狭小拥挤，环境好不到哪里去，车子进出也不方便。而文昌花园是最大的小区，又是新建的，大环境没什么问题。

可他们不知道居民却是极其的不配合，农民们虽然失去了土地，但那些农具却舍不得扔掉，就堆在院子和楼道里，家前屋后、花圃里，连一棵大树的树根周围，都被他们开垦出来种了蔬菜。特别是那几排村集体自建房里的农民，更是有理，“我们是农民，属村里管，你们社区没权利管我们”。他们种的菜，社区组织人员去铲，他们就会闹，“我在我家门口种点蔬菜，养个鸡鸭，碍你们什么事”。说着说着牢骚就上来了：以前蔬菜不要花钱买，随吃随拔，又新鲜又环保；井水河水随便用，洗脸洗菜冲痰盂，不花一分钱。现在倒好，吃个葱蒜都要拿钱买，上个厕所都要花钱，还要收物业费。这也花销，那也花销，赚钱的速度跟乌龟爬一样慢，花钱的速度倒像兔子奔一样，这日子还叫人过不过。

市民们也不省心，他们把煤球、一些旧家具、装潢多下来的建筑材料、舍不得扔掉的瓶瓶罐罐、淘汰下来的旧自行车等等都堆在楼道。每次来检查，特别是创建卫生城检查，那工作量不是一般的大，有的居民不管你怎么动员做思想工作，就是不理不睬。一次采访中，李树香告诉笔者，当年一户居民不肯清理楼道，社区派人把他家堆在楼梯道的东西清走了。当晚的活动上，他不顾郑翔正在讲话，冲上舞台，嘴里骂骂咧咧，把她从舞台上拽下来，逼着她把清走的东西还回去。拉扯中把她的衣领撕破，上衣上面的两颗纽扣都扯掉了，还是她们几个女同志护着郑翔离开的。

在基层工作过的都知道，那时为了接受创建国家级卫生城市检查组的检查，街乡都会专门成立突击队，检查组抽到哪个小区，全体队员就奔赴那个小区，乔装成小区居民。有的故意走到检查人员面前，完成卫生知识的抽查；有的深入到居民家中，帮他们清除不卫生死角；有的在小区里巡逻，捡拾烟头纸屑；有的在小区里转悠，提醒居民把自行车停放整齐……所有这些都需要居民群众大力配合才不会穿帮，很难想象当年他们文昌花园社区是如何让居民配合，通过卫生城市检查的。

她搞到活动就担忧。那时区里也是为了帮文昌花园早日打响名声，一些全区性的活动都放到文昌花园来搞。一次区里来搞活动，借了500张塑料方凳供观众使用，活动结束后现场只剩下430张，70张被居民顺手带走了，这是正常现象，大家见怪不怪。

社区成立当天，祝贺单位送了许多鲜花花篮，在主席台两边排成两排，甚是壮观。仪式一结束，把市区领导送出小区门，回来时所有的花篮都只剩下空竹篮，鲜花被一扫而空，地面全是鲜花的残枝碎叶，一片狼藉。

社区成立后的第一个元宵节，社区有心营造欢乐祥和的节日气氛，组织让大家参与其中的猜灯谜、吃元宵、跑旱船、挑花篮等“欢乐元宵节”系列活动。在中心广场拉起彩灯，挂起大几百盏小红灯笼，活动还没开始，几个老年人就将小红灯笼扯了下来，有的给自己的孙子孙女玩，有的直接装进自己的口袋。这是不文明现象，必须曝光。现场敏锐的记者们立即拿起相机、摄像机拍摄，并采访扯小红灯笼的老年人。

郑翔知道后赶忙找到这些记者，恳请他们高抬贵手，暂时不要曝光。记者不解，“曝光他们跟你们社区没有关系，这是他们的个人行为，再说我们也没有夸张，都是实事求是的”。她耐心跟他们说明小区的复杂性，大家都是拆迁安置来的，不管是农民还是困难群体，融入城市融入社区都有个过程，社区也刚成立不久，搞活动就是想跟大家拉近距离，缓和矛盾，一曝光就失去搞活动的意义，还有可能激化对立情绪。并说：“你们给我两年时间，如果两年后还是这种状况，你们随便曝光，我绝不阻拦。”记者被她的承诺感动，没有曝光，社区又重新买来小红灯笼进行布置。

一区机关部门挂包服务社区，组织一些企业到社区来开展便民服务活动。杭集的一家企业带来几箱牙刷作为小奖品和纪念品，工作人员刚拆开箱子，准备摆到桌子上，就被居民们一哄而上，一抢而光。争抢中，牙刷的包装盒把工作人员的手都划破了。

工作人员气红了眼，冲着郑主任喊，“你们这个社区主任怎么当的？这些还是人吗？”

郑翔护短地说：“不是人是什么？”

工作人员脱口而出：“是强盗。”“你看看，他们抢了那么多牙刷，有的几辈子都用不完。”

机关部门的负责人也很无奈，对她说像这么野蛮不讲道理谁还敢来搞活动。类似的事情层出不穷。

她接到信访部门的电话就担忧。一到重大节日、两会期间，不少居民就到市里、区里找相关部门反映诉求，在宝塔社区她从来没遇到这种情况，不要说到市里区里，到街道的都没有，所有大小矛盾都在社区就解决了。这里的老百姓动不动就往市里、区里跑，有时一两个人，有时几个人，还有时一两百人，只要有人去，按属地管理原则打电话要社区先把人带回去，人少时她会做做工作，先把人劝回来再慢慢处理，可遇到一两百人的，她就是有三寸不烂之舌，也劝不回他们。

当时小区老百姓的诉求五花八门，基本都是围绕拆迁安置，每个人都想实现拆迁利益的最大化。有的觉得自己拆迁安置面积给少了，要求政府给予补偿；不同区域拆迁来的人价格不一样，价格高的觉得自己吃亏了，要求政府补差价；在机关部门包干中没得到补偿的，心理不平衡，凭什么一样的地段，一样的情况，他就能平白无故得到十万、二十万的补偿，就因为他摊上个有钱有权有资源的“挂包”金主？他们要求政府补差距；还有的光脚的不怕穿鞋的，就是“我穷我有理”“我弱该受助”的思想……问题有共性的，有个性的，只要有个人振臂一呼，有诉求的出来了，没诉求的也跟着瞎起哄，有道是“耍猴儿不怕人多，看热闹不嫌事大”，他们边看热闹边煽风点火，感觉不把事情搞大就没意思一样。

特别是到了后期，“扬州就这么大，没有什么秘密”，各种各样的真消息假消息满小区飞。有人传说就这个项目还有一两千万拆迁补偿余款，一两千万，这在当时对于老百姓来说是何其巨大的一笔款项。大家激动之余都很气愤，纷纷摩拳擦掌，都想着能从这里面分一杯羹。有理的没理的，有诉求的没诉求的，汇集到一起，三番五次跑到市里，就像陈龙华所说“你别看他们这么跑，关键的也就那么三五个人，他们在后面出点子，比那些冲在前面的犯嫌多了”。

有一次，他们把开发公司围堵了一天一夜，郑翔被叫过去陪了一天一夜。她一边劝说群众要文明沟通，避免过激行为，一边说服开发公司对老百姓的合理诉求能解决的尽量解决，不合理的大家一起做工作。她说当时自己刚到社区，对情况不太了解，也没服务过居民，跟居民之间没有任何情感因素，更谈不上信任，她只能在双方之间起到一个润滑剂的作用，使矛盾不至于那么激化。

第四章　给自己套上一个“枷锁”

一

处在众人焦点中的郑翔深知小区矛盾太多，问题太集中，更何况涉及农民、小市民、困难群体、小商人等各类群体的生活习惯和思想观念，哪怕一丁点的改变都绝非易事。反映诉求也好，不文明也好，胡搅蛮缠也罢，有些问题一时半会解决不了，她先放一边。但老百姓的平常过日子，相互之间的矛盾和冲突，这是她不可回避的责任；让农民融入城市，成为市民，让所有居民对社区产生归属感，这是她唯一的目标。有再多的理由，也必须去破冰；有再多的惧怕，也必须去面对；有再多的困难，也必须去克服。

初到社区，她整个人如同高速旋转的陀螺，每一个细胞都在围绕社区飞旋，白天装修社区办公用房，筹备社区成立事宜，晚上走访重点人员，随时处理社区的各种矛盾，她最大的感受就是时间不够用。

当时她就走访算了一笔账，小区有4219户居民，一年365天，她每天晚上跑两户，得7年才能跑完整个小区；他们社区有五位工作人员，每天晚上下班后到9点走访结束，平均每户半个小时，满打满算一天跑不了20户，那也得两百多天才能跑完，更何况不可能所有的社区工作人员天天晚上加班到9点，怎么办？怎么才能让有需要的居民及时找到自己？

那时候手机是双向收费，对于一般人还是稀罕物，他们社区工作人员工资不高，社区也没有话费补贴，小灵通刚刚兴起，单向收费。她就琢磨着能不能搞一个社区小灵通，24小时开机，让那些有需要的居民可以第一时间找到她。

她把这个想法跟街道分管书记一汇报，书记觉得这是一个好主意。但书记同时提醒她，如果申请了小灵通，24小时开机，那就像上了个“枷锁”，必须24小时随叫随到。如果只是做个样子，宣传宣传，博一下眼球，那老百姓对你的意见会更大，趁早放弃这个念头。的确，他们社区工作人员大部分是女同志，白天上班就够累的，晚上谁不想早点回去做做家务，陪陪家人孩子，休息休息，可她倒好，主动申请一个“枷锁”套上。

她向书记保证：“书记，你放心，我既然想做就肯定把它做好。”书记也很痛快，一个字“行！”

很快，书记就帮她申请了一部小灵通，号码2896110，日后居民家里遇到点急事、难事，邻里间有了点纠纷，都会打这个电话，哪怕是鸡毛蒜皮的小事，也一定会得到回音或解决，这个号码被大家亲切地称为“社区110”。

社区印制了一张社区便民服务温馨卡，卡片上用各种字体突显其不同的服务。正面写着“民思我想，民困我帮，民求我应，民需我做”，主任24小时热线：0514-2896110；背面介绍了社区设有便民服务中心、党建室、图书馆、科普室等，并留有日常应急电话，包括物业服务、消防报警、自来水维修、供电维修、煤气报修，等等。

这4000多张粉色的社区便民服务卡，带着社区的温暖和关怀，带着女性特有的温柔和爱心飞入所有居民家中。有的居民心中犯起嘀咕：24小时热线，这是真的吗？有的居民不理解：24小时随叫随到，不分上下班，有这么傻的人？有的居民见怪不怪：还不是做做样子，吹吹牛，一阵风。有的居民觉得社区工作，又不是生死攸关的急事，有这个必要吗？有的居民认为她好表现，阴阳怪气地说再表现也还是个社区主任，是能提拔还是能重用？

面对种种异样的猜测、怀疑、误解和不信任，她没有解释，而是用日复一日的行动践行着自己的承诺，证明自己的言行一致；用自己的真心和真情拉近了与居民群众的距离，赢得居民的信任和拥护；用一个个具体的人和事在社区留下一串串坚实的脚印，写下了一个个感人的瞬间。

二

她永远不会忘记第一个社区110是夜里1点钟打来的，接通了，对方不开口，她问，是谁？有什么事？对方说没有事，就是看看社区110灵不灵，还真能打通呢。深更半夜打电话只是为了看110灵不灵，她真是无语。

第二个社区110是夜里3点钟，一个年轻人打来的。他说：“你是主任吧，我家网断了，能不能帮我接一下网？”当时她蒙了，什么网？她也不懂呀。但她又不能说不懂，那不让他笑话，什么主任连个网都不懂，只能硬着头皮说：“好哎，我来帮你联系看看。”她先生被吵醒，不满地说：“什么网不网的，让他明天再说。”她安慰好先生，爬起来跑到客厅，打电话找人帮忙。

她想到以前在电信干过的一位朋友，电话打过去，夜里3点钟哎，人家说：“你这当的什么主任，深更半夜值不值得，我看你这个主任不要做了，没意思，还不如换个工作。”她只能耐着性子说：“实在不好意思，半夜打扰你，其他话不谈了，你看你能不能帮我，不能帮我再想其他办法。”朋友抱怨归抱怨，还是说：“不谈了，不谈了，我帮你找人。”

过了一会，朋友的朋友打电话过来，“你问问看，他急不急，如果急就现在过去，不急最好明天早上9点过去”。人家说的是实在话，她也感动了，就把电话打过去，问年轻人这个网急不急。谁知年轻人说：“不好意思，主任啊，这个网其实我自己已经解决了，打电话给你就是看看，你是不是真能帮着解决问题，没想到你还真能解决问题。”她又一次无语，真是大千世界无奇不有，白天打个电话试试也就罢了，深更半夜的打电话，心里更是五味杂陈，居民对她太不信任了。

第三个电话，是晚上11点多打来的。进入冬季，天寒地冻，她正在医院陪儿子看病，小灵通响起来，是一个15岁小女孩打来的。这次是真的有事，还挺复杂，这个家庭一帮就帮了二十年。小女孩说：

“郑阿姨，我爸爸妈妈吵架，都离家出走了，不要我和妹妹，我们很害怕。你能不能来陪陪我们？”她不解地问：“你怎么知道打这个电话？”小女孩说：“我看到桌子上有个小卡片，我也没其他人可以求助，就打给你了。”她本来想联系周围邻居上门看看，转念一想，不行，本来大家对这个号码就不信任，何况是个孩子，她必须去。

她叫来丈夫陪儿子，丈夫有意见了，说：“你现在白天忙，晚上忙，弄个110，白天黑夜电话吵，深更半夜回家，深更半夜出门都成为你工作的常态，你还要不要我们这个小家。”她也顾不上解释，只说了一句“孩子求救不能不管”。医院在城西，她骑着电瓶车匆匆忙忙穿城而过，赶到城东的社区。一进门，看到家里杯盘狼藉，一塌糊涂，东西扔得满地都是，两个小姑娘蜷缩在墙角，还没等她开口，妹妹就扑到她怀里，猝不及防中差点被小姑娘扑倒，小姑娘哭着喊：阿姨，我要妈妈。身为母亲的她在那一刻，所有的母爱都融化在小姑娘的哭喊中。

那时候她刚到社区才几个月，好多家庭还没来得及熟悉。她敲开邻居的门，一了解，才知道这家情况特殊，爸爸刑满释放，刚坐完牢回来，妈妈下岗失业，大女儿是抱养的，小女儿才三岁多，有先天性心脏病。平时家里三天一小吵，五天一大吵，爸爸嗜酒，家里有点钱就被他拿去买酒，一喝酒就拿老婆孩子出气，常常吵得四邻不安，邻居们不想引火烧身，惹不起还躲不起，都不怎么跟他们家啰嗦。

邻居们本来就挺同情这两个小女孩的，看郑主任大冬天的深更半夜来调处，心里都挺感动的。他们有的哄孩子睡觉，有的收拾屋子，有的陪着郑主任到处找孩子爸爸，他们到他有可能去的洗头房、足疗房、浴室等场所寻找，终于把孩子爸爸找回家，郑主任又苦口婆心劝说他，要好好善待自己的家人，一直忙到凌晨四点多才回家。邻居们看她这么辛苦，都主动对她说，以后有什么事可以直接联系他们，他们来上门帮助解决，你就不要跑这么远。郑翔也很感动，她觉得居民里大多数人还是热心善良的，她似乎隐隐约约找到曾经在宝塔社区的感觉，一个善举会带动很多人的善举，慢慢就会形成一个良性循环。

事情到此并没有结束。第二天上午，小孩的爸爸跑到社区，坐下来，双腿翘到办公桌上，理直气壮地说：“郑主任，帮我把老婆找回来。”郑主任跟他说：“我们帮你找不要紧，但是找回来，你要好好待她，不允许再吵架，再打她。”

听说小孩的妈妈在江都有个亲戚，有可能去亲戚家了，郑主任就带着那些热心的邻居驱车赶到江都，没有。其间只要听说有一点消息，他们就跟过去寻找。后来听说她在山东打工，他们千方百计找到她的号码，郑主任亲自打电话劝她回来。说不管怎么样，家里还有两个孩子，并承诺回来有什么矛盾她来帮着调解，有什么困难她来帮着解决，社区一定会帮助他们一家渡过难关的。好不容易把她劝回来，在郑翔的撮合下，夫妻俩坐到一起，可话没说两句，又吵起来了。“就是你们，多管闲事，找我回来干吗！”妻子扔给郑翔一句埋怨，站起来就准备走。郑翔委屈极了，强压眼泪。“不能让这个家散了。”她拉住他妻子，晓之以理，动之以情，让他们好好待对方，把家里的日子过好。

好景不长。一天社区在广场组织残疾人活动，男的带着自行车冲到会场中间，开口就对郑主任骂骂咧咧的，甩下一句话：“我老婆又走了，帮我把老婆找回来。”郑主任心里面那个委屈呀，眼泪水都要下来，心想怎么会有这种不讲理的人，我们给你找一次老婆，不能老给你找老婆，回来时谈得好好的，这才几天，又把老婆气跑。社区也不是就你一户，不可能天天围着你家转，动不动就为你找老婆。再说就是帮你找老婆也不要紧，你凭什么不让我们搞活动，还一见面就当着这么多人的面骂人呢。

三

想到被骂，她的心里翻江倒海般的难受。工作这么多年从来没像现在这样，动不动就被人当面责骂，自己到社区时间不长，也没做过什么对不起大家的事，有的甚至都不认识，从没打过交道。“生活在一个小家庭，磕磕碰碰少不了。生活在一个大家庭中，委屈更少不了。”郑翔有太多的委屈，但她很“健忘”，她说“没有一定的肚量，在这个社区还真待不下去”。

社区内有一男子，只要见到郑翔，就会骂她，她不解地问他为什么，那男的直接回她：“不为什么，就是看不惯你们当官的。”她心想我这算个什么官。后来她了解后才发现，这一户是儿子离婚，带着小孩和他们住在一起，动不动就和他们发火，还常常对他们动手，也不怎么过问小孩，只能他们老两口照顾，面对这样的家庭，小孩不喜欢学习，出现了轻微的抑郁症状，他心情不好，憋着一肚子气，没处发泄，只能抱怨政府，抱怨社会，郑翔就成了他最大的出气筒。

那时候被人骂多了，自己真心待人也听不到一丝好的回应，有些“好心”的居民还会说：“你对他好有什么用。”“这种人，你就不应该对他这么好。”还有的居民直接就说“都是你对他太好了，惯出来的”。那种语气中的责怪和不满让她心里面觉得忒委屈，真的是“升米恩，斗米仇”，自己吃力不讨好？一种无力感常常困扰自己，觉得自己在社区工作是不是犯贱，犹豫过、动摇过，想离开这个社区，或者不干社区工作。就在她犹豫不决的时候，一件事改变了她的心境，让她重新审视自己，坚定了她的社区之路。

一天，她从外面回到社区，工作人员告诉她，有一个人指着社区公示牌上她的照片，不肯走，好像是找她。她进门一看，原来是宝塔社区的俞刚。小俞是一名脑瘫患者，属于二级重残，不能说话，走路困难，父母亲怕他发生交通意外，平时不允许他出小区，只能在小区里走走。那天他是“偷偷”跑来的，当时满头大汗。郑翔说：“那是个大热天，我根本没想到他会来找我。我赶紧拿了瓶矿泉水给他，他让我帮着打开盖子，自己没喝，伸过来送给我喝。”问他有什么事，他摇摇手，用手指指郑翔，再指指自己的心，脸上挂着幸福的微笑。郑翔明白他的意思，“他是在告诉我，他想我了，就想来看看我”。她很感动，告诉他：“想我的话可以随时来看我，我也可以到宝塔社区去看你。”

原来小俞因为脑瘫羞于见人，经常在社区里一个人孤独地四处游荡，家里就这么一个孩子，40多岁了，也没人瞧得起，一家人整天愁眉苦脸。郑翔到了宝塔社区得知他家情况后，立马上门慰问，为他送去一台新轮椅。在社区专门建了残疾人康复中心，小俞家与社区只有一路之隔，她就上门喊他，让他来参加康复，刚开始他不肯来，她反复做工作，来了以后，小俞找到乐趣，只要有时间每天都来，每次早来晚走，社区成了他的家。她还注意观察他，发现他有一个特长，象棋下得特别好，一般脑瘫患者不会下棋，她就安排小区内群众经常陪他下棋，还常常鼓励他振作精神，多交朋友，她自己首先成了他的朋友。久而久之，小俞不仅身体机能有所改善，心情也变得开朗，还交到一些志同道合的棋友。他父母亲都很诧异，说从来没见过他这么开心。这次他就是好长时间没看到郑主任，想她，专程来看她的。

一个脑瘫患者，独自一人冒着烈日，骑着一辆三轮车，从家赶到文昌花园社区，一路骑了七八公里，只为来看她一眼，不是为了玩，也不是为了找她有事，单纯地只是为了看一眼，换作谁心里都会感动。离开的时候，看着他的背影，她心中感慨万分，作为一名残疾人，冒着烈日瞒着家人送来的这份思念，让她觉得在社区所有的付出都是值得的。她相信只要自己用心做事，再难的事都能做好；只要自己真心对待他们，尽心帮他们解决一些实际问题，再深的矛盾都能化解，迟早会得到他们的理解和认可，被骂、被误解又算什么？被骂只是一个过程，说明自己做得还不够好，假以时日，等她离开后，他们会记得她的好。

眼前的这个男人，自己一片真心帮他，他竟然这么不讲道理。

她强忍着泪水，把他劝到办公室。到了办公室，郑翔也忍不住和他论起理来，她说我们帮你把老婆请回来，你不好好待她，反而又打她，把她气跑了。我们社区尽到了责任，是你做丈夫的没有尽到责任。再说找老婆是你的家事，我们帮了你，你倒反过来骂我们，我们也是人，这种吃力不讨好的事谁还会做？男人被她说得哑口无言，一边打招呼说骂习惯了，成口头禅，一边不停地重复那句话“帮我把老婆找回来”。

四

俗话说“清官难断家务事”，对难缠的“家务事”，一般人会选择绕开，但郑翔绕不开。这次他们又四处寻找，帮那个男人把老婆找回来，还劝她不要动不动就离家出走，要多为两个孩子考虑。为了稳定住这个家庭，郑翔想办法帮他们介绍工作，前前后后找了好几个，他去干几天就不干了，挑三拣四，不是嫌苦，就是嫌累，要么就说人家不肯用他，反正他总会找个理由不干。

无奈之下，郑翔只能找到社区物业公司，跟他们协商，讲明情况，请他们帮忙。物业公司领导知道郑主任的人品，也很敬重她，就答应帮她这个忙，可谁知这一帮，帮出一个大麻烦，就像一个烫手山芋，推也推不掉，甩也甩不掉。物业公司有好多工种，他基本做了个遍，当保安、管理车位、收物业费等，不是自作主张多收费，占为己有，就是常常喝酒，喝多了，跟业主粗喉咙大嗓门，一言不合就打架，业主不停地投诉他。

公司领导实在没办法，找到郑主任，说：“不是不给你面子，这个人实在不能用。”郑主任本来还想做做工作，让他们勉强把他留下来，总要有个事做有碗饭吃。谁知他自己也找到郑主任，说不想干了。她问他不想干了，今后没工作怎么办。他说“那不管你的事，我要物业公司补偿，我要钱”。郑主任心想两边都有这个想法，那就让他们好来好散协商吧。

哪知道他狮子大开口，要人家一次性补偿10万，后来一步步降到8万，人家物业公司觉得是你自己做得不对，我们凭什么给你这么多钱？他们测算后只同意给两三万补偿费。当时郑翔一再提醒他把养老保险交了，他坚决不同意，要一起折算成现金。喝酒是他的嗜好，他不能没钱喝酒，平时社区给孩子的助学款，只要一到他手，马上就会变成酒，后来社区干脆不给他钱，买成学习用品，或者交给他老婆，或者直接交到学校，这次他一样要捞现的。最后郑翔做了个中间人，让公司一次性结清，补偿5万多，双方签订协议，今后“大路朝天各走半边”，不再提出任何要求。

拿到钱后，他又找到郑主任，说要和物业公司打官司，他们没给他交养老保险，还说人家告诉他，可以通过劳动仲裁让公司赔偿。遇到这种人，一般人真会崩溃，好在郑翔见得太多了，对人性的自私早已见怪不怪。她说当时签协议的时候是你们双方同意，作为一揽子买卖，全部结清的。如果你现在要和他们打官司，那你先把到手的钱拿来，双方坐下来重新谈，该交社保的交社保，该补偿的补偿，你们该怎么算就怎么算。他见郑主任不支持他，估计从这件事上捞不到什么油水，只好作罢。

过了几天，他又跑到社区找到郑翔，说“我现在没饭吃了，马上去找市政府”。她问他去市政府干什么，他说就是你让我一次性结清，你纵容他们，导致他们不要我了，我没饭吃不找市政府找哪个？他就这样时好时坏，常常不讲道理又要无赖，就像扶不起的阿斗，稀泥糊不上墙，任凭你怎么帮他，他依然坚定地保持着自己的品性，活在自己的世界里。直到现在，郑翔还在为他找事做，她说不管怎么样，他是她们社区的居民，她不能放弃他。

在社区，像这样的棘手事很多很多，不管是不是自己职责范围，在不在自己的能力范围，只要居民有需要，郑翔觉得她就没有“分外事”。因为信任，很多居民手机的第一个号码就是郑翔的社区110。“您好，我是郑翔。请问有什么需要？”这也是社区居民再为熟悉不过的声音。只要居民打来电话，不管什么时间，她都会认真接听；不管什么情况，她都用心接待……

时间久了，居民们口口相传：“找郑翔，不劳神；拨打社区110，解决问题就是灵。”居民用“郑能量”来称呼郑翔，家里的事都愿意和她说、邻里的事都喜欢向她讲。

她记得有了社区110的第一个大年三十晚上，她接了八个电话，“我被锁到电梯里了。”“我家太阳能坏了，全家等着洗澡呢。”“我家的马桶不通了，这过年还怎么过？”“我家灯管烧了，现在也没地方买，能帮我找一个吗？”“我家的电跳闸了。”“我家的电视打不开了，看不到春节联欢晚会了。”……一个个电话像一道道无声的命令，刚下班回到家的她又穿上外套，全副武装赶到社区，协调物业，找到相关技能的社区志愿者，把所有的问题一一解决，用她的话说，“过了一个非常充实的除夕夜”。

五

这一个个电话，一份份诉求，牵涉的是一个个家庭的和谐稳定，郑翔像春不抱怨干燥，夏不抱怨闷热，秋不抱怨悲凉，冬不抱怨天寒一样，就事论事，坦然接受老百姓的一个个求助，尽心尽力帮助大家解决一个个现实问题。每个人都有工作厌倦的时候，尤其是面对千家万户、千头万绪的社区工作，但无论多烦、多累，她始终保持微笑，还常说：“社区虽小，却是党和政府联系、服务居民群众的‘最后一公里’，每当解决了一户居民的困难，化解了一个矛盾，我总有一种获得感，这种被需要的感觉，激励着我勇往直前。”

那时的社区工作就像一盒万金油，她只能头痛抹头，脚痛抹脚，先让居民们和谐相处。单就楼上下的噪音干扰问题，她们社区前前后后处理了30多起。住在楼下的农民，认为楼上的市民瞧不起自己，经常在楼上故意制造声响，影响自己的正常生活；住在楼上的农民，认为原来自己单门独院，多大的响声都无所谓，现在弄这么点响声，就影响楼下啦，经常为了楼上下的响声问题吵得不可开交。

一天晚上，刚下班回家还没吃上饭的郑翔，接到社区小组长打来的电话，说小区内两户楼上下的居民，为了响声打起来了，一方的牙齿都被打掉了。她一听打起来了，二话没说，下楼推车，直奔社区。

原来是一户四楼的老夫妻，在村里时单门独院，住上楼房不太习惯，总觉得楼上不时传来响声较大的怪声音，误认为是楼上居民有意与他作对。那天晚上感觉响声特别大，准备上门去理论。一开门，看到五楼的小夫妻就在门口，气头上的老头子没忍住，什么也没问，什么也没说，不分青红皂白上去就是一拳。五楼的小夫妻爬楼梯爬得好好的，小伙子莫名其妙挨了一拳，也不假思索回了一拳，把老头子的门牙打掉了，这下，两家人打到一起。邻居看到他们打成一团，就拨打了110。

郑翔一到，老头子就拉着她的手，说：“郑主任，你来评评理。他们瞧不起我们农村人，整天动不动就把地板弄得咚咚响，有的时候中午都没法睡觉。”年轻的小夫妻觉得挺委屈，他们说平时白天上班，家里没人，哪来的响声？再说他们家有个小孩，他们还是挺注意的，家里所有的桌子和椅子都贴了脚垫。刚才他们一家出去吃饭，才回来，还没上楼，就无缘无故被他打了一拳，根本不存在老头子所说的瞧不起他们，有意制造噪音，影响他们休息的情况。

双方各执一词，郑翔就把老夫妻俩带到楼上，果然如小夫妻所说，所有的桌椅都贴有脚垫，家里清清爽爽，一看就知道小夫妻的素质不差。那是哪来的声音呢？郑翔怀疑是不是拉窗子发出的响声，她把窗子开开关关，老头子直摇头，说“不是这个响声”。

事出有因，总要把根源找出来，要不然今后还会闹矛盾。家里查不出原因，郑翔就让物业到楼顶去看看，上去一看，楼顶上的太阳能热水器，薄板和烟道接头处破损，有一块外皮翘起来了，他们用手拉了拉，老头子赶忙说“就是这个响声”。根源找到了，原来这块外皮被风一吹，就发出哗啦哗啦的声音，声音传导到四楼，四楼误认为是五楼发出的声音，误会解开，楼上下放下了心中的芥蒂。那时候QQ刚刚兴起，小伙子有所感触地在上面发了一篇短文《我们要学会住楼房！》

的确，农民也好，拆迁来的城市居民也好，原来他们都住着平房，有的还有单门独院的小院子，他们在家里随便怎么发出声响，随便发出多大的声响，都不会影响其他人，更不会引发邻里间的矛盾。可现在不一样，住进楼房，楼上下不要说故意制造响声，嗓门高一点，管教一下孩子，夫妻之间吵个架都能听到。如果大家不能改变习惯，互相理解，而是遇事就胡乱猜疑，盲目对立，那引发冲突是不可避免的。

有一住三楼的住户，老是怀疑四楼有人在家里面开工厂，到社区反映。郑主任一听，在楼房里开工厂那多危险，就到四楼去了解情况，四楼一口否认。三楼坚决不相信，一口咬定他们在家里开工厂，四楼被弄得没办法，就说“你们可以进来看。开工厂总要有机器吧？”

郑翔他们进去四处查看，连衣柜、床肚，每一个犄角旮旯都看了，没有。三楼认为：“你们来了，他们把机器藏起来了。”郑主任无语，说：“就是藏，也要有个地方藏呀。”郑主任又把四楼的窗子开开关关，问是不是这个响声，三楼说：“窗子的响声我是听得出来的，不是这个声音。他们就是有意的，故意跟我们作对，瞧不起我们农民。”她都有点奇怪了，这些农民怎么说话的口气都是一样的。

不管怎么说三楼的心结还是要想办法打开，她又跑到五楼，五楼平常家里没人，声音不可能来自五楼，她又请四楼把所有桌椅的腿用布包起来，还不错，四楼挺配合的。后来三楼还是坚持“有声音”，郑翔怀疑是不是心理因素导致的幻听，就请了一个专门的心理医生，跟他聊了几次，才把三楼的情绪调节好。

还有一户更是让他们紧张。一位70多岁的农民跑到社区，说他们家楼上天天夜里11点还在上面弄得咚咚响，他晚上睡不着，已经失眠一段时间了，扬言要是再这样下去，就拿煤气罐把整栋楼炸了，大家都不要活了。

郑翔看他不像开玩笑，也挺害怕的，生怕他一气之下做出不可挽回的事情。社区上门了解情况后发现楼上是有一个小宝宝，但正常情况小宝宝8点多就睡觉，而且睡在楼中楼，小宝宝睡觉后他们家都是轻手轻脚，生怕把宝宝吵醒，根本不存在晚上11点还在制造响声的情况。

为了解开谜团，当天晚上，社区人员全部出动，分成四组，楼上、楼下、对门、对门楼上，每户一组。9点时，四户家庭按正常的生活节奏一起发出声音，郑主任陪着老太爷，问他有没有听到响声。他说没听到。等到了11点，事先跟几户家庭都打好招呼，大家一起安静下来，不发出一点响声，几户邻居都很配合。这时，老太爷跟她说：“郑主任，你听，又有动静了，声音大得不得了，这还怎么叫人休息。”

郑翔一点声音也听不到，知道是老太爷的心理问题，她告诉老太爷社区的人都在他们家里，楼上下的人都睡觉了，大家都没弄出什么响动。她不能说他有心理问题，就说：“你是不是想多了，放宽心睡觉。”老太爷坚持，“不是我想多了，你听，这声音多大。”她知道跟老太爷一时半会也说不清，就说：“好吧，我也不能说没声音，明天我带一个人来跟你沟通沟通。”第二天，她亲自带了一位心理咨询师到他家，跟他慢慢聊，不提他心理有没有问题。沟通过几次后，老太爷的失眠症消失了，也听不到响声，生活归于正常。

类似的小故事对社区110来说不胜枚举，在社区发展的初始阶段，社区110像一座连心桥，连接着“千家万户”，处理着“鸡毛蒜皮”，她常说“锅不热，饼不贴；锅一热，饼就贴”。与群众相处久了，感情就深厚了，再多的矛盾也能迎刃而解。

如今，随着基层治理体系逐步完善，社工理念的注入，“温馨服务卡”已变成“温情服务网”，社区首创“全科社工+网格社工+专业社工”三联服务模式，构建了“网格长+网格员+微网格联络员+微网格志愿者”的服务网络，在原有11个网格的基础上，细化出100个“微网格”，每个“微网格”配备一名联络员，年龄从20多岁到70岁不等，他们都是社区志愿者或楼幢里的热心人。“提户知人、提人知事、提事知情”，11名网格长和100名微网格员的手机号码，都在为“社区110”接力服务，老百姓随时都能感受到服务就在身边。

第五章　让大家熏陶大家

一

在最初服务居民的过程中，郑翔努力让自己活成一束光，给受助人增添信心和希望。但她很清醒地意识到文昌花园社区作为特殊的存在，从一“出生”就备受大家的关注。作为政府的民生实事，高标准的规划、配套、建设，后期的管理能跟上吗？民生实事能持续“实”下去吗？入住人员的情形复杂，素质参差不齐，提起来都让人头疼，他们能和谐相处吗？他们能对社区产生认同感和归属感吗？要回应这些社会关切，仅靠她这一束光是远远不够的。

她的脑海中常常荡漾起泰戈尔的一首诗：把自己活成一道光，因为你不知道，谁会借着你的光，走出了黑暗；请保持心中的善良，因为你不知道，谁会借着你的善良，走出了绝望；请保持你心中的信仰，因为你不知道，谁会借着你的信仰，走出了迷茫；请相信自己的力量，因为你不知道，谁会因为相信你，开始相信了自己……愿我们每个人都能活成一束光，绽放着所有的美好。

她在思索、琢磨，怎么才能激发引导更多的居民保持心中的善良，保持心中的信仰，相信自己的力量，努力活成一束光，用自己的生命去影响更多的生命；如何围绕“邻里和睦，社区和谐”的大目标，用翻天覆地的变化来增进邻里感情，改变邻里之间“鸡犬之声相闻，老死不相往来”的现象，让大家都能看到这个社区还是有希望的，提到文昌花园社区不再摇头；用什么方式来宣传、倡导正能量，既能让居民易于接受，又能持之以恒促进居民综合素质的提升……一系列的问题需要她去破冰，需要她去寻找解决的途径。

一次，翻看《扬州晚报》时，她突发奇想，我们社区能不能办一份自己的报纸？扬州日报、晚报宣传的人和事与社区的人离得太远，大家也不认识，会认为可有可无，和自己没什么关系。如果社区办一份自己的报纸，讲述小区内的好人好事，用看得见摸得着的身边人身边事来教育引导大家也许效果会更好，让崇尚好人、争做好人成为社区的一种风景、一种风尚。

“社区办报”，听起来有点不可思议，社区具体负责的人说：“开始连我自己都不敢相信，能办起来吗？”以前虽然在媒体上看到过有的社区出过简报，但那都是某项专项工作简报，或者就某个专题偶尔出一期，要想真正持续地，每个月定期像模像样地、正儿八经地办一份报纸，还没听说过。可有了想法就要实施，没有条件创造条件也要办，这是郑翔一贯的工作作风。

恰巧在走访中遇到一位退休老人王锡奎，他是市作家协会会员、绿扬诗社会员，还是扬州市的市民观察员，本身就是个热心人。老伴长期在上海照顾孙女的生活起居，他独守扬州，性格有点孤僻，基本属于“空巢”老人，平时喜欢写写文章，经常在报刊上发表，读书写文章是他唯一的爱好。

郑翔想请他出山，“王老，我们社区想办一份报纸。但社区没有经费，想请你义务编写稿件，当个主编”。

没想到王老很爽快地答应：“可以，但我是一个有个性的人，要办就要办好。”

两人想法一样，一拍即合。王老问：“你办报的宗旨、目的是什么，要达到什么效果？”

郑翔简单地介绍了自己办报的想法，“主要有四个方面，一是展示社区的工作，让大家能及时了解社区在做什么。二是宣传身边的典型，表扬社区内和谐文明、互助互爱的好人好事，讲好小区居民的故事，让大家可学可感。三是对一些不雅行为、易产生邻里不和的行为进行曝光，对外我们可以不宣传，要维护居民的形象，但对内关起门来要曝光，让大家引以为戒。四是介绍一些与居民生活息息相关的常识，如防盗防火、环保生活、科普知识，特别是一些法律常识，让大家能够知法、懂法、守法，遇到事情依法解决”。

两人围绕办报宗旨就一些框架性的事情进行了磋商，人员、稿件的来源、栏目等等。有了王老的加盟，郑翔信心大增。听说张石芝老人曾经办过交通系统的小报，她亲自上门，“三顾茅庐”式地请他出来“帮社区忙”。郑翔的诚恳和对他的尊重，深深感动了他，于是应承下来。走访中，社区还发现了几个文学爱好者，就这样，10多名退休“文人”组成了一个义务“编辑部”。

办报不像想象中的那么简单，人可以做志愿者，免费出力。印刷、纸张这些都需要钱，钱从哪里来？有人提议用做广告的方式解决，有的企业也主动找上门。郑翔思虑再三，还是想办一份纯粹的报纸，不想让报纸充满商业味。她找了一位居住在社区做企业的朱总，请他协办，朱总本身就是个文化人，没想到他一口答应，“没问题”。后来万杨物业接手小区管理后，她想想物业和社区一样，也想加强与居民的沟通联络，何不去找物业协商，请他们也出一部分经费，没想到物业也欣然应允。

有了人，有了钱，还要考虑报纸的合法性。他们跑到宣传部去咨询办报的手续及流程，要申请刊号，得有报刊名，郑翔回来一商量，大家说创和谐社区是我们的目的，干脆就叫《和谐文昌》。行！大家一致赞同。有了报刊名，谁来写这个报头，才能让这份报纸更有意义、更有影响？他们想到了市委宣传部赵部长，也听说赵部长写得一手好字，可部长能不能答应？一个小小的社区，能不能请得动市委常委，郑翔心里也没有底。

郑翔抱着试试看的态度找到部长。又是一个没想到，部长非常随和，听她谈了办报的初衷、理念和想法，说全市最大的拆迁安置小区要办报，这是好事，应该支持，欣然题写报头。郑翔非常感动，一份小小的报纸，上至领导，下至平民百姓，有这么多人关心支持，他们没有理由不把报纸办好。

2006年元旦，社区的第一份“居民报”——《和谐文昌》创刊号出版了！

拿到这份散发着油墨芳香的报纸，郑翔和社区的工作人员很激动，想法变成现实，终于出炉了；参与编写的人员更激动，采访编写、筛选稿件、策划版面、反复修改、校对文稿，就像一个新生儿在他们手中诞生了；居民们觉得很惊讶，报纸上说的全是自己身边的事，有的自己知道，有的参与过，“我们也能上报纸”，会心地微笑、津津有味地阅读，一切都很新奇。

第二期，志愿者许艳琴等20多位居民针对小区内的不文明行为，在报纸头版头条发出八条倡议，倡议广大居民从我做起，从点滴做起，一步一个脚印，将文昌花园社区建成温馨祥和、安乐文明、和谐美丽的家园。

社区就“倡议书”分期分批召开由居民、小组长、党员等不同群体参加的“文明社区大家谈”座谈会，广泛听取各方意见。有的建议社区多组织活动，让老年人老有所乐、老有所为，不参与赌博；有的针对在水池里洗菜、洗拖把的问题，建议在水池边竖立宣传牌，随时提醒居民共同爱护美丽家园；有的提出棋牌室干扰居民的生活，给小区带来不良影响，应将这些场所关闭；有的觉得小区内有人烧煤球炉，炉烟飘出污染空气，应该杜绝因燃烧煤炉而产生的烟、尘、气等扰民现象；有的提出对某些居民的不良行为习惯应及时曝光纠正，提倡文明积极向上；有的认为有少数人在草坪里种菜，有碍于绿色环境的保护，要引导他们从思想上做到角色转换；有的建议要发挥好党员的先锋模范作用，积极组建志愿者队伍，监督社区的不良现象……

梳理着大家提出的一条条建议和意见，郑翔深有感触地说：“社区能不能管理好，关键是要看居民能否自觉参与到社区建设和管理中来。如果能充分调动大家的积极性，让大家都像爱护自己家园一样爱护这个社区，那我们的社区就没有理由不建设好。”

他们还把小区的一些不文明现象，编成快板词发表在第二期上。“奇怪奇怪真奇怪，鱼池里洗衣又洗菜，拖把洗来还拎水，污染环境愧不愧。单位热情来宣传，少数人儿围成团，有人自私欠自觉，看见货箱就抢药。行为不雅真难看，赶快改掉坏习惯，自身素质要提高，幸福花开永不凋。”大家在会心一笑中懂得了该做什么、不该做什么，有的悄悄纠正了自己的行为。就地拆迁的农民刘某，入住小区后，就将家门前绿化铲掉，种上蔬菜。看到《和谐文昌》上刊登的倡议书后，主动铲除蔬菜，协助物管重新种植了绿化。

报纸出了三期，社区又及时牵头，就办报经验不足和遇到的一些问题召开座谈会。会上大家畅所欲言，对报纸的栏目、内容、发行、作用发挥等方面提出不少意见和建议。

有的说，要想办得长久，需要有铁杆的、负责任的编辑队伍和通讯员骨干队伍做后盾，目前队伍还比较薄弱，要再发展一批志愿者，义务为办报出谋划策，使报纸的信息来源更广、内容更丰富。

有的认为家庭是社会和谐的基础，可以对社区内的特色家庭进行采访编写，用身边人身边事教育引导大家。要多鼓励多表彰，适当曝光提醒。

有的觉得物业管理是大家比较敏感和关注的话题，建议设立一个专栏，作为物管与居民的对话窗口，起到彼此信任、相互鞭策的作用。

在发行上，大家觉得报纸是社区和居民沟通的桥梁，最好是每家每户都能看得到。发挥楼幢小组长作用，分发到每户，让大家都能及时了解社区工作和情况。

有的说，办一份报纸不容易，出了三期，可以称得上是全市社区办报第一家，一定要倍加珍惜，坚持办下去。

有的建议定期对通讯员来一个评比，调动大家的积极性。

…………

郑翔对大家提出的建设性意见和建议一一记录，并就一些细节性的问题进行了商讨。

会后，报纸的栏目增加了。《图片新闻》《文昌动态》《月度新事》用于展示社区工作；《社区人物》《我爱我家》《社区风采》《五味人生》等栏目采写小区的典型人物，讲述社区工作者的成长经历和心里感悟，讲好小区居民的家庭和生活故事；《立此存照》《回音壁》像小辣椒一样随时曝光小区内的不文明行为、管理上的一些漏洞以及处理情况；《知识之窗》《廉政文化》《书法与诗》《友情提醒》《家有收藏》等栏目，普及常识、提升素养、分享生活经验等等。

发行的方法确定了。由最初的600份扩印到4000份，楼幢小组长分发到每家每户。后来，有了微网格员，就由微网格员分发到每家每户。

办报的程序进一步明确。社区安排人员接收来稿，每期召开两次编委会，一次确定主题，大概的内容、框架，编辑小样出来后再开一次编委会，讨论版面的安排，最终定稿。

办报过程中，他们根据居民意见不断完善，刚开始用新闻纸刊印，黑白单页双版，有居民反映不太结实，不利于保存，他们改用铜版纸；有热心读者建议聘请一部分特约通讯员，他们采纳了；有居民建议扩版，增加栏目，办报三周年之际，他们由原来的16开本扩到8开本。一位读者立稼看到扩版后的《和谐文昌》，激动之余，写下了《读者心中的〈和谐文昌〉》：

> 如果有人认为，《和谐文昌》不就是一份难登大雅之堂的社区小报嘛，有什么值得如此青睐和称道的？那他显然是错了。是的，在五彩缤纷的众多媒体的百花园中，《和谐文昌》只是一棵不起眼的小草，但是由于它是扎根于最基层的社区，是社区干群用自己的汗水浇灌成长起来的，所以它能贴近实际、贴近生活、贴近群众。它在我们社区居民的心中，就像寒冬里的一缕阳光、炎日下的一片绿荫、荒漠中的一泓清泉；它是人们播种希望的原野、挥洒情感的园地、发表议论的沙龙、联结党群关系的纽带。
>
> 不错，无须讳言，《和谐文昌》与其他任何新生事物一样，不可避免地存在着某些瑕疵。比如说，它的内容还不够宽泛，它的文章略显稚嫩，一些文句的逻辑也不那么缜密……但是俗话说，瑕不掩瑜。《和谐文昌》因为它坚持高举和谐的旗帜，从而有力推动着我们社区的稳定、文明和昌

盛，所以我们这些《和谐文昌》的忠实读者，一起将它视为自己的珍爱。正如一位老读者所言，在他的心中，《和谐文昌》就像他自家门前的那株定时开放的月季花，成了他每个季度的一种期盼，期盼着它那届时展示的赏心悦目的笑脸，期盼着它那悠悠的、醉人的、沁人心肺的芬芳。

读着这些，编者心里无限喜悦，这既是对他们的肯定，也是对他们的鼓励和鞭策，更有一种压力和责任。郑翔是总编，王老是主编。郑翔负责总体把关，王老负责组织稿件，全盘思考，文字润色，反复推敲，对社区评选出的先进典型，他一户户上门采访，撰写稿件，一直是一个非常敬业，负责任的主编；也是一个要求比较高，说话比较耿直的主编。看到这些来信，他兴奋之余要求更严，对自己、对别人都是一样。

他要求小编辑们要像绣花一样，精心校对每一篇文章，不能出现任何错字别字。小编辑有时都被他说得哭了出来。不过小编辑还是蛮感激他的，特别是他去世后，小编辑说别看他说话凶巴巴的，但句句中肯，跟着他学到不少东西。郑翔更是惋惜："他不在了，对《和谐文昌》是个很大的损失，他当主编的10多年里，基本不用社区烦神。"

好在社区不缺能人，现在的主编是宝应县委宣传部原副部长张同元，他也是一位称职的主编，编委会的人员也在不断扩大。经过几年的治理，小区的风气已得到根本性好转，他们把每月一期改成两个月一期。

《和谐文昌》报作为社区文化工作的一项主要内容，在社区刚成立的那个特殊时期，起到较好的以文化人，以文引领人、熏陶人、凝聚人、感召人的作用，打造起社区与居民的情感共同体。不少读者，特别是那些年纪大的社区居民从简报的第一期就开始关心，为了能够集齐每一期小报，常常去邻里中心服务大厅打听《和谐文昌》报的进度，生怕遗漏。有位刘老一期不缺，他们是《和谐文昌》报的忠实读者。

《和谐文昌》报不仅实现了区委副书记在“创刊号寄语”中所写“希望简报能架起一座党和政府与居民群众之间的连心桥”，也成为社区居民间的“连心桥”。社区志愿者张遐昌酷爱拉二胡，他在《和谐文昌》报上发表了一篇文章，有位居民敲开了他家的门，他不认识，也不知道对方想干什么。经询问，原来该居民从简报上获悉他会拉二胡，想拜师学习。

《和谐文昌》报成为居民互相了解、互相联系的平台，也激发了不少人的文学热情，圆了不少人的文学梦。在中华人民共和国成立60周年、中国共产党建党90周年等一些特殊的纪念日，他们还会组织“我的家国故事”“党旗红、党恩深”等一些主题征文活动。有居民写诗夸赞：淡墨鲜红写大家，文昌小报一奇葩。和谐文苑芳草地，你弄青藤我种花。

“堂前无字画，不是旧人家”是扬州的城市习俗。在《和谐文昌》的作者队伍里还活跃着一批自称为“草根诗人”的诗词工作者，几乎每一期上都有诗词作品。在小区绿树成荫、繁花似锦的环境中，随处可见诗牌、诗碑；在居民活动室、办公场所也到处张挂着诗书画作品。

有人称他们“小小社区，藏龙卧虎，诗化氛围堪称一流”。不过他们不是“不知有汉，无论魏晋”的桃花源中人，也不是把诗词作为附庸风雅的点缀物，而是把它融入到工作、生活中。廉政建设、法治宣传、文明创建、关注民生等等，诗词工作莫不成为其中的重要组成部分。他们的诗中洋溢着时代气息、人文情怀，《和谐文昌》上的时事、要闻、图片等都配上诗词，别具一格。他们还成立诗词小组，诗教工作获得省级先进单位的荣誉称号。

2012年，他们把《和谐文昌》报创刊后的诗词选编成《文昌诗歌》。扬州诗词协会会长赵昌智，市委宣传部原部长欣然作序。序中他写道：“据有关专家说，人的居住环境可以分为宜居、利居、乐居几个层次，而最高层次是诗意栖息地。文昌花园社区庶几近之矣！”

二

抓住任何一个节日组织活动，用诚挚、爱心、助人的心态去传播真善美的理念，营造社区“家”的氛围，增强大家对社区的认同感，是郑翔刚到社区的常用手法。2006年3月5日，是社区成立以后的第一个雷锋日，按照惯例，社区邀请了相关单位和志愿者到社区开展“学雷锋日”活动，免费为居民理发、磨刀、修锁、修理家用小电器、测量血糖血压，开展科学育儿、理财、法律等方面的咨询。

其间，郑翔听到不少居民闲聊时的牢骚怪话。“今天3月5日到处都是活动，雷锋三月来，四月走，搞这些活动有什么意义。”“这些活动全是形式主义，应个景。”“你需要的时候不出现，不需要的时候扎堆出现。”居民的反映就是郑翔服务的方向，她想，是呀，为什么只有3月5日才开展“学雷锋日”活动呢，怎么让“雷锋”常驻社区，让老百姓有需要时就能找到“雷锋”？

那时还没有微信，手机通信工具也不像现在这么普及化，大家还流行写信，郑翔心想：“我何不设一个‘雷锋信箱’？让雷锋不再‘三月来，四月走’，让社区的‘雷锋们’随时出现在居民身边。”他们在几个大门口和社区办公室一楼都挂上“雷锋信箱”，同时把郑翔的“社区110”号码也标注在上面。在几个大门口醒目位置均张贴着“学雷锋志愿服务点”招牌，配有打气筒、电笔、老虎钳等日常用具。

有了信箱，要有人服务。“雷锋们”怎么找？当时他们对社区有特长的人还不了解，就让一位他们比较熟悉的会修家电的党员志愿者李加进，和一位会修水电的、一位缝纫工，加上两个志愿者组成雷锋信箱志愿者服务队，他们的电话号码由社区掌握，有什么任务社区会随时联系他们。社区工作人员每天上班的第一件事情就是打开“雷锋信箱”，一边拆阅信件一边朝办公室走，将群众的求助信交到服务队相关志愿者手中，屁股还没落凳子，就把几件事情交办落实下去。

刚开始几天电话很多，信也很多。有的是小孩放学，在小区玩丢了，家长急得直哭，电话打到社区要找“雷锋”，社区立马联系了几个爱心人士一起寻找。有的是水壶坏了，找不到地方维修，维修的人都认为不值得修，修的工钱可以买一个新的，可居民舍不得扔掉。有的是家里灯不亮了、下水道堵塞了、抽水马桶漏水等这些细小琐碎的问题，物业只负责室外水电的保养和维护，室内的水电问题居民们通过“雷锋信箱”反映到社区，社区都及时联系解决了他们的难题。

当时李加进在一家企业做机床装配电工，维修经验丰富。“雷锋信箱”的不少问题都转给了他。有的是门铃不响了，找人修一下得花15元。李加进过去一看，发现基本上都是按钮出了问题，或者是里面的集成块锈蚀，稍微动一下就修好了；有的电话坏了，请来电信部门的维修师傅，说是墙里边的线路出毛病了，难修！没想到李加进没费事就修好了；有的是吸顶灯突然不亮了，李加进赶过去发现是整流器坏了后，二话没说，连夜去买了整流器。很快他成了小区里的“红人”，居民公认的义务电工，家里一些细小琐碎的毛病，都直接打电话给他。以至于李加进说“晓得的人太多了，我现在都不敢换手机号码。”

郑翔一看，这个方法挺好。但辖区拆迁户多，空巢老人多，困难群体多，其中仅老人就占常住人口的27%，其中空巢老人家庭184户312人，孤寡老人5户5人，困难户有260人，残疾的有103人。有需求的这么多，单靠他们服务队的几个志愿者，就是有三头六臂也照应不过来，必须扩充雷锋信箱志愿者服务队人员。

社区发出了招募志愿者的倡议书，“虽然过去我们不曾相识，今天住在一起就是缘分。伸出你的手，献出你的爱心，文昌花园就会变成温暖的大家庭，和谐的乐园。”倡议书一发，不少有一技之长的居民纷纷前来登记，电器维修、水电维护、家政服务等涉及居民生活方方面面的项目都被包含在内，三十多位“社区雷锋”开始为居民全新服务。社区还将每月上旬的第一个星期天定为便民利民服务日，以社区党员为骨干，动员群众自愿参加，提供便民利民服务。

爱的种子在文昌花园生根、发芽，老党员出来了，挑头成立社区环保护绿队，广场的花花草草由他们来侍弄；老干部出来了，带领一帮社区大妈成立腰鼓队，打起快板书，小区里充满欢声笑语；市科技协会的辅导教师来了，利用双休日领着孩子们搞小创造小发明……短短一个多月的时间，社区成立了 3 支志愿者队伍，75名“铁杆志愿者”和44名残疾人结成帮扶对子。

小区的小河塘曾杂物漂浮，杂草丛生，夏天是蚊虫的乐园，群众戏称是“蚊苍河”。退休老人王玮加入环保护绿队后，对小河塘倾注了大量心血。冬天跑到农村挖来河泥，用菜籽搅拌好，夏天买来睡莲，栽在花盆里，现在小河塘里单睡莲就有红、白、黄等五六种颜色。为了养活水里的上百条锦鲤锦鲫及几只乌龟，他常常买鱼食来喂养，他开玩笑说：“我不抽烟不喝酒，就爱好养鱼种花，这省下来的钱够鱼吃。”

已退休的董世根，懂水电是他的特长，他写了份“自我介绍”投入“雷锋信箱”，不仅修铝壶、洗衣机、电风扇，还修自来水龙头，修下水道落水管。此后他基本是随叫随到。一次，他接到社区电话，

“董师傅啊，范老太家的电水壶要修一修，现在有时间吗？”“有呢，住哪？”不到10分钟，董师傅赶到范老太家，用仪表测试，拿出电笔在电水壶上捣鼓了三两下，换一只电容，瞬间，问题迎刃而解，好了！

令人感动的是，肢体残疾的谭士凯、低保户倪德广等也加入到志愿者队伍中。他们说，我们虽然没多少“能耐”，但人活着就应该互相帮助。

当时76岁的徐俊老人，双目失明近50年，儿女不在身边。他身上发虚汗，想去慈济医院检查身体，抱着试试看的想法请人带信给“雷锋信箱”。自己也行动不便的志愿者陈国清主动找上门，用残疾人摩托车载着徐俊去了医院。徐老汉说：“‘雷锋信箱’真是太好了！”孟炳飞有修理小家电的手艺，家里生活困难，社区给他办了“低保”，他总觉得“过意不去”，社区有活动他主动参加，谁家收音机、电饭煲坏了，“雷锋信箱”有求助信，他就主动上门修理，人家要给钱，他头摇得像拨浪鼓。

过去，大家住在平房里，张家的灶台，李家的堂屋，串门时搞得清清楚楚。现在搬到楼房，住得近了，心却远了。“雷锋信箱”像一座连心桥，有了一大群热心人出来张罗，以心暖心，以情动情，居民们在服务与被服务的过程中渐渐体会到同住一个社区，就是一种缘分，共同献出一份爱，就是一家人。陈爱华的一个邻居自小残疾，一直随母生活，母亲去世后就跟弟弟生活，但弟弟上班时她无人照顾。陈爱华得知后，主动要求照顾其起居。夏天还经常帮助她洗澡。在她的影响下，小区居民一有时间都主动上门帮忙。陈爱华的丈夫也没闲着，看到小区内哪儿破损了、地砖坏了，都会在第一时间整理好。

省劳模季开文患上尿毒症，搬到文昌花园社区后，大家都很关心他的生活，经常上门嘘寒问暖，帮助解决实际困难。他庆幸自己住进文昌花园社区是一种幸运，这里到处都有活雷锋！

王泰坚说："人老了，我经常丢三落四。""雷锋"改变了"门对门，不认人；窗挨窗，不来往"的局面，让楼道里邻居像一家人融洽相处。有一次他去社区办事，钥匙挂在大门上没带走，二楼郭大姐发现了，站在楼道口等了一个多小时，一直等到他回来。邮递员同志偶尔粗心大意，把报纸投错信箱，别人发现了特意送上门来。有时，他买菜回来，手上提的东西多了，还未走到楼道口，就听见门锁一响，楼道门开了，抬头望望楼上，也看不清是谁给开的门，只好高喊一声："谢谢！"

"我女儿古筝弹得特别好，想在社区举办个音乐会，来认识一下新邻居，大家今后也好有个照应。"倪女士即将搬进文昌花园小区，她听说社区里有"雷锋信箱"，特地写封信塞了进来。于是，一群热心的"雷锋"就忙乎开了：布置会场，发布通知，联系老师……这位新居民长得啥模样还不知道，"音乐会认亲"活动已安排妥当。

"这个'雷锋信箱'可帮了我们大忙，谁家有个难事，往里边塞个条，保准第二天就有人来帮忙。"谈到雷锋信箱，居民们有说不完的感激。

一年后的学雷锋纪念日，晚报记者采写的《"雷锋信箱"让"雷锋”常在》，让大家从速度、效率和成效上切切实实感受到文昌花园社区的“雷锋们”时刻在你我身边。

> “只要投进一封信，我们身边的急事、难事都能得到帮助。”昨天是学雷锋纪念日，也是东郊文昌花园社区“雷锋信箱”一周年的日子。一年来，该社区上千户居民通过来信、来电或上门等向“雷锋信箱”求助，绝大多数的事情都得到了解决，获得居民肯定。
>
> “雷锋信箱”让居民赶上了午饭
>
> 昨天上午，负责“雷锋信箱”工作的社区副主任周桂珍从信件中了解到，文昌花园92幢的戈先生因电饭锅不保温请求帮助。周桂珍立即电话通知了雷锋活动队员董世根。董师傅到戈家一看，原来是电饭锅中的一只电容坏了，在更换了电容后，还赶上了戈先生中午烧饭。
>
> 周桂珍告诉记者，董师傅虽已年逾古稀，但从年轻时就喜欢维修家电，并一直免费为居民服务，住进文昌花园后又成为社区雷锋活动队员。
>
> 两封信见证“雷锋信箱”效率
>
> 当天下午，记者在社区看到了一年来居民的求助信，可谓五花八门。信中既有恳请帮助解决家中自来水不明漏

水的，也有残疾人请求帮忙搀扶到医院体检的；信件既有正规使用信封的，也有直接用信纸写就，更有简单的一张便笺……

最有意思的是，有两封信仅隔了两天：去年7月3日，文昌花园文德苑34幢的一位居民向“雷锋叔叔”求助：由于刮风，五楼一户未居住的房屋内因窗户未关好而响声不断，整幢楼的居民都无法休息。社区接到消息后，立即安排人员处理。7月5日，从字迹上看显然还是同一居民的信中称，感谢“雷锋叔叔”做了一件大好事。

“雷锋信箱”让“雷锋”常在身边

社区居民张桂华，退休后既是居民小组长，也是雷锋活动队员，不但长得很慈祥，还有一张能说会道的嘴巴，更有一副“古道热肠”，昨天记者找到她时，她正在一户居民家调解小夫妻矛盾。张桂华告诉记者，社区雷锋活动队有队员10多人，既有在职的，也有退休在家的，电工、水工等工种齐全，只要居民有求助，在力所能及的情况下都能得到解决。

据文昌花园社区主任郑翔介绍，社区“雷锋信箱”去年3月5日上墙，目的是帮助解决居民不方便的事，原则是只要来信必须回话，信箱下面还有固定电话、小灵通号码，一年来，为居民义务服务了上千户次，真正做到居民身边天天都有“活雷锋”。

“雷锋信箱”作为一个时代的产物，与郑翔的“社区110”相辅相成，在文昌花园小区理顺人与人之间的关系，协调和谐邻里方面发挥了不可小觑的作用。1600多封信件，答复率达100%。居民们这样评价“雷锋信箱”：“雷锋信箱”名不假，居民有难可找它，大难小难对它讲，雷锋就会到我家。

随着手机、微信的普及和便捷，“雷锋信箱”投信的方式已没人使用。2017年3月，社区开通了“雷锋信箱”的微信和QQ平台，居民在家里点微信或QQ，就会有志愿者上门帮忙。方式变了，但常态化的服务机制却一直在延续。“雷锋信箱”的内涵也随着基层社会治理范围的扩大不断丰富，为社区建设提建议的、遇到难题无法解决的、有育儿婚恋等服务需求的……这些与“雷锋信箱”一脉相承的服务都在更加快捷的现代化科技手段中得到回复和解决。

三

在与居民接触的过程中，郑翔觉得大部分人虽然具有小市民习气或小农意识，但也不缺乏劳动人民勤劳朴实的品格，怎么去唤醒、引领、激发他们内在潜能中那份对善与美的渴望。她想到上学期间学到的“破窗理论”，想到环境对人们行为的重要性，一个恶劣的环境可能会诱发人们的不良行为，而一个良好的环境则能够促使人们遵守规则和秩序。或许这就是人们常说的“近朱者赤，近墨者黑”吧，如果他们身边都是一些充满正能量的人，相信他们也一定是充满阳光和激情的人，这对刚组建的文昌花园社区尤为重要。

她在思考居民群众提出的意见建议，如何发挥党员的先锋模范作用，如何让老年人老有所乐、老有所为。她想组建各种类型的兴趣活动队和志愿者队伍，让他们成为改造社区环境的先遣队，用“一棵树摇动另一棵树，一朵云推动另一朵云，一个灵魂唤醒另一个灵魂”。社区内的党员、文艺爱好者、有特长的都成了郑翔的“突破口”。

她打开社区党员花名册，选择了30户党建观念强、服务意识好的党员家庭为中心户，每个中心户就近联系7—10名党员、30户左右居民。她一家家看，一个个谈，手把手教，点对点带，建立了“社区党支部+社区党员中心户+党员”的社区党员教育管理网，并在社区党员中开展“三带”活动，鼓励党员“带好一个家庭，带优一帮邻居，带活一片区域”。

从上海退休回扬定居的老党员袁遐成在她感召下，拿着退休居民的名单，挨家挨户上门做动员工作，鼓励大家“有时间做志愿者，有事情找志愿者”，在他的带动下，不少退休人员加入志愿者队伍，都愿意用自己的特长服务社区居民。不少志愿者都说：“文昌花园社区有上千名志愿者，大多数都是在郑翔的感召下走上志愿服务之路的。”在她和志愿者的共同努力下，小红帽便民服务队、义务巡逻队、科普教育队、学雷锋服务队等8支义工队伍相继组建起来，志愿服务队伍越来越壮大。

无论是烈日当空，还是刮风下雨，一年四季，从早到晚，人们总能看到他们头戴小红帽、臂戴红袖章那忙碌的身影：邻居的自行车、电动车没锁好，他们发现后马上锁好将钥匙送还主人；楼道、楼院或是院前小马路脏了，他们与居民一同打扫；外来走亲访友的人不识路，他们热心带路引导；凡遇小区举办大型活动，他们都会做好执勤安保。

一次，“民风评议台”挂出一封信，标题是“栏杆惹谁了”，反映小区幼儿园护栏被人砸坏，并附有两幅现场照片。第二天，郑翔赶到幼儿园时，党员义工队正忙着修护栏。“老袁，您这么大年龄，别太累着。”“没事，我才73，年轻呢！”话音未落，在场的10名义工队员都笑了。

王克勤退休前是一名中学物理老师，全国优秀科技辅导员，郑翔就动员他到社区给孩子们辅导功课，聘请他为社区科普辅导员，为居民开设科普班，进行科普知识讲座。社区专门为他提供工作室与科普展厅，他创办了市区首家社区科技创新基地，几万人次在此接受过培训。孩子们每天放学后，都可以到这边来，他会辅导他们做功课，做完功课再动动手做点小发明。每个寒暑假都会开办免费的兴趣班。居民王晨说：“我们平时工作忙，没有时间陪孩子，寒暑假对孩子们来说是种‘解放’，对家长来说却是一件头疼的事。他可帮我们解决了大难题，在基地既能学到知识，我们又放心，关键还不用花一分钱。”

40平方米左右的展厅里，摆满了孩子们的“创新成果”：喝完饮料的易拉罐、使用过的一次性纸杯……在这里变成开屏的孔雀、烟灰缸、四条腿的椅子、“高大上”的摩托车、火箭等绿色环保小制作，这一件件“工艺品”直观地让孩子们了解到变废为宝其实就这么简单。居民王女士说：“这些小制作既开发智力，又弥补教学课堂的不足，孩子们喜欢，大人也喜欢。”她的小孩属于偏内向的性格，自从来到基地后，不仅开朗了许多，动手能力也提高不少。

从洼字街拆迁搬来的许艳琴爱唱扬剧，常常和几个票友在小区广场上唱戏，有些小影响。郑翔找到她，说：“许老师，你能不能带支队伍起来，唱扬剧，打腰鼓。”许艳琴一听，笑哈哈地说：“没问题，我这儿现成的人。”郑翔怕她误解，忙补充道：“我不是要一个表演给居民看的演出队，我要的是一个能让居民都参与进来的队伍。”许艳琴愣了一下，唱扬剧她会，打腰鼓她可不会，不过看着郑翔渴望的眼神，她二话没说就答应下来。

不会敲腰鼓，就自己请来老师教大家敲。很快，扬剧队和腰鼓队就成熟起来，可以登台表演了。2006年春节，她们针对有的居民在景区水池里洗拖把，把水池里的金鱼捞回家等一些不文明行为，编了一出扬剧小品，把这一幕搬上“和谐家庭评选”晚会的舞台。“在台上一演，大家才觉得，这个事做得丑呢。”他们还把居民的各种不良习惯排演成小品，寓教于乐，让居民在笑声中受到教育。

社区将市民学校腾出来给大伙排练，有时会邀请一些老年人和残疾人过来参与。一位叫王贞的盲人听众，竟因为听扬剧重新燃起生活的希望。王贞年轻时因患脑瘤导致双目失明，产生了严重的心理障碍。爱人离他而去，孩子又很小。王贞从此一蹶不振，闭门不出。了解情况后，社区找来几位盲人居民劝说王贞参加社区活动，起初他死活不肯，最后被生拉硬拽带到社区。

那次，许艳琴为他唱了扬剧。没想到，听完扬剧的王贞，回到家中，一反常态，嘴里竟开始哼起了歌。原来，他年轻时就是一个音乐爱好者，喜欢唱歌，也唱得很好。许艳琴的扬剧和乐观精神唤起了他对音乐，对生命的激情。从此，王贞主动参加社区活动，成为一名活动骨干，社区表演的舞台上，常常会传出他动听的歌声。

看着腰鼓队那些年过花甲的姐妹们变得年轻潇洒了，许艳琴越发主动积极。本来社区未成立的时候，退休的失落感让大家在精神上觉得很老，她们整天除了家务，就是与牌打交道，很无聊。现在她们有了方向，只要社区有召唤，她们随时过来帮忙。许艳琴体会到教学相长的乐趣，郑翔实现了自己的目的，欣慰地说："她让我感觉到，这里的居民，其实都很朴实，只要调动好他们的积极性，很快就会以主人翁的姿态参与到社区的建设中来。"

然天不遂人愿，一次演出时的意外竟要了许艳琴的命。2006年的六一儿童节，社区腰鼓队为孩子们表演，当时打铜镲的队员恰好不在，为了不影响表演，许艳琴主动要求打铜镲。事实上，她有心脏病，不能使用这种金属打击乐器。她刚敲响第一声时便倒了下去。

郑翔遗憾地说："我当时不在现场，有人跑来跟我说许老师不行了。我赶紧往医院跑。当我赶到医院时，她已经再也听不到我的声音。"社区为许老师举行追悼会，郑翔含着泪水为她致了悼词。"有这样可爱可敬的社区居民，我们社区工作者还叫什么苦，怨什么累？"郑翔下定决心，无论社区工作遇到什么困难，她都绝不退缩。

从机关退休的张威，是社区退管会会长。当年在部队时，就是一名文艺骨干分子。郑翔找到他，请他发挥所长，做社区文艺的牵头人，把各类文艺人才组织起来，组建社区好邻里艺术团。张威深知真要从零开始，组建艺术团还真不容易。更何况社区内人员比较复杂，互相不认识，彼此有什么文艺特长，也不知道，有文艺爱好的退休老人，还要没有“第三代”负担的人才行。不过郑翔的意思他懂，他责无旁贷。

正好夫人卓丽娅是跳舞好手，能编舞能导演，先从身边人下手。很快，一支“好邻里舞蹈队”建立起来。好邻里合唱队、扬剧队、腰鼓队等等，好邻里艺术团的队伍不断壮大。

居民们纷纷走出家门，参与进来，不仅愉悦心情，也促进家庭和睦、邻里和谐。卓丽娅的邻居小王迁来新居三年不和邻居说一句话，整天郁郁寡欢。在卓丽娅的再三劝说下，小王参加了社区舞蹈队和合唱团，一段时间下来小王性格开朗、精神饱满，旧貌换新颜。失地农民老顾入住小区后，无所事事，每天都在麻将桌上度过，参加腰鼓队后，麻将不打了，精神充实了。她逢人便说：“过去打麻将，坐在那里不运动，输了钱家里还经常闹矛盾。现在参加腰鼓队，结交到不少知心朋友，精神愉悦，身体比以前好多了，家庭矛盾也没有了。”居民老朱搬入新居后没事干，整天张家长李家短，闹得邻居不团结。自从参加合唱团，再也不长舌了，还经常帮助邻里照看孩子、收收衣服。

作为社区文艺牵头人的张威，总想着要组建多门类的文艺团队，考虑到社区缺少器乐队，葫芦丝易学，于是向郑翔建议，组建葫芦丝队。郑翔非常支持，帮他们请来一位中学音乐老师当教练。扬州当年没有专业的葫芦丝商店，她从外地购买了数十支葫芦丝。大家不知道吹葫芦丝难不难，扬州也没有吹葫芦丝的队伍，能不能学会？有的觉得都退休了，这么大岁数，“80岁学吹打”让人笑话；有的以前从未接触过乐器，没有音乐基础，认为那玩意儿可不好学呀；有的认为参加艺术团就是玩玩的，没必要那么认真，大家望而却步，不太肯学。

不过在张威的鼓动下，有几个人动心了，郑翔也带领社区工作人员一起学。在她们的带领下，不少居民加入进来，他们每个星期都组织练习，教师教得仔细，学生学得认真，从学吹单音起步，慢慢吹出了不连贯的曲子，再到能吹奏一首完整的乐曲。看着一手培养出来的学员，张威深情地说：“我真的太高兴了！刚开始我还担心你们学不会，没想到你们进步这么快！”

大家兴致越来越高，那低沉悠扬的乐声吸引了一些新人的加入，由当初的10人变成60多人。有一天，社区来了一位老人，进门就说：“我想参加你们社区的葫芦丝队，请问应该找谁？”社区管理人员问他，“你怎么会找到这里的？”他说是看了《扬州晚报》“夕阳红”栏目上一篇文章《夫人又在苦练了》找过来的。原来老孙家住荷花池一带，退休回家没事干，无聊得很，年轻时就对葫芦丝情有独钟，无奈工作忙一直没机会学，得知他们组建了葫芦丝队，也想加入。张威不忍心拒收，打破了文艺团队只收社区内人员的规定，接受了老孙。

作为全市唯一一家葫芦丝队，不但成为社区活动的保留节目，还走出扬州，到省里参加演出，他们开玩笑说我们“草台班子”也走上省市级的“大舞台”，成为扬州社区文艺的一朵奇葩！现在的葫芦丝队员来自市区四面八方，最年长的是1953年出生的，原来是部队的司号兵，最小的50岁刚出头，这里成了不挂牌子的“葫芦丝培训学校”。

潘龙云原来在文昌花园物管处工作，在职时就经常代表物业在社区活动中唱歌、诗朗诵、演小品等，退休后，当起了社区党员志愿者，除参加环境整治、文明创建等活动外，先后加入了社区葫芦丝队、京剧队，又牵头组建了以退休老党员为主的合唱团。他还擅长用扬州方言演小品，《谁住车库》《垃圾分类，从我做起》这些贴近生活的小品，居民们都听得懂，也很幽默风趣。社区里像他们这样的文艺爱好者比比皆是，社区为他们提供了施展特长的舞台，他们也在社区这个大舞台上奉献自我，给他人带来快乐的同时也收获着自己的快乐。

社区多功能活动厅里各种乐器应有尽有，太极拳、扇子舞、空竹、风筝……健身队、腰鼓队、舞蹈队、百人好邻里合唱队、扬剧清唱队、棋牌队、空竹队、京剧队、太极队等20多支队伍可以参加。知道社区经费紧张，每支队伍的演出服装，都是自己设计，自己花钱选购布料，请熟悉的裁缝师傅加工，有些饰品则自己动手缝上去，力争少花钱办成事。但只要他们遇到困难，向社区求助，“没有服装”，“我来想办法”；“没有教师”，“我来想办法”；“没有场地”，“我来想办法”……郑翔总会说：“要玩就得玩出专业度，你们只管练，其他的交给我想办法。”

社区分管的洪书记语带欣慰地说：“从前大家坐下来都是四个一圈打麻将，现在每逢佳节和重大活动都能欣赏到他们精心编排的节目，大家都没有时间没有心思去打麻将。”

有了这些队伍，社区的“周末剧场”活动不断，各个文艺团队和网格员们争相报名，把周末剧场排得满满的。社区在元旦、春节、五一、端午、中秋、国庆等每一个节日，都以“邻里节”的名义开展活动，社区还专门制作了“邻里节”节徽。元宵灯谜会、端午包粽子、中秋庆团圆、重阳节登高、迎新春晚会等等，这些贴近生活、形式多样，蕴藏着中国传统民间习俗和深厚文化积淀的节日活动，让居民们乐在其中。

元宵节时，他们组织的“欢乐元宵节”大型广场活动，让整个广场都在沸腾。拉起彩灯、插上彩旗，近千条灯谜悬挂在近千个小红灯笼下，一派喜庆祥和的氛围把节味渲染得十足。社区1000多居民争相而来，品尝“元宵大餐”，他们乐乐呵呵猜灯谜，大人小孩品元宵、看大戏……社区的腰鼓、扬剧、花担、湖船、大头娃娃等文娱表演者欢欢喜喜来表演，观众们欢欣雀跃，有的甚至随着音乐的节拍，扭动起身腰，这些具有维扬特色的元宵节文化让大家惊叹不已。

刁奶奶乐滋滋地说，以前元宵节各家在各家过，看到电视上外地的热闹劲儿，羡慕得不得了，想不到这样的活动就在我们身边，真正开心得不得了。当社区工作者、志愿者将汤圆送到孤寡老人、残疾人家里时，这些孤寡老人、残疾人一个个激动得连连称谢。残疾居民蒋建明说，这样的活动让居民开心，邻里交心，真是太好了。

每年春节前夕，居民们就开始盼望着社区“春晚”的举办，这场邻里间的大联欢，街坊邻里相聚社区，载歌载舞迎大年，无论是表演的还是不表演的，同样兴奋。从2010年开始，社区“春晚”加进了“最美文昌人”的评选表彰，更让大家充满期待，让社区“大家庭”变得更有人情味。

最难忘的是2021年的社区“春晚”，受疫情影响，本以为无法举办，大家都觉得很遗憾，没想到郑翔以网络“春晚”的形式，向居民们送去欢乐和祝福，让大家在网上团圆，共享社区大家庭的欢乐。一部摄像机全程录制，以备结束后剪辑成视频，推送到各网格群，两部手机直播，将社区“春晚”实时传送到居民家，居民们觉得社区网络“春晚”新潮又喜庆，足不出户也能看得到，“郑主任想得真周到！”社区“春晚”虽是很草根、很简朴的舞台，却是最接地气、最暖人心的。

社区成立一周年的日子，小区居民们用各种形式庆祝社区的周岁生日，他们说“有了社区，我们才有了真正的家”。一大早，社区10多支晨练队的队员们来到小区广场上，为社区喝彩。接着，社区居民利用各自的特长，为左邻右舍免费开展服务。居民李明是一名下岗职工，她利用缝纫手艺在小区广场上，为居民免费服务。她说只要她有困难找到社区，工作人员总会帮助解决。社区过“生日”，理应捧场。

晚上，居民们以“我们是文明的文昌花园人”大型文艺晚会把纪念活动推向高潮。每个团队竞相拿出自己的绝活，上演了一场内容丰富多彩、形式各具特色的自娱自嗨活动。好邻里合唱团用歌唱的方式演绎了《八荣八耻》，一曲以民歌《杨柳青》为曲调的《邻里歌》唱出了邻里之间和睦互助的景象。

《文昌花园社区和谐之歌》成了大型庆典晚会的保留节目。居民们齐声高唱："鹤起舞鱼跃金，楼百幢歌入云。开一扇门，充满信任；聊一回天，传递热忱；献一片情，和睦亲近；解一分忧，吉祥温馨。相识相知相助，拥抱团结文明。文昌花园友爱深，和谐共享受，和谐四季春。"歌声中大家依依不舍，不忍散场，纷纷感叹小区一年来的变化。

郑翔也情不自禁流下激动的泪水。一年多时间，老游戏运动会、趣味运动会、文艺汇演、棋类比赛、猜谜语、放电影、插花比赛、包元宵等近200场小型化、多样化、群众化的社区文化活动，引领居民走出家门，融入社区大家庭，居民们从不相识到相识相知，从相识相知到相助相爱，拥有了集体意识。她深有感触地说："其实，社区每位居民都是和谐细胞，只要善于培育，就能助推和谐社区、和谐社会的建设。"

四

社区成立后，郑翔每年都要组织评选好居民、好邻里、优秀共产党员、优秀志愿者、和谐家庭、特色家庭等各类典型，有时还结合一些节日或活动，组织各类评选。他们的评选都是自下而上，通过网格员日常走访挖掘、居民自荐和邻里推荐等多种方式，广泛深入挖掘身边的先进典型。对评选出的先进典型，社区在广场宣传橱窗展示他们的形象事迹，成为社区里的“最美风景线”，居民们驻足仰视，感佩之情，油然而生。《和谐文昌》编委会安排通讯员上门采访，在报纸上开设“社区人物”专栏进行宣传。

志愿者陈爱华曾笑称“我就是因为一次表扬，走上志愿服务之路的”。他们家是文昌花园小区最早入住的居民之一，入住后发现单元门前铺设的地砖有几块破损，影响大家通行，她老伴就从外面找来水泥黄沙，将破损的地方补了起来。这本来就是一件举手之劳的小事，没想到让郑翔知道了。社区成立大会上，他家被评为“五好家庭”，当年底又被评为“最美文昌人”。受此激励，她报名当起了社区志愿者，一做就是20年。

广场宣传橱窗还有不断更新的“好人墙”。郑翔说：“我们会随时记录社区居民的好人好事，并定期更新‘好人墙’上的照片。借助橱窗、报纸，不断放大‘好人效应’，发挥好人‘磁场’作用，激励更多居民做好事、做善事，自觉参与社区建设和社区治理活动，建设人人参与、人人尽责、人人享有的社区治理共同体。”

俗话说“村里有个好嫂嫂，全村姑娘都学好”。大家一看都是身边熟悉的人，说的都是了解的事，这些“草根英雄”从幕后走到台前，成为社区聚焦的典型，成为居民的“道德明星”，也成为大家学习的榜样，在情感共鸣中直抵人心，变得可感、可触、可亲、可信、可学。

“勤俭节约是传统美德，我们要爱惜粮食……”“百善孝为先，我们要传承孝道……”创建绿色社区时，社区没有习惯性地发宣传单、搞突击，而是举办一场绿色环保“家庭总动员”广场演出，动员环保意识强的居民家庭，现身说法谈自家好的做法，并予以评奖。在文昌花园社区，这样围绕“家”主题的宣讲和活动早已成为常态，让社区好人、能人走进讲堂，将家风故事娓娓道来，讲述治家经验，传播好人事迹。居民们身处其中受益匪浅，纷纷效仿，社区文明氛围渐行渐浓。

好人越推越多、越选越多，由个体做好事，发展到“好人”带领志愿者团队服务社区，当好人、做公益成为文昌花园鲜明的社会风尚。一个好人一盏灯，一个典型一面旗，一个善举就是一块“道德酵母”，给社区发酵出强大正能量，引导居民从身边做起、从小事做起，向上向善，营造起“人人崇尚典型、人人争做典型”的良好氛围。

当然做了好事要表扬要宣传，谁做了丑事，就要被曝光。社区除了在《和谐文昌》报上曝光不文明行为外，还在广场宣传橱窗里设立“民风评议台”，以墙报为载体，有什么不良现象，任何人都可以拍照，或写成文字，挂上评议台进行曝光，让居民自我评点。

“民风评议台”第一期，贴了三张图片，分别是个别居民在小区水池里洗拖把、绿化树上拉绳晒被子及草坪上的狗粪。对这三件小事，居民还用文字进行评说，说理直白，浅显易懂。

居民“吉安”对小区居民养狗的观点是“养狗不扰民”。他说，居民养狗，无论出于爱好、时尚，还是精神寄托，前提是不要扰民。养狗者要遵守公共道德，保护优美环境。

居民“晚霞”对个别居民在小区水池里洗拖把现象进行了抨击。她说，小区里有潺潺流水，本来是一个让人赏心悦目的美景。但个别居民贪小便宜，竟将自家的拖把放进水池里洗涤，这不但污染池水，也破坏了小区环境，“晚霞”呼吁居民一起制止这一现象。

对于绿化树之间拉绳晒被子，居民“锡奎”提出自己的建议。他说，两棵树之间拉起绳索，影响了树木生长，破坏了小区环境。但晾晒者却认为，家住一楼，阳光不充足。社区或物管应专门设立一个场地，为一楼的住户提供方便。

居民们经过时都要围在橱窗前议论一番。那些被曝光的行为让不少人脸红，悄悄改变了自己的旧习惯。几天下来，遛狗的自觉了，洗拖把的不见了，偶尔再有此类行为发生，就会有人上前劝阻。针对绿化树之间拉绳晒被子现象，有人建议能不能在小区开阔地安装公共晾衣架。

郑翔说：“群众利益无小事，这个建议好。”跟物业协商，先在90幢与91幢建了两个，效果很好，随即遍寻小区开阔地，最终规划了150个位置，但建设资金缺口很大。恰巧市领导来小区开展“三下三联三交”活动，获悉此事后，主动牵线寻找赞助单位，解决了这一难题。随即召开招投标会议，安装工作开始后，她又亲自协调各类矛盾，直到公共晾衣架全部安装到位。150个公共晾衣架一直使用到现在，既解决了居民冬日晾晒被褥的难题，又消除了树上系绳的不文明现象，一举两得。

“民风评议台”开通以后，社区居民们充分发挥主人翁意识，随时关注身边的不良现象和不正风气，用文字配以图片加以曝光。针对小区西大门人流量大，特别是上学、放学的高峰，一些车辆违规停在减速带前，西门更是显得拥堵，甚至是寸步难行，居民耳东发出《减速带前保平安》的呼声。物业十分重视，在减速带内画出禁行区、竖立警示牌，指派专门秩序维护员12小时值班，疏导交通，对于违规停车现象，义正词严地加以制止，禁止车辆停靠在减速带前。

社区的曾奶奶无奈地反映：老年活动室里每天烟雾缭绕，根本就进不了人。原来打牌的老人中，有几个是“老烟枪”，一个抽完，另一个继续抽，从中午1点半开始到下午6点半，整个活动室里一直是烟雾弥漫，既伤身体，又影响他人。尽管有不抽烟的老年朋友曾多次劝阻，但几乎没人理会，居委会在墙上贴有禁烟标志，“老烟枪”们视而不见。居民高山流水发出《“老烟枪”们请自爱》的呼声，语言辛辣，直指痛处。

为此，社区采取一系列措施，在活动室内张贴大幅的禁烟标志，并在活动室门口张贴禁烟公告；在支部书记会议上要求书记们发动党员在居民小区进行宣传；聘请了一名控烟志愿者每天来活动室，发现有人吸烟及时予以劝阻，初期为加强力量，社区工作人员每天两人到场协助控烟志愿者开展工作，活动室烟雾缭绕的现象逐渐消失。

“民风评议台”成了居民反映情况，表达诉求的有效平台和载体，助推了小区环境更加整洁优美，人际氛围更加温馨和谐。居民赋诗一首咏之：民风评议曝光台，荣辱区分正气台。常态清新齐适应，成真美梦赞和谐。

郑翔还找到志愿者积极分子李树香，说："我想组织大家一起出去旅游，你能不能牵个头？"

李树香一脸蒙圈，"啥意思？"

郑翔说："我们社区人员庞杂，大家刚住到一起，相互之间不熟悉。社区牵头经常性地组织大家一起旅游，一来可以增加相互了解的机会，方便大家尽快熟悉起来；二来社区退休、失业失地的中老年群体多，我们牵头，都是一个小区的，安全上不用担心。社区牵头又是经常性的，还可以去找旅行社商谈，把价格放到最低。"

李树香内心无比佩服，郑书记脑袋瓜子真好，点子真多，想的就是和人家不一样。忙说："可以，这个头我来牵。"

郑翔又吩咐道："联系的旅行社一定要是有实力，口碑好的，多选几家，我们再商量商量。我们要么不做，做了就要做好，不能好心办坏事。"

考虑得真周到，李树香心悦诚服，"郑书记，你放心，你出点子，你把关，我负责跑腿，具体落实。你让我往东我绝不往西，你让我抓狗我绝不撵鸡"。两人在笑声中达成一致。

郑翔的点子多，李树香的执行力也是杠杠的，这对搭档可谓是珠联璧合。很快李树香就把扬州几家大的有实力的旅行社情况摸清楚，反复比较后，社区商量决定跟扬州旅游集散中心合作，这是一家国有下属企业，这种背后有背书的企业，让人放心，可靠。旅游集散中心的负责人也觉得他们的想法真好，为他们拓展业务提供了新思路，他们可以复制到其他社区。

居民对这一举措也很赞成，都是一个小区的，安全，放心，价格还低，纷纷报名。大家不管认识不认识、熟悉不熟悉，哪怕以前吵过架，闹过矛盾，到了一个团队里，几天的时间一起玩，一起嗨，聊聊，熟悉了，“不打不相识”，一些矛盾就在无形中化解了，反而成了朋友。他们每年都组织，一年都有个七八趟。远的澳门、香港，国外的新加坡都去过，近的苏州、无锡、常州，到处玩。大家都称李树香为社区旅游协会会长，李树香总是谦虚地说：“口头的，为大家服务。”李树香先后两次荣获扬州市百名优秀志愿者、广陵区优秀共产党员、江苏好人等荣誉称号。

尽管已经建立了28支民间服务队，23支文化活动队，队员有几千人，丰富多彩的活动也是一个接着一个，新点子更是层出不穷，一个接着一个。每一支队伍、每一个活动、每一个点子就是一个平台，这个平台，既是“让大家帮大家”的互助平台，又是“让大家熏陶大家”的教育平台。但郑翔仍在努力想法子提高社区事务的居民参与度，“我们要进一步加强基层党组织建设，调动广大居民的积极性，让更多的人融入到社区建设中来。”

在文昌花园社区，《和谐文昌》报、雷锋信箱、组建各类志愿团队、开展社区活动已成为他们创建和谐邻里、和谐社区的几大品牌，国家、省、市、区各级领导同志视察文昌花园社区时都给予充分肯定和高度评价。这些品牌对推动和谐邻里、和谐社区建设起到很大的促进作用。过去，社区干部每天要花很大精力，很多时间去调解邻里纠纷；现在，社区民事调解员基本“失业下岗”。

第六章　把自己当成儿女

一

在采访郑翔的过程中，郑翔说她对创新的理解，不是坐在办公室想怎么变着花样做事，而是走到老百姓中间去，他们有什么困难，有什么想法，有什么需求，社区动脑筋想办法创造条件去帮他们解决困难，实现愿望，满足需求。这样的创新由问题倒逼而产生，又在不断解决问题中发展完善，才能更有效地服务百姓，得到大家的喜欢和拥护。

初到文昌，郑翔发现小区内老年人特别多。60岁以上老人有2548人，占常住人口的27%，特别是拆迁过来的老年人多，其中有不少是空巢家庭和孤寡老人。一些接近退休年龄的下岗人员也不想再找工作，整天无所事事，东家长，西家短，七个碟子八个碗，打牌打麻将成为他们的日常。如何把他们组织起来，老有所帮、老有所为、老有所乐成了她思考的课题，也成了她一直在探索寻找最佳服务载体的原动力。

走访中，她发现很多老人都有聊天的愿望，但就是缺少联系；不少老人有一技之长，唱歌跳舞、画画写字，有的擅长手工，但没舞台施展，没观众欣赏；有的想听唱歌学画画，但茫茫社区，大家来自不同区域，有城市有农村，有本土有外地，有居民区有棚户区，有洼子街有二畔铺，大家彼此都不熟悉。社区设计了一张“互助卡”，为他们牵线搭桥。

每张互助卡都有一张红色的“脸面”，上面写着各位老人的姓名、年龄、住址、联系方式，里面则是帮助记录。需要别人帮助的、能为别人提供帮助的都能通过互助卡找到对方。社区的简老太，70多岁，儿女不在身边，又行动不便，通过互助卡结识了同为空巢家庭的高瑞英。高瑞英表示，自己不愁吃，不愁穿，就怕闲着没事干。现在好了，可以天天去简老太家串门儿，顺便照应照应老人。

面对无劳动能力、无经济来源和无人照料的孤寡老人，低保边缘、低收入、独居的空巢老人，郑翔把在宝塔社区创新实施的“居家养老”模式引入文昌花园社区，发动有时间有能力的居民加入志愿者队伍，组织志愿者进行一对一、多对一、一对多的结对帮扶服务活动，为行动不便的孤寡、空巢、高龄老人买菜烧饭，打扫卫生。在社区医疗卫生服务站，医务人员为每位老人建立健康档案，定期上门为他们进行巡诊、康复锻炼、陪送看病、健康检查；在老年活动室，志愿者们为老年人读报，与他们沟通交流，给予精神慰藉，定期集中组织开展各种形式的文体娱乐活动，为他们排解寂寞，丰富精神生活。

扬州有多所高校、高职与技师学院，社区主动与这些学校联系，成立假日服务队，既锻炼学生，又为居民提供服务。假日服务队的学生在学校学习了烹饪、修脚、按摩等各种技能，利用节假日走进社区，为空巢独居老人等提供服务。年逾八旬的空巢独居老人叶广胜，由于身体原因不大出门，假日服务队每次都派五六名志愿者上门，帮老人理发、修脚、打扫卫生，另外还要陪老人聊上一两个小时，为老人讲生活中的趣事，其乐融融。

2008年，广陵区开始实施居家养老政府购买服务，由居家养老服务机构或组织运作，以“居家养老服务券”进行结算。服务项目为生活照料、家政服务及精神慰藉。服务对象是60岁以上“三无”、孤寡老人；70岁以上低保及低保边缘老人；80岁以上收入在低保标准2倍及以下的独居、空巢老人；70周岁以上重点优抚对象、特殊贡献老人中困难老人以及其他特殊困难老人。社区抓住机遇，用足政策丰富“居家养老”的内容。82岁的陈吉庆与45岁精神残疾的儿子相依为命，由于家中没有女人，没有人愿意踏进他家一步，家里到处乱七八糟。社区居家养老中心派了一名由政府购买服务的服务员上门，虽然每周只有寥寥几小时，但陈家变得清爽起来，老陈与小陈出门，穿得也干净了。

社区还与扬州老年大学联手成立文昌花园分院，为老年人开设舞蹈、太极拳、音乐、书法4个班级。2006年10月老年舞蹈队参加扬州电视台举办的“我是第一”舞蹈比赛，拿到最佳人气奖。大家自豪地说：“老有所学，老有所乐，老有所用，真正感受到社区大家庭的温暖！”

走访中，有的年轻人提出来，他们白天上班，早出晚归，老年人在家还要自己烧饭，他们不太放心，社区能不能想办法帮着解决老人的吃饭问题。有的老年人也提出来，说自己一个人在家，又吃不了多少，每次烧过饭，买菜做饭洗碗洗锅，好麻烦，懒得下厨，有的做一次吃两三天，社区要是能像单位一样，有个集体食堂就好了。

居民们也许是没话找话，随便说说，也没真指望社区解决。但说者无意，听者有心，他们的想法郑翔一直记在心上。说来也巧，区里面组织他们社区主任去外地参观学习，在苏州的一家社区，她看到有一处政府投资，为老年人服务的日间托老中心，老年人可以像幼儿园入托一样，早上来，晚上回去。回来以后，她就琢磨着在社区弄一个日间照料中心。

没有场地，她瞄上了小区物业楼，找物业公司“谈判”，“能借点地方用吗？”“不行。”“那社区花钱租……”她把社区办公楼对面开发商的一处300平方左右的空房子租下来，简单装修，改造成休息室、活动室、康复室和医疗服务站。室内布置上也颇费一番心血，从卫生和健康角度考虑，没有买床和被褥，她觉得老年人中午最多就是休息一下，床和被褥被人睡过了，后来的人心里面总会有点不舒服。她亲自到商城挑选购买了10多张藤椅，这些藤椅可坐可躺，每张藤椅下面有一个长方形的脚拓，不用时收进去，休息时拉出来，旁边可以放报纸、茶杯，每张藤椅配备一块毛毯。

场地解决了，吃饭还是个问题。小区里正好有一家宾馆，她又去跟宾馆协商，请宾馆每天中午为他们老年人配餐，每餐给老人8元一份，不足部分由社区补贴，社区60岁以上的老人都可以享受。

就这样，一种新型的社会化养老体系框架在社区初步形成。就像当年她在宝塔社区率先提出居家养老概念一样，2007年3月，她开办了扬州市首家日间照料中心暨文昌花园社区老年服务中心。中心服务内容包括居家养老院、日托服务所及夕阳沙龙，居家养老院是针对社区部分因行动不便、经济困难的孤寡、空巢老人，由社区党员义工队和青年志愿者等，与老人结对，每天上门无偿服务；托老服务所则是针对行动方便、身体健康，有一定经济能力的孤寡、空巢老人，让他们白天生活在托老所；而夕阳沙龙是针对社区所有老人组织的丰富多彩的活动。

中心解决了孤寡老人的无助、空巢老人的寂寞及普通老人晚年生活的单调，使他们在社区也能颐养天年。作为一项新生事物，市、区领导给予高度关注，市领导亲临社区揭牌，还从中协调，帮社区减免了租房费用。开发商感叹“这个书记像个鞋楦子，三楦两楦，就把几万元租金楦没了”。郑翔也因此落了个“鞋楦书记”的雅号。

老年人在社区有了新家，他们每天像学生一样“早出晚归”，白天来托老所，晚上回家。这样的模式既让他们愉快，也减少了家人的担心。在环境幽雅的中心，他们可以在书报阅览室看报聊天、在棋牌室下棋打牌、在康复室健身锻炼、在午间休息室睡个午觉。中心为他们建立健康档案，定期进行常规的健康检查。还经常组织志愿者来为他们理发、开办健身讲座、开展端午包粽子等活动。社区安排专门人员负责日间照料中心的管理，对一些高龄、出门不方便的老人，他们还提供送餐上门服务，加收2元服务费。有的老年人订两份餐，留一部分米饭第二天早上烫个稀饭，一天三顿全解决，省去不少麻烦。

88岁的闵大爷对生活要求高，尤其对吃饭、居住环境比较“挑剔”，他的儿女们都已自成家庭，平常家中只有老两口。听说社区成立了托老所，他与老伴有心加入，但还是要“考察考察”。闵大爷一走进托老所就感到放心，地面上铺的是未打蜡的木地板，不滑；西房间是康复室，里面专为老人们设置了锻炼手、脚、腰等部位的器械；更重要的是，托老所西侧就是社区卫生服务站，有个头疼脑热的，医生立马就到。考察通过，他们老夫妻和其他6位老人成为该托老所的首批成员。

托老所的面积虽不大，但每天下午，来这里找乐的小区老人却不少。93岁的孟大爷，每天中午午睡后，就请保姆将他用轮椅推到社区托老所。原来孟大爷思维清晰，喜欢下棋的他总要找人杀两盘，如今思维慢了、手也不大听指挥，象棋下不起来，孟大爷就看电视，电视机前，一起看戏曲频道的老人也不少。看戏曲是假，能与老人一起交流是真。《扬州日报》民生新闻版，以 6幅图片报道了83岁老人朱贵珍在社区托老所的一天。《和谐文昌》通讯员配诗一首《托老所里享清闲》：聊天品茗享清欢，乐福感恩语万千。活到无愁皆是寿，甘霖喜沐梦开颜。

同时，社区工作者与志愿者一起，分别到11户经济相对困难的孤寡、空巢老人家，张贴居家养老院的小牌子。88岁的孟大爷，成为此次居家养老院的一员，与他同幢楼的梅俊德，主动结对孟大爷，无偿提供生活、医疗及精神方面的服务。

社区还推出“红丝带”行动，专门帮助孤寡、空巢老人，他们一旦有困难，只要在门前或窗台显眼处系上红丝带，邻居、社区志愿者看见后就会立即上门帮忙，为孤寡老人解决生活难题。高瑞英老人发现家里没米了，就在自家阳台上系上一条红丝带。不到五分钟，邻居小王“噔噔噔”地跑上来，帮老人买回一袋大米，解了燃眉之急。紧急救援的“红丝带”行动，源自该社区居民们的一次创新。孤寡老人李老太生病在家，没有人照顾，邻居便想出一个主意，让李老太在需要的时候系一根红丝带在阳台上，左邻右舍一看见红丝带便立即赶来帮忙。从此，红丝带成为社区老人们寻求帮助的一种通用方式，既方便又实用，为老人们的生活带来便利。

二

不久，中心在运营过程中又遇到新问题。有三个年轻人找到郑翔，说他们经常会出差，一出去就是个把星期，父母亲在家里，他们不太放心。既然你们社区能办日托中心，能不能变成全托，周托、月托、年托都可以，灵活一点。有的老年人也找到社区，他们不太想和子女住在一起，问能不能办一个全托的？有了日托的办所经验，郑翔觉得既然居民有这个需求，也不是不可以，关键没有地方，日间照料中心改成全托的条件又不具备。有的居民就提出来，小区内的文盛宾馆在规划图上就是配套的老年公寓，当年规划时曾作为少有的小区配套老年公寓而受到社会的称赞，怎么做起了宾馆？

文盛宾馆位于文昌花园中心广场东侧，是租用的经济适用房中心的房子，有单独的产权证，不属于业主的。楼上下3000多平方，五层，本来是框架结构，宾馆租用后进行了整体装修，加装了电梯，有客房，有餐厅。虽是三星级宾馆，但小区里开宾馆，本身就不是个好主意，远离闹市区，远离风景点，平时生意并不好，主要靠办酒席，找旅行社合作接一些旅游团队。办酒席，只能亲民价，老百姓能承受得起，一般以婚丧嫁娶中小型的酒席为主，办起酒席来，中午、晚上的放鞭炮，那时市区还没禁放，加上饭店的油烟问题让居民们意见很大，极其反感。接旅游团队基本都是晚上来早上走，有的时候晚上来得迟，十一二点还听到下车拖箱子“哗啦啦哗啦啦”的，声音太吵，影响居民休息，居民们怨声载道，经常就噪音、油烟等问题到政府部门投诉。

本来人家宾馆正常营业，社区也不好说什么。但居民们反对，到社区提意见，到政府部门投诉，社区只能找宾馆的负责人，建议他改变经营方式。宾馆的负责人一肚子苦水，他说他也没办法，本身在小区里就赚不到什么钱，要不接旅行团队，就没有人住宿；要不办酒席，维持员工的工资和房租都不够，经营几年，不谈盈利，只是在勉强维持。他只能提醒旅游团队，来的时候尽量小声一点；办酒席的，让大家不要放鞭炮。可人家难得过个生日，办个喜事，放个鞭炮庆祝一下，似乎情有可原，他根本阻止不了。旅行团队来了，也不是你提醒让他们保持安静就保持得了的，状况一点也没有改变，矛盾依旧存在，提意见的、投诉的有增无减。大家都很困惑，陷入一个死循环，似乎无解，除非关闭，可关闭，承租方的装修和所有的前期投入都打了水漂，损失太大，老板不干。

就在大家都一筹莫展不知所措时，有人提出回归规划用图，办养老院。郑翔想想，这倒是个办法，宾馆的框架结构，有餐厅，有客房，稍微改造一下就可以办养老院，既解决了油烟、噪音扰民的问题，又化解了宾馆与居民之间的矛盾，还方便了居民群众，一举三得，干！她把宾馆负责人找来，跟他商谈。郑翔说："你这样维持也不是个办法，居民们对开宾馆的意见很大，也办不好，不如转型。"老板就问她："转型，干什么呢？"郑翔说："社区居民有养老的需求，将来这种需求会越来越大，你把它转成养老院。"她给老板分析了宾馆所处的尴尬境遇，转型养老院的可能性，以及未来养老院的发展趋势。在她的指点下，老板似有心动。但他被投资小区宾馆的决策吓怕了，一下子没敢答应，说回去测算一下，考虑考虑，再给答复。

没两天，老板给答复，说回去测算了一下，划不来。他说他开宾馆是想赚钱的，现在还能维持，办养老院可能都维持不了，还要亏本。他把一笔收支账算给郑翔听。的确，那时候对养老没有什么特殊的政策，也没有什么补贴，大家对这一领域还没有过多的关注。听他算了一笔账，她也能理解，但还是很明确地跟他说："不管怎样，你的宾馆肯定是不能再做，老百姓怨气太大。"他也很无奈。

两人谈着谈着，他说："那能不能把这个宾馆转给你们做养老，或者你们去重新找一个人来做养老院？"

她心想，我给你找谁呢？宾馆本身在这儿是经营不下去，人家只要一打听，谁还敢来接手这个烂摊子？不过还是随口问了一句："怎么转？”

他说：“我也不瞎开价，实打实的，我这里面的装修和设备一起留给你们，你们给个整数，两百万。”

“两百万？”她一听，惊叫起来，“两百万可不是个小数目。”

送走老板，她在心里面盘算，也在犹豫。没人接盘，要是我们社区拿下来，争取一些公益项目资金，做一个养老项目，是不是可行？她想想那个地方太大，拿下来还要改造，接盘资金、改造资金加上租金，跟公益项目的资金相差太大，她心里面没底，没敢跟社区的人说。

一次，她碰到街道一把手书记，书记是从企业引进的人才，她就把这个想法跟书记说了一下，想请书记指点指点迷津，看他们社区能不能做。没想到书记是一个很有情怀，想做事，也很有魄力的人。他说他父母亲原来就住在小区宾馆的斜对面，当时母亲生病无人好好照应，他们子女只能晚上守夜，后来母亲先走了。他一直觉得愧对母亲，他说如果当时社区有个养老院，他把父母亲放在养老院里，有专业护工照应，那兴许还能多活几年。

郑翔看书记有这种情怀，就接口说：“书记，那我们自己做，你支持我们一下行不行？街道作为一个民生实事投资一下。”看书记为难，不开口，没有投资的意向。她又赶紧说：“那这样，书记，你借给我200万，我打借条。”那时的郑翔已经不再是刚到社区时的那般保守与谨慎，几年的历练让她心大了，做什么事也颇有敢闯敢试的决断和魄力。

街道领导召开会议，统一思想，同意作为民生实事，借给他们社区两百万。十几年前，一个社区借款两百万，放在现在也是一笔巨款，压力不是一般的大。但郑翔想，既然自己认定要把这个项目做起来，那再怎么样，就是想天法也要把这个项目做起来，不但要做起来，还要做好。他们以社区的名义注册成立一个社会组织“文昌花园老年公寓”，聘请社区退休工作人员担任社会组织负责人，所有的借款和申报项目，都是以这个社会组织的名义进行。

从街道借过来的200万，整体盘下文盛宾馆。又从社区借了三四十万，用于对宾馆的适老化改造。社区专门安排人员出去学习、了解老年公寓应该怎么改造，走廊加上一圈木制的老年安全扶手，所有通道增加无障碍设施，各房间都增加了方便老人起居的设施如卫生间的防滑扶手等，确保老年人上厕所、洗澡都有防护设施。拆换了所有的床，维修更换了部分空调，整体进行出新。卧室分设单人间、双人间和套间，二楼有休闲吧和活动中心，有阅览室、棋牌室、运动室等。一个全新的，拥有102张床位的老年公寓呈现在居民们面前，一楼墙面上写着“为老年朋友排忧，替年轻子女解难”，这是他们创办老年公寓的宗旨，也是他们努力的目标。

2012年2月，扬州第一家社区老年公寓——文昌花园老年公寓正式开张，这家具有独立法人资格、民办非企业性质的老年公寓，是社区居家养老的延伸，也是探索社区养老新方向的尝试，可以满足各种层次老人的养老需求。10名工作人员中，食堂有4人，其余的管理人员都曾经是文昌花园社区的工作人员，都有社会工作师职称。开张时就有近60名老人预约登记。

72岁的刘家宝大爷成为首位入住的老人。他曾经是扬州汽校的教练，原来家住汤汪农村，有一儿一女，个性喜欢独来独往，一直和儿女分开居住，老伴去世后，加上老家拆迁，他又选择租房住。考虑到自己会有身体不好的时候，曾到扬州多个养老机构走访过，都没下定决心，千挑万选最终选择了文昌花园老年公寓。他认为这里处在小区的中心，出门就是小区，自己好像就住在小区一样，“这不是老年公寓而像自己的家呢”。

作为社区服务居民的一项民生实事，创办之初社区就明确不打价格战，收费根据当时一般退休人员的工资而定。当时一般人员的退休工资2000元左右，留一点给他们零用，两人一间的公寓，收费标准为每月1650元，如果是一人一间，则为2550元，包括食宿、洗衣等服务，收费标准远低于市场价。即使后来有些外地的老人入住，他们也是一视同仁，没有提价。

刚开始他们还有点担心，那时候人们的思想观念还没有转变，一般人，除非迫不得已，是不会把父母亲送到养老院的，要不然别人会认为不孝顺；老年人自己也不愿到养老院，怕给子女带来不好的名声。第一批住进公寓的老人有的是子女在外地工作，没人照应；有的是家里住房紧张，需要腾出房子给子女或下一代；有的子女啃老、不孝顺，家庭关系紧张，与晚辈相处不来、或不想和子女住在一起等等，都是些不被家庭需要，或者说被家庭遗弃的老人。

慢慢地人们的思想观念逐渐发生变化，子女没有时间陪伴、照顾父母，为让老年人安度晚年，他们花钱尽孝。把老人送到老年公寓，让他们消除孤寂，寻找家的感觉，成了孝顺的表现。文昌花园老年公寓紧邻市区，交通便利，独特的地理位置做宾馆不行，作为老年公寓，却大受欢迎。小区优美的环境、规范的管理、丰富多彩的文化活动，让老年公寓逐渐走红，一炮打响。

入住人员越来越多越住越多，大致分为三个三分之一，三分之一是小区内部的老人，他们一个看一个，住了进来；三分之一是子女住在小区内，父母亲原来不在身边，把他们接过来住进公寓，“一碗汤的距离”，方便自己照看；还有三分之一是小区外的一些老年人慕名而来，一些外地的老年人也住了进来。

88岁的任治华出生在江都，老伴去世前，夫妇俩一起居住在上海。老伴2012年1月去世了，她寻思一个人在上海过也没意思，三个女儿，一个在扬州，一个在江都，一个在镇江，靠得都不远，就想着叶落归根。回来以后，到几个女儿家看看，女儿们都已是做奶奶的人，忙里忙外，带孙子，买菜做饭，整天忙得也没时间照顾她。经人推荐，2012年8月，她将上海的房子出租出去，每个月有2000多元租金，几个女儿再贴点，以每月2550元住进公寓里的单间。她虽然以前居住在上海，但一直没有工作，也就没有退休金，现在每月依靠上海的房租过日子，过上了“以房养老”的晚年生活，经济上倒也能够承受。在老年公寓，她过得很开心。每天，她或者在房间里看看电视，要么就是和老姐妹们一起聊天。“我觉得人上了岁数，脑子一定要清爽，不要活得糊涂。”

一对来自北京的大学教授夫妻，他们在扬州有个亲戚。也许是受李白“烟花三月下扬州”的影响，每年烟花三月的时候都会到扬州小住。他们来了怕给亲戚增加麻烦，自己也不自由，不愿意住在亲戚家里，住宾馆一天两天还可以，一个月两个月的住，费用也挺高的。亲戚给他们推荐文昌花园小区的老年公寓，来一看条件，非常满意。就问住两个月可不可以，当时公寓本身就有多余的床位，实行的也是周托、月托、年托等灵活入托。这对老夫妻以后每年的烟花三月都会来扬州，一来就来了将近十年，都会住到公寓来，一住就是两个月，沉浸式的观赏扬州的美景，体验扬州的文化，直到有了疫情才没来。

一对年逾八旬的无锡老夫妻在公寓仅住了一个月，留下极深的印象。他们认为收费合理，服务周到。一日三餐，花式多样，每天送饭到桌，工作人员热情周到，爷爷、奶奶叫个不停。每天有专人打扫房间卫生、清洗衣服。他们说在与众多老人交谈中，没有一个老人不说好。他们觉得“现在国家很重视老年人的晚年生活，如何真正做到像文昌花园老年公寓不以营利为目的，让工薪阶层老人也住得起，真心感到老有所依，老有所养，老有所乐，值得社会学习借鉴”。

一对哈尔滨的老夫妻，他们每年的春秋天都会到扬州来。虽然那时候还没有“候鸟式养老”的说法，但他们其实已经这样做了。每次来都会到公寓住上两三个月。上海、南京等地都有慕名而来的老人，短住长住总相宜。

第二年，社区组织老年公寓申报省里面的一个公益创投项目，首次提出社区“四位一体”养老的概念，拿了10万元项目资金。“四位一体”养老是指居家养老、社区养老（日间照料）、机构养老和异地养老的多途径养老模式。这“四位一体”的养老模式成为他们社区的特色。扬州市民政部门的领导认为“让老年人拥有一个幸福的晚年，是所有养老模式的终极目的。这种‘四位一体’的模式，符合老年人多方位的需求”。他们将这一具有文昌特色的养老模式在全市进行推广。郑翔谦虚地说：“实际上我们也是边做边总结，先做后总结，在做的过程中摸索出的这个‘四位一体’养老模式。”

也许是时代不负有心人。国家开始关注重视养老事业，政府不仅按床位数给老年公寓装修补贴，特殊时期还有一些运营补贴；一些爱心企业有时还来公寓看望慰问老人，送来一些粮油和生活用品；再加上他们每年都会以老年公寓的名义申报一些公益创投项目，他们倒不为资金犯愁了。不过，他们始终牢记当初创办公寓的宗旨，郑翔说：“我们始终是一个非营利的社会组织。”老年公寓从负责人到服务员、护理人员，都是在社区招聘、安置的一些人员，他们按月拿工资。公寓收支结余部分全部用来再投资，或者用于丰富社区老年人的精神文化生活。

社区经常组织公寓的服务员和护理员培训，帮助他们掌握技能的同时，培养他们把老人当亲人的爱心和孝心，杜绝虐待老人现象的发生。对老人们的生活，社区严格把关，米面油必须是大超市的，菜是他们社会组织自己买，每天都是新鲜的，菜谱根据老年人的身体和习惯配搭，营养健康，每天不重样，非常美味可口。逢年过节，老人们都希望有儿女来看望自己，不管儿女来不来，社区会给他们加餐，代替子女给他们送一些节日慰问品和小礼品，端午节送粽子、中秋节送月饼、重阳节送重阳糕等等。

社区还经常组织一些志愿者、义工团队到公寓为老年人理发、修脚、按摩；组织辖区单位走进公寓与老人一起做月饼迎中秋；重阳节时，社区党委联合老年公寓组织辖区老人到瘦西湖、马可·波罗花世界等名胜风景点旅游，社区的舞蹈队还即兴为老人们表演歌舞，引得路人驻足观看，掌声不断。住在公寓里的老人过大寿，社区会组织居民到公寓祝贺，齐唱生日歌，这真是“高龄祝寿喜融融，公寓定心露笑容。感谢社区送关爱，真诚祈愿万年松”。这些从来不另外增收费用。

每年的除夕，社区会组织他们聚餐，吃团圆饭，组织好邻里艺术团的队员到老年公寓进行文艺演出，和老人们一起过年。大年初一，郑翔早上的第一件事就是到老年公寓给老人们拜年，已经成了不成文的规定。第一年春节，有4个人没回家，在公寓过的年，都是没地方去的，有的子女不要他们回去。除夕当天，社区的小小志愿者队在老年公寓度过了一下午，他们和老人学习包饺子，为老人们唱歌跳舞讲笑话，让老人们感到家的欢乐。晚上，20多名文艺志愿者在公寓为留守的老人表演了一场丰富多彩的文艺汇演，以一场“特殊春晚”让老人在除夕享受到节日的快乐。郑翔说演出和服务人员远远超过留在公寓的老人。

后来慢慢地，不回去过年的老人越来越多，三四年后大家都不想回去过年，即便是回去，也是吃过年夜饭就回来。老人们说“不是子女不接我们回家，而是我们住在这里习惯了，工作人员把我们照顾得一一当当，我们不想来回奔波”。老人们很享受公寓里的生活，感觉就是一个温暖的家。他们从进来时的不开心到开心，从开心到快乐，有的智障老人心情郁闷，住进来后慢慢地心情愉悦，精神状态发生很大变化。

社区还依托老年公寓开展“心灵茶吧”心理咨询服务，通过喝茶聊天和身心健康服务等形式，满足老年人精神慰藉方面的需求。社区陆老太常来“心灵茶吧”与队员们聊天，她说：“文昌花园社区心理咨询服务队队员们专业水平很高，我的很多实际问题都在他们的帮助下得到解决，现在我每天过得很开心。”

几年的运营，他们用实际行动践行着“为老年朋友排忧，替年轻子女解难”的宗旨，通过无偿、微偿和有偿服务相结合，提供居家、日托和全托个性化服务方式，满足了老年人多元化的需求，使社区居家老人得到生活照料、救济救助、医疗康复、心灵慰藉、休闲娱乐等全方位的关爱；日托和全托的老人们既享受三星级宾馆式管理和服务，又保留了“家”的传统生活方式，实现了老人满意、子女减负、促进就业、社区和谐等多赢的效果。

2015年文昌花园老年公寓获得“全国民办非企业单位优秀服务品牌”称号，《和谐文昌》的作者以诗词称赞：公寓清幽春永驻，三餐料理味香浓。疗心保健有医士，生活起居配护工。说笑聊天声不断，玩牌对弈乐无穷。闻鸡起舞精神爽，尽兴飞歌夕照红。

三

随着国家对养老事业的关注和重视，为解决公办养老机构体制机制僵化、发展活力不足、市场反应迟钝、服务质量整体不高、资源闲置浪费等问题，国家开始推动以公建民营为重点的公办养老机构改革。文昌花园老年公寓被列入公有的范围，也在改革之列。当时的郑翔有过犹豫，公寓是社会组织在运营，何况经营得好好的，要改吗？但既然区里面决定了，她还是决定听从安排。不过她想，既然要改，那就必须要把医加进来，他们现在收住的老年人都是能自理的，社区有些失能半失能的老人也有入托的需求，本来她已经有所考虑，既然要改那就正好借外力一步到位，实现医养结合。

为了寻找一个合适的、专业的养老团队，区里带着他们到外省市一些大型养老机构参观考察。一路寻访考察到了常州，在网上一搜索，发现无锡宜兴有一个九如城养老院，他们又马不停蹄，直接奔向无锡宜兴。宜兴的九如城养老院是九如城集团第一个养老综合体，占地800亩，总建筑面积48万平米，总投资额38亿元。以康复医院、体检中心、养护院为核心，形成“医康养”融合的养老模式，满足了一定区域内全部长者全生命周期的养老需求，也称为“两全”养老模式。

在那里，有两件事吸引了郑翔的注意。郑翔说，她到每个地方主要看它的特点，看它有什么和别人不一样的地方，值不值得自己引进。在九如城，她看到有社工师的介入。那时候引进社工师是一个新生事物，他们社区工作者虽然整天做的就是社工工作，也都通过有针对性的考试拿到社工师证，但工作中并没有引进专业的社工师。她问社工师是不是这儿的工作人员。社工师告诉她不是，说自己只有星期六、星期天才来，是志愿者。她问是不是老人们有需要？社工师告诉她，很有必要，特别是一些有心理问题和有老年痴呆倾向的，他们都需要做个案咨询和辅导，还有一些团辅，都需要专业的社工力量。郑翔看到他正在进行的团辅，带领大家做手工，社区平时也做过，只是当成正常工作，并没有从真正意义上社工师的角度来做，一个养老机构竟然有这个意识，比较前卫，也说明他们对老人还是比较重视的。

还有一件事更让她吃惊。他们在康复室参观时，看到一个瘫痪病人被护工用轮椅推进来，抬着平躺到一台机器上，通过机器半个多小时各种穴位的按摩，这个人居然能够借助身边的扶手站了起来。当时郑翔就想，如果我们社区有这么一台机器，那些瘫痪在家的病人，借助这种机器经过长期的康复训练，不就能站起来了吗？这多神奇呀，她心里面想的全是社区的居民。她就问陪同的负责人，如果合作能不能有这种机器，那位负责人满口说："没问题，如果我们到你们文昌花园社区，我们把机器送过去。"当时没有正式谈合作，她也只是随口一问。

这两件事让她对九如城有了好感，她又通过各种途径深度了解了九如城集团的历史背景和经营理念、企业文化等，集团起步于2009年，可以说是中国养老产业的开拓者，他们认为养老的本质是孝道，孝道的核心是家庭，家庭的向往是幸福！一直以让天下子女尽孝有道，让阳光照进长者心田的使命，以孝、爱、家为核心，打造以心养老、以爱护老，以家为老的新型养老模式。这种理念与郑翔的深度契合，经过多方商谈、综合评估，最终社区选择和九如城合作。双方就合作细节多次磋商，签订了长期合作协议。

接手后，九如城对公寓进行了局部改造，增加护理站、康复室，进行环评等，床位减少到89张。让郑翔没有想到的是，九如城进驻后并没有兑现当初的承诺，一些写在合同里的事情也迟迟不落实。她说："我们与这些商人谈合作，还是缺少经验，都是用我们的行事风格去相信他们，总以为只要合同上写了就应该做到。"

合同上写得清清楚楚，是医养结合的综合体。商谈的时候郑翔也讲得很清楚，"必须要引进医，如果光是养，我们已经做得很好，不需要你们来"。可文昌花园老年公寓对于九如城来说，只是一个小项目，接手以后他们测算了一下，实现医养结合成本太大。一些康复设备的添置，就郑翔看中的那一台德国进口的机器，就是100多万，他们根本不可能花那么多钱买一台机器放在这儿。医生、护士团队的引进，他们的吃饭住宿都需要成本，要控制成本只能就地解决。再加上小区里的养老院医疗许可证办起来难度不小，10年的合同期，能拖一天是一天，先拖着呗。

机器设备不添置，医生护士不到位，有些服务也跟不上，他们对入住老人的收费标准却是一涨再涨，从原来的1650元，一两个月就涨一次，一次加一两百，一直加到2700元。那些最早住进去的老年人坐不住了，三天两头跑到社区来吐槽，说现在动不动就收这个费，收那个费，有个名目就收费，哪像原来，这前后的反差也太大了。他们不停地找社区，找郑翔，他们才不管你承包不承包，他们就认为这是社区的养老院，有事就是要找社区。郑翔坐不住了，合同合同不履行，服务服务不如以前，收费倒是噌噌地往上涨。改革应该是越改越好，不能越改越糟，这也严重违背了当初社区办老年公寓的目的和宗旨，伤害了老年人的心。

郑翔多次找他们负责人交涉，一次不行两次，两次不行三次，明确提出收费标准不能再涨，不管怎么说这是社区内的老年公寓，收费标准必须低于市场价，这也是合同条款之一。对服务质量和医养结合等方面存在的问题提出限期整改的要求。在社区的一再督促下，他们更换了具体负责人，答应收费标准不再提价。可医疗方面，他们找出各种借口说医疗证办不下来，那些康复设备，他们还是拖着，迟迟不落实。郑翔跟他们提出严重警告："如果不能按合同做到医养结合，就请你们走路，解除合同。"他们倒好，提出解除合同可以，必须先把装修改造和前期投入的100多万付给他们。她明知道这是故意刁难，他们的装修改造和前期投入根本没有100多万，再说社区也不可能再拿出100多万来。双方经过多次反复交涉，为了老年公寓的稳定，社区只能做出让步，在维持现状的前提下就问题解决问题。

此后，对于他们的正常经营，社区不干预。但只要是老年人提出的不合理的现象，或者老人们特别反感的事情，社区都会及时跟进，有些事情郑翔还是会据理力争的。要是合理的收费和要求，社区也会帮着做工作。

过春节了，老人们找到郑翔，反映他们对留在公寓的老人要加收费用。郑翔觉得不可思议，找到他们。他们振振有词地说，春节期间员工上班要付3倍的工资，对留住的老人当然要加收值班费用。站在企业的角度似乎是合理的，可站在社区的角度不能这么做。“这是两码事，不能这样算。他们是长期居住在这里，你们既然收了月费，就不能再加收费用。按你们这样算，平时周六周日还要跟人家加收费用呢。”她跟他们强调了留住的老人都是迫不得已，谁不想大年回去一家团圆，公寓应该有自己的企业文化，让老人们能体验到“家”的感觉，在她的干预下，以后再也不收了。

大年初一吃的饭菜是三十晚上聚餐的剩饭剩菜，老人们都不满意，他们认为大年初一就应该有点新气象，要吃新鲜的。还有平时饭菜不符合老年人的口味等等。对这些郑翔只能两边做工作。一方面做老人的工作，让他们能理解，以前老年公寓是社区自己办的，是一种公益性质的。现在他们是企业，是一种经营性质的，有些方面他们是按市场运作的。对企业，她强调走市场路线的同时，要更多地体现人文关怀。

双方经过不断磨合，更换后的负责人还比较通情达理，现在相处得还不错。虽然有些大型康复设备没有到位，但在郑翔的一再督促下，实现了医养结合。社区帮他们办了医疗许可证，他们添置了必备的医疗和护理设备，为失能、半失能老人增加多张护理床，聘请了相应的医疗和护理方面的专业人员，公寓每一层都设有护士站，护士站每天都会有医生和护士24小时值班，以确保随时能够为老人提供医疗服务，老人们有些小毛小病，包括挂水等一些基本的医疗都可以在公寓里面自己解决。

公寓里大部分都是失能和半失能老人，能自理的老人很少，医养结合减少了他们的出行次数，让他们可以不出养老院就能享受基本的医疗服务，减轻了家人们的负担。郑翔说："幸亏有了医生，特别是疫情期间，养老院都是全封闭，如果没有一个医生，老人身体出一点毛病，就要到医院去，有的还要儿女来，那多麻烦。"

老年公寓虽然由九如城经营，但社区依然把老人们作为自己的服务对象，各种文化娱乐和志愿服务活动一如以往。除夕的年夜饭，一年未停过，有时在老年公寓里，有时会组织到外面的大酒店。不管在哪里，社区文艺团队和志愿者精心准备的"春晚"准会让老人们开心过大年。2019年春节，社区首次在外面的大酒店举办"温暖约定"——社区年夜饭活动，70名老人大"团圆"，住在公寓内90多岁的王松林大爷耳聪目明，他说，社区举办的爱心年夜饭活动他每年都参加，已持续11年了，无论是举办年限还是规模，在市区都首屈一指，老伙伴们欢聚一堂，很开心。郑翔当即表示，春节前的爱心年夜饭是社区老人们都熟知的老传统，老人们就是我们的家人、亲人，爱心年夜饭已走过第十一个年头，往后还会继续办下去。

每年的元宵节、三八妇女节、端午节、中秋节、重阳节等节日，社区都会组织各种相对应的活动。组织老年人观看城市新变化，游览名胜风景点；邀请中医专家走进老年公寓，开展"三伏"送健康、秋季健康养生讲座；和志愿者一起动手包汤圆、裹粽子、做烂面烧饼、冰皮月饼、煮腊八粥等等；组织书画展出、文艺汇演等文体娱乐活动，全面提升老年人的生活品质，共享社区大家庭的幸福。

知道老人们就喜欢个热闹，除了节日组织活动外，一些老扬州的传统习俗他们也不忘记。农历六月初六，扬州传统习俗既有“六月六，晒红绿”，还要吃饺子，社区志愿者就采购新鲜蔬菜与肉走进老年公寓，做馅料、包饺子，老人们围在旁边，身体好的还参与包饺子，年事已高的则在旁边享受家的感觉。90多岁的张大爷说，他小的时候，每逢六月六都要吃饺子，如果不是志愿者来，他还不知道六月六到了呢，这种儿时的感觉真好。

围绕节日开展丰富多彩的活动是社区的长项，他们还在一些老人过特殊生日时，举办“共庆生日享银龄”集体生日会，让大家一起分享寿星们的快乐。有时会为两位90岁老人同一个月过生日，举办90岁以上的老人集体过生日；在“幸福密码、志愿助巢”服务项目中他们组织了80岁以上的高龄老人集体生日会；有时还会举办百岁老人生日宴。一个大蛋糕，老人们齐唱生日歌、许下生日愿望，切蛋糕、品尝蛋糕、共享欢乐。

公寓的王老太年龄最大，是香港人，听居住在扬州的侄子们说扬州的养老环境好，就来到扬州居住。每次集体生日会她都参加，常常乐呵呵地说，住在社区老年公寓最大的福利，就是与小区居民打成一片，社区和居民们都把他们当长辈来尊敬，尽管是养老公寓，她更愿意将这里当作家。

四

社区主导经营老年公寓时，居家养老、日间照料等为老服务中心都设在公寓里。公寓一楼西侧的第一间房里，搭建的信息化平台，在建立老人基本信息数据库的基础上，还安装显示器设备，实行网络连接，实时跟踪记录居家养老服务员与护理员的服务。社区有专门的护理员，每周定时定点为辖区内的老人进行家政服务，未服务的，屏幕上会显示为绿颜色，服务后屏幕上颜色转变为黄颜色，服务时长也会在屏幕上显示。对于一些行动不便的老人，他们在老人家中设置门禁系统，护理员去老人家只需进门刷卡，不需老人开门。

九如城经营后，居家养老还是社区自己在做，通过政府购买服务岗位，社会组织争取一些公益项目，和社区志愿者一起服务。日间照料和公寓外的老人吃饭还在老年公寓里，和公寓的老年人共享休闲娱乐、就餐等资源，每周一张老人“餐饮食谱”非常醒目，七天菜品不重样，口味清淡，老年人不仅吃得饱、吃得好，更吃得健康。每天食堂内都很热闹，二楼的活动室、阅览室、休息室等多个场所都是全天开放，上午7点到晚上7点，老年人都可以在里面找到喜欢的休闲娱乐，运营一直比较顺利。

有一段时间，政府主导在每个社区都要求建中央厨房，按照午休的床位数给予一定的补贴。实践过程中慢慢发现，社会上没有那么多需求，有的社区忙活半天只有一两个人，基本处于亏本状态，而且名称也似乎不妥。逐渐变成每个街道办一个中心厨房，在城区的东西南北中各有一个，文昌花园的中心厨房覆盖了曲江街道整个城区东部的老年人的吃饭问题。特殊时期养老院实施全封闭，日间照料和中心厨房就没办法继续进行，郑翔又动脑筋，在社区内重新租了一块地方，100平方米左右，专门做中心厨房和日间照料，从最初的8块钱一顿，到现在依然是这个价，不足部分社区兜底。

社区的日间照料和中心厨房依然是交给社会组织来做，还是用的社区新退休人员，注册成立了一个新的社会组织——老来乐居家养老服务中心。他们的中心厨房不仅做量，还做得活。郑翔说："不灵活一点，不是亏本，就是饭菜做得一般。"他们经常参加相关部门的公益创投，申请一些项目资金，通过做项目、做活动来降低成本，让老年人既能吃饱，又能吃好。有的吃得少的老年人，自己带两个小罐子来，让多打一点菜，米饭和汤不够可以再加，买一份就可以吃一天。

有一次，他们竟然收到一份投诉，说在中心食堂吃不饱。社区一了解，原来是位男同志，饭量比较大，他也想"节省"一点，一顿变三顿。服务员不肯，跟他嘀咕了几句。郑翔引导他们说，跟老年人不要计较，他们就是吃，能吃多少呢？

现在正常到中心厨房吃饭的就有五六十人，每天还有二三十份配送。搞配送，郑翔首先想到的是严加生，一位3级听障残疾人，内退工资只有600多元，因听障很难再就业。从2021年底开始，他为社区外18位居民送餐，送一份得2块，有时候有些区域集中订餐，或活动用餐，每天中午11点到12点30分，一个半小时，每月可拿到500多元补贴，他干得很开心。

创新的脚步永不停息。现在，郑翔又在考虑准备扩大规模，把中心厨房做成一个有特色的社区餐饮，这是她给自己定的2024年年度目标，半年不到方案和设计图已经出来。她想把中心厨房变成社区厨房，变成社区居民家庭餐桌的延伸，新鲜、健康、手作、平价，让每一餐都像回家吃饭一样亲切、舒适。

就餐位增加到100多个，不仅服务老年人，社区里有需要的人都可以到食堂就餐。菜品数量上也将有所变化，改变现在两菜一汤的固定菜样，让居民们可以自由选择，甚至可以提供个性化服务，成为一个普惠性的社区食堂。不仅经常变换口味花样，还要美味时尚、色彩丰富；不仅承载着一日三餐抚慰人心的烟火气息，还要承载让人内心踏实的日常秩序感；不仅成为充满温度的邻里归属地，还要成为社区记忆的味觉博物馆。

不过，名称可不叫社区食堂，那跟不上时尚，她们想了两个名字。一个是“食尚食社”，意思是时尚的吃食在社区。还有一个“美膳坊”，她希望这里能成为社区居民一年四季、一日三餐的美食必选，创造一个适合所有居民消费的庞大市场，“老来乐”的成员们被她说得热血沸腾，都想撸起袖子加油干。

下一步，她还准备在食堂旁边做一个文昌铺子，把沙头等当地的一些新鲜蔬菜、特色水果和土特产放到铺子里，让老百姓吃过饭后可以在这儿顺带买一些回去。她一再吩咐，“这是我心里想的下一步计划，不能公开”。

两个月以后，当我再次去采访她时，她的“食尚食社”和“文昌铺子”都已经开业。本来中午说好了两人一起去体验一下，谁知中午去时人满为患，有的是家里来客人，省得麻烦，一起过来吃啦；有的三四个人谈事情，就在这边顺便把午饭解决；有的一家人大热天的干脆不烧饭，直接到这儿来吃，省事方便。大厨们准备的饭菜已经销售一空，还不断有人拿着盆盆罐罐进来打菜，他们又临时加菜。我一看这么拥挤，忙说：“算了吧，我们就不要凑这个热闹了，下次再来体验吧。”郑翔也觉得奇怪，“今天怎么有这么多人的？”

出得门来，遇见一打饭的阿姨。她一见郑翔就说：“郑主任啊，感谢你。为大家做了一件大好事。”郑翔看着她脸生，疑惑地问道：“你是哪一栋的？”阿姨忙说：“我不是你们小区的。”

“怪不得呢，我们小区的我基本上看着都脸熟，虽然有的不一定叫得出名字。”一聊才知道，阿姨家在扬州大桥那边，离这边还挺远的。她是每天要到孩子家去，帮孩子把中饭做好，再赶回自己家烧饭给老头子吃。文昌花园社区正好在她去孩子家的路上，她现在每天先去帮孩子把饭烧好，回来的路上从这儿打了饭菜回去和老头子一起吃。她千恩万谢地说：“省了我多少事，帮了我大忙了，要是我们小区也有个这样的食堂就好了。”

在郑翔的工作词典里，服务是没有止境的，只要老百姓有需求，她都会想出“金点子”，满足老百姓的所需所求所想。在推进垃圾分类的过程中，小区内需要“撤桶并点”，设置智能垃圾分类投放箱。但小区老人多、残疾人多，“撤桶并点”一时间让大家扔垃圾犯了难，不是嫌距离远，就是跑不动路。老百姓的难题就是她的考题，她想了一个好办法，将电动三轮车改造成“流动垃圾车”，组建一支“垃圾分类志愿服务队”，每天定时定点行驶在小区内，将大家分类好的生活垃圾，集中回收并运至智能垃圾分类投放箱。

老太们闲聊时说：“每天早上，我要下楼晨练、买菜，年纪大了，回家上楼就成了‘大难题’，总是喘着粗气，上两层站着歇一会。”郑翔听到了，第一时间启动了适老改造“微创新”，在小区每个楼道加装了“爱心座椅”和门前挂菜钩，为老人解决生活中的难题。“爱心座椅”每两层楼配备一个，老人上楼累了，“歇歇气”后继续上楼；挂菜钩每户门前安装一个，方便老人买菜回家腾出手来掏钥匙开门。这两样“小助手”，让所有老年居民乐开了怀。

2014年春节前后，社区又与有关公司合作，对公寓和社区内的四五位患有慢性病的高龄独居老人免费安装了智能看护系统，全天候持续监测老人的生活起居。房间墙上黏附着一个白色的盒子“传感网关”，信息通过这个小盒子传输到终端。床单下铺了一个狭长的“垫子”，坐便器坐垫下也安装有这样的“垫子”，老人在房间里的一举一动进入传感器后，通过传感网关反映到后台进行智能分析，发现异常及时预警，老人能及时获得救助，且没有录像录音，不会牵涉到隐私。89岁的张文清老太觉得很奇怪，“我夜里起床多次，你们怎么也知道？”原来夜里智能看护系统终端屏幕上显示张老太频繁起床，该公司值班人员立即通知了老年公寓，公寓值班人员上楼发现，老人是因心脏难受无法入睡，吃药后才感觉好多了。

郑翔说社区老年公寓及居民安装的智能看护系统，在市区属于首创。实施半年后，他们觉得看护系统效果非常好，即使子女、看护不在身边也会非常安全，便以“老人智能看护”项目申请中标了江苏省社区公益服务项目。居家养老的胡老太，一天夜里感觉头晕，起身服药后，一夜没睡好，下床了六七次。第二天一早，儿子媳妇急忙回家看望她。“他们一进门就问我怎么了，怎么没睡好。我就奇怪了，他们怎么知道的？”其实，是看护系统将她的情况反映到社区后台，继而传到儿子手机上。其中，包括她夜里翻身、下床几次，都记录得一清二楚。智慧系统的融入，社区逐渐形成了15分钟智慧养老圈，通过物联网串联智能家居和社区智慧管理系统，探索出“互联网+物联网+养老”的新模式。

听说有一种最新的防滑“黑科技”，根据不同瓷砖釉面调配好防滑剂进行喷洒，防滑剂能有效渗入瓷砖的毛细孔内，使毛细孔变粗，在表面形成很多细小的纳米级凹槽，大大增加地面摩擦系数，且不需要砸砖换砖，不改变瓷砖外观，整个过程只需要半个多小时。这么好的科技成果要让老人们享受，社区特邀防滑公司志愿者，免费为辖区5户高龄空巢独居老人家以及社区老年公寓的厨房、餐厅、卫生间以及淋浴间等地面进行防滑处理，让老人们走路更稳当。“之前在厨房走来走去都要扶着柜子边沿，这一处理，地上不滑了，不用担心摔倒，谢谢你们。”90多岁的李万章大爷走在刚处理好的地面上，开心得像个孩子。社区还表示将围绕“养老不离家”的居家养老宗旨，继续使用新科技开展适老化微改造，不断提升老年人的幸福感、安全感。

郑翔还在社区设置“敬老体验室”，引导年轻人体验“老年生活”，从而懂得“百善孝为先”。小夏因为一件琐事和奶奶大吵一架，赌气不再跟奶奶说话。奶奶把苦恼告诉了郑翔，郑翔上门跟小夏说“带你去一个好玩的地方”，她带他走进“敬老体验室”，帮他穿上背部保护器、戴上护肘护腕和护目镜，小夏顿时就感觉行走出现困难，上下楼梯费劲吃力，东西也难以看清。体验结束后，小夏彻底理解了奶奶的不易，主动向奶奶赔礼道歉。

此后他身边的同学和朋友一旦与家里老人发生矛盾，他都建议他们到“敬老体验室”体验一次。

郑翔常说：“家有一老如有一宝，我们要把自己当成儿女，用心、用情、用力为大家服务。”住在文昌花园，社区的创新治理、暖心服务，让每一名老年居民都能感受到满满的幸福。

第七章　用心倾听微弱的声音

一

在社会的每一个角落，总有那么一群人，他们的声音或许微弱，却饱含着对生活的渴望与不屈。他们是那些被生活重担压得喘不过气来的贫困家庭，是那些在轮椅上静静凝视着窗外世界的残障人士，是那些遇事手足无措解决无门的普通百姓，也是那些在心理阴影下默默挣扎的灵魂。这些弱势群体，如同夜空中最不起眼的星辰，虽然光芒微小，却同样渴望被看见、被听见、被理解。

“弱势群体无小事，一枝一叶总关情。”这是郑翔主任常对社区工作人员说的一句话。她常说别看我们社区钱不多，权不大，算不上个衙门，只是最基层的自治组织，但在居民眼里，我们就是政府。他们在生活中遇到困难，遇到跨不过去的坎，不指望我们又能靠谁呢？社区工作就是要从最弱势的群体入手，从最具体的工作做起，运用各种政策和资源，帮助他们解决在生活中遇到的各种各样的困难。

像前面文中提到的，看到她就无缘无故骂她的那一户，她详细了解情况后，想起奥地利著名心理学家阿德勒说的一句话，“幸福的人用童年治愈一生，而不幸的人用一生来治愈童年”。敏锐地感觉到如果小孩长期在这种家庭氛围中生活，心理会越来越不健康，抑郁的程度会越来越深，还有可能养成仇视一切的反社会型人格障碍，当务之急必须把小孩解脱出来。

社区主动上门，安排小孩放学后到小区内一家培训机构上兴趣班，请老师多加关心，帮助辅导功课，培养兴趣，进行一些必要的心理疏导。本来准备所有费用由社区承担，可培训机构负责人听说小孩的家庭情况和社区的想法后，当即决定所有费用全免。他们是在社区的帮助下办起的培训机构，本身对社区就有一定的感情，并承诺只要培训机构存在一天，他们就会对小孩负责到底。社区还把小孩列入妇联“春蕾计划”帮扶行列，社会妈妈们除了资金帮扶，还从情感上予以关心。小女孩看到同龄的小朋友骑自行车，常常流露出羡慕的眼神，他们主动给她买了一辆自行车，让她也能享受同龄人的快乐。

大家的每一次帮助，每一份关怀，犹如一缕缕阳光，温暖着小女孩的心房，笑容重又回到她的脸上，她变得越来越开朗，成绩也越来越好，轻微的抑郁也悄然离去。看着小孙女的变化，骂人的爷爷连连给郑翔道歉。他说主要是以前家里一团乱麻，没有一件开心的事，遇到困难没人问没人管，想想就来气，看到别人快乐心里就冒火，只能把所有的怨气发泄到她身上，他很感谢郑翔的宽宏大量。郑翔顺势引导，说：“我能理解你的心情和苦衷，有困难可以找我们，但不能用骂人的方式解决问题。不管遇到什么困难，要调整好心态，学会做人，只有你学会做人，才能引导你的孙女健康成长。”

社区不仅关心小孙女的学习和生活，还想方设法帮他们解决根本问题。儿子因为离婚心情不好，经常对父母大打出手，老两口长期遭受儿子的家暴，常常以泪洗面，毕竟是自己的亲生骨肉，家丑不可外扬，只能打碎了牙往肚里咽。社区联合社区民警多次上门进行调解，上门一次，收敛一下，安稳几天，但似乎没什么用，三天两头就故态复萌。儿子说他控制不了自己，事后想想也很后悔，觉得不应该这样打骂父母。老两口以为儿子精神上有问题，社区帮他们联系五台山医院做了精神鉴定，鉴定下来一切正常，精神没有任何问题。

没办法，郑翔就劝他们分开居住，隔锅香隔锅香，也许分开对双方都好。老两口苦兮兮地说："我们也想过，可房价这么高，我们根本买不起，想都不敢想。" 郑翔说："买不起可以租，对照政策他们父女俩可以申请廉租房。"老两口喜出望外。社区帮他们申请了一处廉租房，可儿子不肯搬走。在社区的劝说下，老两口干脆搬到那边去住了。现在老两口心情愉快，精神十足，虽然搬走了，还天天来小区老年活动室活动。社区工作人员跟他们开玩笑，"又来啦？在你们小区就近参加活动不挺好？" 爷爷乐呵呵地说："还是这边好，有氛围，热闹。在这边活动还可以吃顿中饭。"

每当看到他们脸上重新露出的笑容，郑翔和社区工作人员很欣慰，也很有成就感。他们虽然帮扶的是孩子，是一个个个体，但关注的是家庭，他们也从中体会到家庭的和谐稳定是社区和谐的主要根源。

在帮困中，"用足政策，坚持原则"是他们一贯的行事风格，坚持做到一碗水端平，一根尺子到底，特别对申请低保的家庭严格按程序进行查核，符合标准的积极上报，不符合的耐心解释，坚决不办。不管你多横，多不讲理，也不管你采取什么方式，他们始终按照这条标准行事，确保公平公正。郑翔说："幸亏自己原则性强，要不然，没法管理。"

经常有人跑到她办公室，衣服纽扣一解，往椅子上一坐，双脚往她办公桌上一跷，气势汹汹地说："把低保给我，不给我今天就不走了"，一副不给低保誓不罢休的架势；有的跑到她办公室哭哭啼啼，诉说家里的实际困难，请求社区关心帮他们申请低保；有的跑过来攀比他人，诈她，"我们家比他家更穷，凭什么他能拿低保，我不能有"；有的责怪社区，说钱又不要社区出，责问社区为什么不做做好事，帮帮他们；有的到了她办公室嘴里就骂骂咧咧，"不给低保你今天就别想走"，甚至要对她动粗……

对这些，郑翔始终不卑不亢，摆事实，讲道理，耐心解释说服。对蛮横的，她掷地有声地说："你有的是力气，不去找工作养活自己，躺着要国家救济？"对家里确实困难的，她轻声抚慰："拿不到低保不等于说你家不穷，只是说明你家不符合拿低保的条件。有困难，社区可以通过慈善救助，结对帮扶等其他途径来帮助你。"对攀比他人的，她拍着胸脯说："我敢保证，我们社区没有一个不符合条件还在拿低保的，如果有，所有钱我出。"

一天，一位身高一米八五，长得一表人才的男子，跑到她办公室，往椅子上一坐，开口就说："郑主任，我是来要低保的。"郑翔看他年纪轻轻的，就问他多大了，他说40岁。她好奇地问他："你才

40岁，为什么要低保？”他说自己是离婚的，一个人带个孩子。

郑翔说：“那不要紧，我们帮你介绍工作。”

他说：“我不要你们找工作，我有肝炎，不能工作。”

郑翔说：“你身体不好，那我们帮你找一个轻松一点的工作。”

男子摇摇头：“那不行，我不要你们找工作，我就是要低保。”

郑翔见他如此坚决，就跟他说：“如果你不能工作，确实要低保，那也行，你去医院开一个你无劳动能力的证明来，我们帮你办。”

本来还算有礼貌的一个人，突然就威胁起郑翔来，说：“你不给我办低保也行，我知道你孩子在哪个学校上学，你家住在哪里，你自己看着办。”

那时候她孩子还小，在上小学，郑翔见他说得都对，一脸严肃地说：“你不用威胁我。你符合条件，我帮你办。你不符合条件，不管怎么威胁，对不起，我也不会帮你办，你有困难，我们可以帮助你，你要找工作，我们也可以帮助你，没问题。”男子还是坚持不要工作，就是要低保。郑翔不解地问他：“你这么坚持要低保，你要告诉我们真实原因，要不然我没法帮你。”男子什么话不说，站起来走了。

没想到，这个人竟然真到她家去了，而且一去还去了三次。第一次去，郑翔出差了。他敲开她家的门，一看是个男的开门，开口就问：“郑翔是住这里啊？”她先生看他人高马大，接口说：“是的，你是谁？”他也不回答，只是说：“我找她有事。”“她不在家，出差去了。”他不信任地探头进去张望了一下，说：“哦，真不在家，那我改天再来。”说完，招呼也不打一声，走了。

第二次，他尾随她走到她家门口。她还不知道他已经来过一次，看到他跟在身后，她门也没开，就问他：“你想干什么？”他依然是那句话：“我要办低保。”她虽然有点紧张，还是装着无所谓地说：“有什么事明天可以到办公室谈。”他威胁道：“我就是要低保，你要不给我办，家和小孩，自己掂量掂量，看着办。”

她抑制住内心的恐惧，义正辞严地说：“你如果敢硬闯我家，我可以告你私闯民宅；你如果敢对我小孩怎么样，我可以报警。但我觉得我们还没走到那一步，你有困难，我可以帮你，符合政策，我们帮你申请，不符合政策，你不要说威胁我，再怎么样，我们也不会帮你。”她先生在家里听到郑翔的说话声，打开门一看，“你怎么又来了？”他看看架势，也没回答，转身走了。

郑翔说，那时候难呢，大家都是刚拆迁过来的，都想通过低保增加收入，有的在原来的社区就有低保，如果我们不按政策，开一个口子，哪怕只要有一个不符合条件的有了低保，那社区就吵翻天了，大家都会一个攀比一个，但如果我们坚持原则，那随你怎么闹，我们都不怕。

后来他又去过一次，三次都是无功而返。他跟她说：“没想到你这个小不点原则性还蛮强的。”她说：“怎么讲？”他说：“我想我三番五次地威胁恐吓你，你肯定会害怕，没想到，我去了你家三趟，你居然都没松口，还是这么坚持原则。”郑翔从第一次接触就一直在想，这个人看上去人高马大、身强力壮，就是有肝炎，也不至于什么工作都不能做，后来她一直关注他，有几次还发现他和旁人在谈生意，他究竟为什么非要低保。她忍不住再次问他要低保的真实原因。

这次他跟她讲实话了。他说："不瞒你说，郑主任，这个低保也没多少钱。我要低保的目的就是想申请一个廉租房。我跟老婆离婚了，孩子跟着我，我没地方住。我不能总是带着孩子跟父母亲住在一起，我想申请一个廉租房，跟儿子住过去。"

弄清楚他非要低保的真实原因，郑翔说："真是的，要房子你早说嘛，申请廉租房你不符合条件，你可以申请经济适用房，再不济你也可以申请购房补贴，有个几万元买个小房子，付个首付够了。你非要盯着低保，不是我们不帮你，你确实不符合条件。"

那时对市区住房困难的中低收入群体，市里在组织全面调研的基础上，分类别提供了相应的政策性住房。他一心想要的廉租房，是政府提供给城镇居民中的最低收入者，必须符合城镇居民最低生活保障标准且住房困难的家庭，政府以租金补贴为主，实物配租和租金减免为辅，廉租房只租不售。郑翔所说的经济适用房是以中低收入家庭、住房困难户为供应对象，按国家住宅建设标准（不含别墅、高级公寓、外销住宅）建设的普通住宅，价格相对于市场价格比较适中，能够适应中低收入家庭的承受能力。对中低收入家庭政府还有限价房提供。

另外对人均住房面积8平方米以下、人均月收入300元以下、市区常住户口10年以上的家庭，扬州首创了"831"安居工程，提供定销房。定销房的特点是“三定一不”：定向供应，定点建设，定价出售，定销房价格低于成本价，约是当年市区经济适用房价格的一半，商品房价格的三分之一；不得上市，不得出租、出售、抵押、赠予，在房产证上注明。住户如更新住房时，由房管部门按原销售价格收购，重新纳入解困房源。

老百姓对这些政策性住房大都靠道听途说，对有些政策适用人群了解得不是特别清楚。社区对这些政策都仔细研究过，哪些家庭哪些人群适用于哪类政策知道得透透的。他一听，有办法解决，来劲了，忙说：“可以啊。”社区帮他申请了经济适用房，还捐资助学，帮助他儿子完成学业。他很感恩，成了社区的志愿者，儿子现在在上海工作。

在社区工作，郑翔最大的感受就是千万不能为了把矛盾摆平，把事情做了，违反原则或者违规去帮助他们。否则，工作会很难推进。文昌花园社区之所以能从最初的各种“难”，到后来的“顺畅”，关键的一点就是他们从一开始就严格把关，坚持原则，用足政策，多渠道多途径想方设法解决问题，任何人在政策面前无话可讲。

还有一户更让社区哭笑不得。他是从便益门拆迁过来的，当时是便益门社区主任送过来的，介绍说他在那边是低保户。郑翔一看，他年纪轻轻，怎么就成了低保户，因为不知道他的具体情况，也不敢妄加评判。便说：“户口转进来可以，但要先跟你打好招呼，低保不低保我们要对照政策重新审核，不能确保你100%拿到，但也不是说你就肯定拿不到，最终要看你的条件符合不符合。”第二天，这个人就跑到郑翔办公室，往椅子上一坐，拿起一份报纸。他也不喊郑翔书记或主任，直接就是："党代表，有喝茶看报纸的工作嘎。"

郑翔看看他那吊儿郎当没个正经的样子，很明确地回答："没有。"

他大言不惭地说："没有，那你就给我低保。"

"我们查过了，你不符合低保条件，你才40岁出头，完全可以找份工作自食其力。你有困难，我们可以帮你介绍工作。"

他很干脆，"好呀，那你们帮我介绍"。

郑翔他们给他介绍了七八个工作。他到人家那儿，要么问人家老板："你这里最轻松的工作是什么？我只会看报纸喝茶，其他的做不来。"要么把衣服解开，袒胸露腹，问人家老板："你要我吗？"人家纷纷打电话给郑翔，问她："郑主任，你这介绍的什么人呀？"他自己跑过来跟郑翔说："你看，不是我不工作，是人家不要我。你看咋办？"郑翔看他装得挺像，干脆跟他明说："我明白你的意思，你就是想要低保。我们给你介绍的工作，是人家不要你，还是你故意让人家不要你，你心里比我更清楚。为你介绍这么多工作，我们已经尽力了。你不想工作我们也无能为力，你自己再找找看有没有适合你的工作。有一点我可以肯定地告诉你，你不符合低保的条件，不管你怎么样，我们都不会给你申请的。"他一看这架势，低保无望，也就不来社区了，每年春节前会来社区转一下，要点补助。

郑翔说，在社区工作时间长了，社区的故事很多，社区各种各样的人无奇不有，她已经见怪不怪。在她眼中，他们都是自己的服务对象，她唯有尽己所能用心用情去服务他们，帮助他们，对于他们的各种行为，她早已练就了兵来将挡、水来土掩、见招拆招的本事。

二

有些家庭即使把所有的政策都用足了，还是有一些暂时的困难，郑翔把在宝塔社区开办慈善超市的做法复制到文昌花园社区，继续尝试慈善社会化。她到文昌花园社区报到时，社区办公室的装修方案已经出炉，好在还没有进入实施阶段，她其他的没做任何修改，只在服务大厅的旁边隔了一小块，装上架子，找了几个企业化缘，争取了一些日用品，办起慈善超市。

慈善超市面向困难家庭，辖区内的困难户们可以向社区提出申请，社区在调查核实的基础上召开听证会，对符合条件的名单进行公示，定期复核，实行“进出有序”的动态管理机制。公示后发放等额的领取券，凭领取券他们可以直接到超市选购或者是领取所需的物品，孤寡老人和特殊对象，由志愿者送货上门，每个月都能免费获得米、油、衣被等生活必需品。

慈善超市的资金主要来源于“财政贴一点，企业赞助一点、社会捐一点”。有时也有一些居民的个人捐款，比较少，捐助额也不多。社区成立不久，一位年近90岁的孟老，在保姆的搀扶下，来到社区慈善超市，向“献爱心募捐箱”中投进了1000元现金。他告诉社区工作人员，“我老了，不能为社区做些什么，这点钱给需要帮助的人吧”。工作人员很感动，这笔钱是老人从生活费中省下来的。他平时比较节俭，老伴去世后，子女每月给的赡养费去除保姆的工资也只有350元生活费。但他庆幸自己子女条件还可以，也很孝顺。社区的孤寡老人多，比自己条件差的也多，他就想给这些人一些帮助。工作人员说“像孟大爷这样，还是第一次。”

说起慈善超市，郑翔说，她要感谢安娜·朱莫洛·蒂贝琼卡女士，三次捐款，为慈善超市做了一个无形的广告。

2006年，扬州喜获联合国人居奖，为中国赢得年度唯一一个“联合国人居奖”。这个奖项是全球人居领域规格最高的奖项，号称人居奖中的“奥斯卡”，也是扬州人由来已久的梦想。10月中旬，时任联合国副秘书长、人居署执行主任安娜·朱莫洛·蒂贝琼卡女士，受邀来扬州考察，参加庆祝大会，并亲自为扬州颁发获奖奖牌。扬州能获得联合国人居奖是以那几年实施的古城保护、改善弱势群体居住条件的实绩，得到评选委员会的高度评价，获得全票通过。安娜女士来到扬州考察，文昌花园社区作为农民变市民和城市弱势群体集中居住的扬州最大规模的拆迁安置小区，自然在考察之列。

走进社区，居民们的热情让她融入其中，和居民们学打太极拳，学打腰鼓，和扇舞的队员们一起拍照，看见正在进行爱护居住环境宣传的“小天使”们时，她眼前一亮，笑容可掬地把孩子抱在怀里，那真是“轻轻拥抱风留香，安娜饱含慈母光”。

来到慈善超市，30多平方米的空间宽敞明亮，货架上放满了大米、油、衣被、肥皂等各种生活必需品。转了一圈，听完介绍后，她忍不住好奇地问这问那，“这里的物品需要用钱买吗？”“超市服务对象是哪些人呢？”“超市里的物品从哪里来的？”“多长时间补一次货？”

当得知每个月有符合条件的30多户困境家庭在这种救助机制下生活无忧时，安娜女士连声称道“Good！”看到超市里的“献爱心募捐箱”，她立即走了过去。发现自己临出门身上忘了带钱，就向身边的同事借钱放进捐款箱。“噢，这钱还不够。”她又向其他同事借了200美元，第二次放进捐款箱。还动情地说：“我还从来没有见过社区慈善超市，这样的超市是一种共建共享、守望相助，体现出人与人之间的和谐。请你们提供一整套的做法资料，联合国人居署将在世界范围内组织推广你们的模式。”

“这也就是两次捐款呀，怎么又有第三次的呢？”我迫不及待地问道。原来安娜女士在扬州市荣获“联合国人居奖”庆祝大会上的致辞在《扬州日报》刊发后，《扬州日报》社领导带着报纸和1000元稿费，来到她下榻的宾馆，转达了广大读者和市民朋友们对她的亲切问候。安娜女士对《扬州日报》社领导表示感谢，高兴地收下稿费并请在场的市领导替她代为捐赠给文昌花园的慈善超市。郑翔很感动，说：“这三次捐款也体现了一位国际友人对社区慈善超市的认可。”

依托慈善超市，社区以市场运作为方向，逐步发展社区福利。2014年办起爱心超市，推进“慈善超市市场化”，实施“社区福利”，凡文昌花园社区居民，可享受居民福利价，按正价购买算作溢价捐赠。凡参与社区志愿服务，在爱心超市购物或消费可按星级享受打折。社区规定，只要注册成为志愿者，领取志愿者服务积分卡，服务一个小时记3分。达到300积分是一星级，所有商品可以享受9.8折；500积分以上是二星级，可以享受9.5折；达到三星级的当年可以免费领取色拉油1瓶。这种凭积分享受折扣的办法，建立起个人付出与社会资源反馈相结合的长效机制，激发了居民参与各类志愿服务的热情，推动志愿服务规范化和常态化。

“捐赠、交换、救助”三位一体的“爱心超市”，为特困居民、志愿者、普通居民、爱心人士分别提供免费领取生活物品、志愿积分兑换商品、优惠价购买部分物品、设立爱心阵地等服务。爱心超市通过薄利多销吸引更多消费，盈利部分注资“社区基金”反哺困境群体，慈善超市帮扶互助的特点吸引了众多爱心人士、志愿者、企业单位前来奉献爱心。

社区沈奶奶2015年过六十岁生日时，孝顺的儿子想给她办酒庆贺，她想想，还是省下钱来去帮助社区更困难更需要的人吧。2016年她儿子过三十岁生日，儿子也学妈妈的样子，把办酒的3000元钱交给她，让她捐给社区，说“我们吃吃喝喝把这些钱花光了没有意义，还不如拿出来帮助家庭困难的人！”孙子看到奶奶要去社区捐款，也从自己的压岁钱中拿出500元，和奶奶一起捐给社区。

患有严重慢性病的蒋女士家庭条件极其困难，社区经常带着钱物上门慰问。后来她病情加重住进医院，社区又寻找一位热心人与她结对帮扶。出院后了解到一位女孩因患白血病而眼睛看不见，其男友不离不弃，非常感动，捐出200元帮助该女孩。她说，人要知恩图报，她生病以来社区及社会一直帮助她，当别人需要帮助时自己也应该伸出援手，钱虽不多，但表达一份心意。

脑瘫患者孟女士，平常行走都非常困难，但每次社区开展“慈善一日捐”和一些为特殊个体举行的临时募捐活动，她都来到社区把自己的零花钱捐到爱心箱里，有时工作人员劝她“你没工作，也没有收入，还需要别人帮助就不要捐了”，她都会用不清楚的语言告诉他们她要感恩。

在社区，这样的场景经常上演。他们都是些普普通通的居民，也许他们的捐款跟有钱人的捐款比起来不值一提，但他们都是从自己有限的生活费中省出来的，他们用自己的言行影响着身边的人，成为一种爱的延续和传递。

社区的慈善工作逐渐日常化、正常化、规范化。慈善超市 “按需捐助、经常帮扶、多方互动”的模式，为社区困难人群提供了一定的生活保障，让他们按照自己的需求获得相应的捐赠物。同时针对社区的困难家庭，社区还结合各种节日和大型活动，组织开展走访慰问、定向募捐、精准帮扶。春节为他们送去肉类、食品、水果和新年的祝福；三八节组织困境妇女户外踏青放飞心情；儿童节组织困境儿童户外团队能力提升拓展活动；“5·19慈善一日捐”组织文艺义演等等，把社区的温暖送到困难群众的心坎上。他们还把每年的8月28日，也就是社区成立日，设定为捐资助学日，动员一些驻地单位和爱心企业点对点地帮扶有孩子上学的困难家庭，用社会的爱心为他们遮风挡雨，撑起一片蔚蓝的天空。

三

在郑翔的工作室，茶几上、橱柜里，点缀着几盆花，色彩鲜艳，形象逼真，有的是用毛线勾织起来的，有的是用尼龙做成的，有的是袜筒花。她告诉我这些都是他们工疗站残疾人的劳动成果。“工疗站？什么是工疗站？”我第一次听说这个名词。

原来社区有100多个残疾人，其中有10多个是精神病患者，他们不发病时跟正常人一样，精神很好，一发病容易伤害别人，成为不稳定因素，没办法正常就业。社区就在残疾人之家成立一个工疗站，对他们进行工作治疗，组织他们做些小手工或者一些简单的手加工，吸引他们的注意力。有了“家门口饭碗”项目后，社区将工疗站发展成辅助性就业，帮助残疾人获得一些报酬。有些小手工很难卖出去，社区就把它们买下来，有的用在活动中作为奖品或伴手礼，有的送给社区的老年人，有的就自己装饰装饰。

小区的孟女士年纪轻轻，因肢体重度残疾，在家常年坐轮椅。郑翔去她家走访时，看到她整日无所事事，人很消沉，萎靡不振的，就鼓励她到社区残疾人之家，做做手工，参与辅助性就业、康复锻炼和一些文化活动，还可以和大家聊聊天。孟女士年纪轻，学得又快，又有耐心，做手工不复杂，收入虽然不高，但她获得了体验挣钱的机会，心情开朗了，人也变得精神了；社区康复中心也成了她经常去的地方，只要她来，工作人员总要帮助她锻炼。

郑翔他们觉得给残疾人找一些事做，提高他们收入的同时，还能提高他们的社会参与感，只有让他们参与社会分工，才能让他们积极融入社会。社区组织有爱心的残疾人成立“文昌花园残疾人义工团队”，积极参加社区组织的一些便民服务活动，经常到文昌花园老年公寓开展理发、按摩等免费服务。老人们直夸：“老年公寓满阳光，残疾义工服务忙。理发按摩修指甲，温馨享受福绵长。”

每当文昌花园社区举行活动时，小区广场上总会有一个小伙子默默地看护着各种车辆。鲜为人知的是，小伙子谢小钢竟是一名严重的智障者，因出生时难产造成智力障碍，手和腿还有部分变形，行走很不便，被鉴定为智残二级。全家以前居住在便益门，拆迁安置进文昌花园后，因环境陌生了，谢小钢很少出门，加之父亲也精神残疾，母亲外出打工，早出晚归，无聊的他每天拿一个小榔头在家里到处敲，敲得左右邻居都不安稳。大家都害怕，不敢去惹他，只能跑到社区求助。

郑翔和社区工作人员上门走访，把门敲开时，他拿着一把小榔头对着郑翔，把郑翔吓了一跳。看到陌生人来家里，他也慌张地躲到冰箱后面，浑身发抖。郑翔她们都被这一幕弄得不知所措，跟他的父母了解情况才知道谢小钢怕见生人。从那时起，社区主动派人上门，多次与小钢沟通交流，做他的心理疏导工作。谢小钢虽然语言表达不出来，但心中已认可社区工作人员的亲切。就这样，谢小钢被社区人员带出家门，参与到各种活动中，与大家熟悉了，他也不再紧张了。

现在只要出了家门，他就到社区和活动中心来转悠。令郑翔他们感到欣慰的是，谢小钢竟然认得所有工作人员所骑的车辆，只要有一辆车不走，他都站在旁边看护。社区哪怕有一块宣传牌移动位置，他也会去查找是谁弄的。社区搞活动时，只要请他帮忙看护物品，那一样都不会少，连桌子、板凳都看得牢牢的，防止不自觉的人搬走，成了不注册的志愿者，大家都开玩笑地喊他“谢主任”，他也乐在其中。

说起社区关心，残疾人蒋建明感慨良多。他是因小儿麻痹症导致双腿残疾，最早一批拆迁安置到小区的，一家人生活得很辛苦。刚来时找不到任何组织帮助。社区成立后，工作人员主动上门了解情况。在社区的帮助下，一家单位结对帮扶，长期资助他女儿读书；社区慈善超市每月为他发放必需的生活用品；在社区及物管的帮助下，他还在小区开了一家小百货店，每月也有一定的收入。他发自内心地说，自己现在都不好意思再向社区“伸手”了。

他说社区什么事都替他们考虑到了，还经常上门嘘寒问暖。元宵节会将煮好的元宵送到残疾人家中，端午、中秋、春节每个节日都会为他们送来粽子、月饼、水果等时节物品。春节前的免费“掸尘”更是让他激动不已。以前住农村平房，窗户矮好擦，住进楼房后，窗户既多又大，他妈妈自己擦的时候“心拎拎的”，非常紧张。他也不忍心，就劝妈妈够不着的地方马马虎虎不擦了，没想到社区联合物业派人上门帮忙。他在百货亭里抬头发现自己家窗户上爬了两个人，吓了一跳，回去一问才知道是小区万杨物业的保洁员在为他家擦窗户。

社区考虑到按照传统习俗，家家户户过年前都要“掸尘”，打扫卫生迎接新年的到来。他们残疾人家庭，做这些爬高上低的活可能有困难，就联手物业在除夕前安排40多名保洁员，为他们和一些军烈属、孤寡老人家庭“掸尘”，让大家一起干干净净过新年。蒋建明看着保洁员们爬上爬下擦窗子掸屋顶，直喊“真过意不去”。

小天家是重残家庭，父母亲都是聋哑人，老人病重，一家四口住在65平方米的一室一厅内，小天上小学后一直想拥有一个学习的空间。郑翔上门慰问时，得知小天的心愿，立即帮忙上报“梦想改造+”项目，改造期间，郑翔多次上门，征集全家意见，再与设计师沟通，最终将客厅隔出一个房间，免费为他打造了一间“梦想小屋”。添置了新床、书柜、衣柜，还结合孩子的喜好，安装了卡通窗帘、顶灯和床垫。

郑翔还安排专业老师，定期上门为小天开展“一对一”功课辅导。考虑到小天性格内向，她经常邀请小天参加社区活动，引导小天多走出家门，融入到社区“大家庭”。在郑翔的帮助下，小天脸上的笑容越来越多，对生活、学习愈发积极向上。

徐光萍的女儿先天性脑瘫，行动不便，平时基本不出门。郑翔每次到她家，都跟她女儿谈心。女儿口齿不清，一次无意中说了一句“瘦西湖真漂亮，好想去看看”。说者无心，听者有意。郑翔说：“我有空带你去玩。”没几天郑翔专门安排车辆，推着轮椅到她家楼下，用了一天时间，陪着她女儿将瘦西湖彻底玩了一遍。还说：“今后只要想玩就找我。”

后来郑翔在社区组建了助残志愿服务队，定期带她女儿外出游玩，还在社区打造了一间康复室，只要哪天没见到她女儿前去，都会打电话，用一种母亲的口吻关心道：“孩子今天没来康复训练，哪里不舒服了吗？”在郑翔的关心和帮助下，她女儿身体康复得不错，脸上也常挂着笑容，徐光萍更是感激不尽。

俗话说“远亲不如近邻”，这句话对于残疾人来说尤为重要。社区组织志愿者们和身边的残疾人结成对子，同住一幢楼的裔秀华与盲人刘文英，是楼上下邻居，裔秀华对刘文英就如女儿对母亲一般关心。刘老太重度视力残疾，一辈子独身，虽然看不见，但听力、触觉相当灵敏，人闲不住，爱干净，有很强的防范心理，一般人根本进不了她家的门。

裔秀华的对门邻居是刘老太姑母的同事，是最早关照刘老太的。裔秀华知道后，也关心起刘老太，每天送菜给刘老太，只要家里烧什么菜，无论有几样，她都一一送过去。刘老太非常过意不去，要给裔秀华费用，裔秀华没肯要；刘老太的妹妹、侄女听说后，也要给裔秀华送衣物，也被婉拒。其实，裔秀华只是小区的楼道保洁员，家里不是很富有，做了志愿者后，她觉得钱只要够用就行，能帮助别人是一种幸福。

在裔秀华的带动下，整个单元的邻居们都关心着刘老太，小到代买物品，大到饮食起居。刘老太说，没想到住进小区，有这么多人帮助她。

社区还依托残疾人之家，积极争取一些政策和资金，为残疾人免费体检，发放一些残疾人专用物品，有效服务相关残疾人；按时开放残疾人康复室，配备残疾人联络员和康复员，指导他们进行肌体康复训练；经常性地组织他们开展一些出游或运动会、文化类的活动，充实他们的精神生活，让他们感受到社会没有抛弃他们。

残疾人蒋师傅，离婚后独自带着一个小孩生活。因为家庭困难，交不起学费，小孩面临失学。社区得知这一情况后，主动帮助联系光彩事业发展中心，为小孩募到学费。以此为契机，社区与中心建立帮扶基金，每年资助10个孩子上学。汽车还未普及时，扬州爱心车队还专程到文昌花园，与社区残疾人协会签订协议书，承诺长期为残疾人免费服务。社区一有活动，司机们都踊跃报名，没被选上的还“发牢骚”，被选上的车子有问题，跟朋友借车子都要参加。

四

社区一头连着居民，一头连着社会，对于居民的心声，哪怕再微弱，作为“大家长”的郑翔也会想方设法帮着“发声”，颇有点护犊情深的感觉。

一天上午，居民们兴高采烈地将一面锦旗送到社区，郑翔接过来一看，上面写的是“社区是我家，主任是咱妈”。她不好意思地笑笑，微微泛红的双颊透露出一种莫名的羞涩。自己正值中年，而送锦旗的居民中，不少都是她的父母一辈，这称呼真有点让她承担不起。但居民们说，要不是她带领社区工作人员进行协调，他们的矛盾还不知道什么时候能解决呢！

原来小区东南面围墙外，居民们住进来时是一块空地。不久开始建一幢八层大楼，大楼东侧的电梯井，对一个单元 8 户居民家的阳光有所遮挡，居民们仅是私下议论，并未引发矛盾。后来，开发商又准备在该大楼后身建一幢三层楼和一个大型化粪池，居民们担心会影响他们的生活，于是与对方交涉，阻挠和反对他们施工，多次在工地上发生一些冲突。

社区了解到这一块地虽然是空地，但在规划上就是商业用地，对方建房子也都有合法的规划许可证，对居民提出的阳光权问题，经专家鉴定也都在国家规定和允许的范围内。郑翔他们协调时，开发商认为居民们是胡搅蛮缠，“我们建房都有相关手续，各方面都符合建筑标准，凭什么要给你们补偿？”居民们则根本不买账：“我们不管，这块地是空的，盖房子就影响我们了。”有的直接跟社区喊：“我们跟开发商要钱，跟你们社区有什么关系？你们不帮我们说话，还帮着外人欺负我们。”“我们都是拆迁户，刚搬过来，是不是觉得我们好糊弄？”郑翔他们一方面劝大家维护权益要合理合法，不能这样瞎闹，提无理要求，背后又找到开发商，希望他们能体谅居民的心情，给予适当的经济补偿。

那时候经常是晚上，大家下班回来，吵吵嚷嚷中双方一个不让一个，爆发冲突在所难免。郑翔他们只能这边劝劝，那边劝劝。有一次晚上双方爆发了一次大的冲突，郑翔他们作为拉架的，在双方互相推搡中被推来搡去，她本身个子矮又小巧，加上晚上大家也看不清楚，男同志力气又大，被推得浑身是伤，右手臂也被拉伤，疼痛难忍，但她依然坚持到深夜才回家。

在社区的多次交涉、商量、协调下，开发商做出让步，同意将大楼化粪池缩小到原来的五分之一，并对49户居民的噪音、粉尘等问题及 8 户居民的阳光权予以补偿。

补偿费拿到后，为怎么分配，居民之间又爆发一次大的冲突。领头的几个人想拿大头，其他的人不服气，“凭什么你们拿得多，我们拿得少。”吵闹中大家打成一团。郑翔他们社区的来拉架，又在混乱中被打伤。本来社区为他们争取到费用，对他们怎么分配没想过多干预，相信他们会自己处理好，哪知道又闹起来。没办法，社区只能又做起牵头人，让牵涉到的四栋楼每个单元各出两个代表，按照谁受影响大谁分钱多的原则重新协商出新的分配方案，大家同意后再分钱。那时候都是晚上居民下班了才能坐到一起，讨论分配的方案，郑翔他们就一直陪着，最终将这个问题妥善解决了。

住在一楼的居民特别感激，他们说假如不是社区介入，他们的矛盾还不知道什么时候才能彻底解决呢。商量锦旗内容时，有的居民说就写“社区是我家，为民办实事”；有的居民反对，说有点空，像大家司空见惯的标语口号，不实在；有的居民认为自己文化层次不高，不要用那些假大空的话，“自己人不玩虚的”，干脆写上大白话“主任是咱妈”，大家一致认为，实在！

说起实在，郑翔在为民办实事上确实很实在。有时甚至一根筋，有点“偏执”，只要是有利于老百姓的，她会持续不断地想方设法把事情办成，把实事办实办好。刚来社区时，文昌花园南大门文昌路上往东行的公交站台，设位不够人性化，离住宅区较远，居民走出小区，还得步行十多分钟才能到达，尤其是从城里返程，手里拎着一堆东西，站台却在大门东边方向好几百米处，给居民的出行带来很大不便。特别是小区老年人多，患病体弱、腿脚不便者，遇着阴雨下雪天，出行成了他们最大的难题。

2007年6月，在日常征集民意时，郑翔留意到这个问题，觉得居民的意见有道理，“有必要让公交站台挪挪地，让居民‘少跑腿’”。一名退休的小学老师滕晓玲牵头，将居民们的意见形成文字稿，上百人主动在上面签名。在市政府开展的“关注民生进社区”活动座谈会上，居民代表将这一民生实事提出来，得到主管部门主要领导的表态：“这个问题我们回去就商量！”

没过两个月，看到文昌路上的公交站台在改造，居民们觉得机会难逢，派出代表拿着百余人签名的民意申请报告，找到相关部门。起初接待的人态度很热情，次日态度就不同了，跟他们解释一个站台的设置不是随随便便就可以改址的，都是经过实地勘探，统一规划定的，不能因为一个社区而改变。面对接待人员的敷衍了事，推诿搪塞，居民们知道，自己人微言轻，部门办事讲究程序，找他们办事，得有耐心、恒心，继续鼓起勇气再次找他们恳谈，请他们能设身处地为文昌花园的百姓想一想，还是不行！没过两天，公交站台上竖起了钢筋，根本没有采纳他们意见的可能。

居民们无奈不解气愤，公交站台是扬州的形象和窗口，市政府花费了很大财力，改造成古色古香的便民公交站台，可为什么就不能实事求是，体谅一下老百姓的苦衷，为我们把实事办好？虽然明明知道这个事不在一个社区主任的职责范围，但他们又能找谁呢？出于信任，滕晓玲召集了七八位居民代表找到社区，将大家的想法和碰钉子的情况向郑翔主任汇报，希望她能带他们一起找相关部门反映反映。

那时候的郑翔不像现在这么有名，在社会各界也没有那么大的影响，但她觉得居民的“信任”二字值千金。她没有推卸责任，也没有大包大揽，而是安慰他们说：“大家的想法是好的，人家的回答也是有道理的，但要想让站台‘挪一步’这事没有那么简单，不可能一蹴而就。”并答应他们“我带你们去跑，但能不能跑下来不能打包票，你们要有心理准备”。

第二天一早郑翔就抱着病体，哑着嗓子和他们一起找到部门领导，摆实情，讲诉求，以情感人，寻求支持。只要有一丝线索，一点可能，他们就抓住不放。带着大家的诉求，一次又一次地与住建、公交公司等部门对接沟通。公交车来公交车去，一去就是半天。有的时候滕晓玲都泄气了，觉得不会再有希望。郑翔总是给他们打气：“走，继续跑！只要不是山穷水尽，有一线希望都要争取，总会有柳暗花明的一天。”

一年多时间的奔波，大家在希望、失望、希望、失望的循环往复中忙碌。最终，终于跑出结果，在小区南门增设一座公交站台。居民们出了小区南大门，走几步过一个马路就行，站名就叫文昌花园南站，彻底解决了群众的“烦心事”。不知情的人乘坐公交车到这里都会觉得奇怪，文昌花园南站和文昌大厦站两个站台相距这么近，撤掉其中一个都不会有太大影响，为什么要设两个站台？熟知内幕的人都佩服郑翔为老百姓办实事不顾一切、锲而不舍的韧劲。

在文昌花园社区，居民们不管遇到什么急事、难事，只要自己解决不了，首先想到的就是找郑翔。不管是不是自己职责范围内的事，也不管事大事小，郑翔总会想方设法去帮助解决，在她心中，总是把社区大家庭放在最重要的位置。她常挂在嘴上的“社区就是一心只想让居民生活得更好”“没事，有困难来找我”，让居民们也不拿她当外人。

徐世珍的小孙子要报名上小学，户口与房产证不统一，报不上，可把全家急坏了。找到郑翔，她热情接待，一口答应：“别着急，我来帮忙协调。”从帮忙跑教育局、学校咨询政策到提供长期居住证明，最终小孙子按时成功报名。

王美青是租住在文昌花园小区的外来务工人员，从事杂粮饼生意，他家想让孩子转学来扬州读书，但人生地不熟，无从下手。有居民给他出点子，让他找郑翔。他起初还很犹豫，觉得自己户口不在这里，郑翔会管吗？可不找她又能找谁呢？没办法，只能死马当活马医，找到郑翔。没想到她了解到他们的困难后，一口答应，并安慰道：“别急，我来想想办法。”找学校、跑手续，郑翔全部亲力亲为，最终让孩子成功转学到解放桥小学，为他们解了燃眉之急。当他们拎着水果上门致谢时，郑翔婉言谢绝，说“外乡人也是‘一家人’”。

马苏扬几个姐妹是旗袍秀爱好者，2018年初，她们经常晚上骑车去很远的地方参加别的队伍“走秀”，来回路上不安全，有人提议自己组建一支旗袍秀队伍，但需要场地、需要经费，怎么解决？她们鼓足勇气找郑翔商量。没想到郑翔很重视，当即答应一周内落实此事。三天后，社区帮她们落实场地，并聘请专职老师每周培训一次，居民们很开心，一下子报名100多人，甚至周边的老年妇女都来报名参加。现在她们成了一支旗袍秀精英队，长年活跃在各种舞台。

有居民投诉到社区，说小区中心广场东边主干道的步行道上，经常有退休人员聚在一起打牌、下棋，玩的人多，声音大，垃圾随手扔，影响到附近楼幢居民的正常生活。接到投诉后，郑翔亲自到现场，与退休人员面对面交流，了解他们的需求，倾听他们的建议，最终决定，趁社区党委打造“党建微家”的机会，利用毗邻老年公寓的地理优势，在老年公寓东山墙边新建“福寿微家”。

2020年9月，“福寿微家”完工，100多平方米的室外活动场所，整齐划一的桌子、休闲椅以及长条凳，还有志愿者负责环境卫生，退休人员玩得文明、玩得开心。“福寿微家”既解决了扰民的难题，又为退休人员的“老有所乐”提供了场所，大家都觉得，郑翔“疏”到了群众心坎上。

2019年入冬时，市区一桥洞下发现一名穿戴邋遢、精神呆滞的中年男子，经扬州市救助站进行人脸识别，该男子姓陈，户籍所在地位于文昌花园社区。陈某被接回社区后，说不出亲属情况。郑翔发动社区工作人员与志愿者帮他寻亲，最后得知陈某无儿无女，没有固定住所，是社区的空挂户。陈某在市区有一姐一妹，郑翔多次打电话请求姐妹出面给他安一个“家”，但因家庭矛盾过深，她们都表示不过问。

作为社区负责人，郑翔便成了陈某的监护人，带他到五台山医院看病，鉴定患有老年痴呆，智力残疾。与街道民政科、区民政局协调，让陈某暂住在广陵区福利院。后来陈某突发脑溢血在重症监护室监测了20天，这20天内，郑翔先后拨打200多个电话，协调处理陈某的相关事务，从凑钱缴费，帮他办理低保、医保，到落实住处、购买生活必需品、准备衣物等，医院一打电话，郑翔不管多忙立即赶到，她觉得像陈某这样无助的流浪人员是社会最弱势的群体，给他安一个“家”，既是一种工作使命，更是一种善意之美。

行走在文昌花园小区，这样的小故事俯拾皆是，居民们都佩服郑翔总能以独特的方式“润物细无声”地把温暖与关爱传递给弱势群体。在郑翔看来每一个小小的善举，都可能成为改变他们命运的转折点。她的“以心换心”“将心比心”，给受助人一种希望、一种力量、一种尊严。“文昌是我家，社区是我妈，有事找郑妈，温馨一大家。”这是流传在小区居民中的一句顺口溜，也是对她倾听微弱的声音，为居民服务的最好诠释。

第八章 “家门口饭碗”牢得很

一

2023年3月9日的“扬州发布”有一篇报道，《江苏扬州：探索社区全龄化服务，“小巷总理”飞“翔”在为民路上》，其中有一段关于“家门口饭碗”的文字：

> “郑书记帮我们找到了金饭碗，沉得很、摔不破”
>
> 最近，文昌花园小区门口常停着几辆大巴，专门接送“家门口饭碗”项目的员工上下班。看着员工日渐增多，社区居民、项目负责人李树香乐得合不拢嘴。
>
> 江都一家外贸服装厂接到一批订单，急需“家门口饭碗”服务社派人赶工。剪线头、钉纽扣、抓检验、打包装，对服装厂来说，李树香带去的人都是“好手”；对李树香来说，这批订单就是困难家庭的“饭碗”。
>
> 就业是民生之本。2008年，针对社区失地农民多、下岗失业人员多、特困家庭多的现状，郑翔开动脑筋、大胆尝试，带着李树香说干就干，全力实施“家门口饭碗”惠民工

程。社区党委负责承接加工业务，实行以件计酬，帮助失业居民、低保收入家庭在家门口灵活就业、提高收入。

一次，为了赶一批外贸订单，郑翔不顾骨折未愈，拄着拐杖、挨家挨户上门检查产品质量，最终顺利完成交付，留下了信誉，带来了生意。

社区居民、失地农民周寿云年龄偏大、缺少技能，想出去打零工，却放心不下生重病、一直居家的女儿。郑翔及时把“饭碗”送到了她家，使她每月能多2000多元收入，又方便照顾女儿。“郑书记帮我们找到了金饭碗，沉得很、摔不破，一想起心里就暖暖的！”周寿云逢人便夸。

随着业务不断扩大，现在社区有400多名居民成功在家门口实现就业，人均月收入超过3000元。

这段文字虽然只有短短的500多字，但对于当事人郑翔和李树香来说却是感慨良多，当初的艰辛和一路走来的不易，是无法用文字来描述的。

2006年5月，一名老党员通过“雷锋信箱”给社区主任来信，“文昌花园社区现有棋牌室（准确地说是麻将室）达20余家之多，每天有上千人次沉醉在麻将桌旁，进行赌博，不仅浪费了居民们的宝贵时间和精力，而且也引发一系列社会矛盾和家庭纠纷，同时还严重败坏了本社区的声誉。为此，恳请您能花大力气，下苦功夫，再献爱心，让这批痴迷‘麻友’从赌钱场上解脱出来，引导他们积极参与到文明、健康、向上的业余活动中去。不胜感激！”

这样的情形并不是郑翔没有看到，也不是她没关注到，看到这些下岗职工整天无所事事，特别是双失业、双下岗给家庭带来的生活困难，她是看在眼里，急在心里，她也在困惑和摸索中。他们的情况千差万别，原因各式各样，没有统一的解决模式，也没有现成的路子可走，大家都在摸着石头过河。

来之前光是听说这里拆迁户成堆，不好管理，但无知者无畏，更何况她有宝塔社区三年的经验做支撑，她对“难管理”并没有太多的概念。走访中，她才发现文昌花园社区真是名副其实的下岗职工多，失地农民多，低收入困难家庭多。当时初步了解失业人员就有584人，其中双失家庭168户。他们大多数年龄偏大、文化程度偏低、缺乏劳动技能，难以重新就业，给生活带来很大困难。

虽然有的下岗职工还没有完全从旧的体制观念里面走出来，他们概念中的就业是像以前一样，到一个单位正儿八经成为正式工，而不是到民营企业或个体户那儿成为合同工或临时工，灵活就业；有的失地农民，习惯了自由的生活，高兴在田里弄弄菜，不高兴就打打麻将歇歇，不习惯去为别人打工，找个单位每天8小时按时上下班，把自己束缚起来；有的拆迁户通过拆迁得到部分现金补偿，认为不愁吃不愁穿，小富即安，可以了，整天东家长西家短，宁愿无所事事也不想出去做事；有的居民自己身体不好，或者家里有老人、小孩、病人需要照顾，无法出门工作……如此种种，不胜枚举。但他们中的大多数都是被逼无奈，还是想就业，想改变现状的。

走访中，郑翔常常感同身受，特别是看到三四十岁的中年人，她更能理解他们的痛苦和感受。想当初自己濒临下岗失业的边缘，那种纠结、彷徨和无助，犹在眼前。推己及人，更何况他们，上有老下有小，双失业、双下岗，只能吃老本，天长日久，怎么可能不为一些家庭琐事吵架？贫困夫妻百事哀，家庭怎么会和谐？

她说：“城里不比农村，一失业就断了经济来源，买菜用水连上厕所处处都需要钱。农村人没有工作，还有田地，最起码的生活还能自给自足。城里人找不到工作无所事事，有的上了麻将桌沉湎其中，有的天天花生米就烧酒醉生梦死，有的心里郁闷在家动辄发火找架吵，有的无处发泄就外出惹是生非。”帮助他们实现再就业，重新调整生活的重心，燃起生活的希望是经济转轨时期和城市化发展进程中不可避免的一大难题，也是党和政府非常重视和关注的问题，他们社区责无旁贷义不容辞。

在2006年的新年规划里，他们的目标是：对有创业愿望和创业条件的下岗失业人员，主动送政策、送信息、送服务，帮助其创业；对缺乏创业条件的，通过组织社区岗位推介会，与用人单位联系等形式，多渠道安置。开设社区创业论坛、就业指导等，邀请创业明星和下岗失业人员交流创业经历和兴业体会；邀请职能部门现场提供创业咨询，重点帮助下岗失业人员及失地农民转变就业观念。

围绕这一目标，社区详细了解了他们的家庭生活，家里人有没有一技之长，就业的愿望和打算，就业受限的主要原因等等。根据了解的情况进行分类，能就业的和完全没法就业的，能就业的又细分为可以自主创业的、可以自谋生路的、可以打工的、可以做家政的等等。针对各家的具体情况，他们多条腿走路。

对有条件创业的，他们多渠道鼓励大家二次创业。下岗职工冷寿华就是在社区的鼓励下，发挥自身特长，通过严格考级，取得教师资格证书，社区帮她办了营业执照，并提供舞蹈房，成立了文昌体育舞蹈培训中心。对缺乏创业条件的，他们到区劳动局、街道办事处，为他们争取政策，争取再就业的岗位；到驻地单位跑跑，了解他们用工需求的同时，请他们关心社区的下岗失业人员，有合适的岗位优先安排他们社区的；去跟物业公司、保安公司协商，争取保安、保洁、保绿等岗位，能解决一个是一个。

他们心里时刻记着有这么一批人等着上岗，只要有一点点希望，一点点可能，他们就紧盯不放，想方设法去发现去寻找一切可能的岗位。在他们的努力下，101名失业人员就业，92名失业人员办理了再就业优惠证，2名失业职工办理了小额贷款，一户户有就业意愿的失业人员重新找到就业的机会。

尽管他们竭尽所能去争取、去挖掘新的就业岗位，却并不是所有失业人员都领情。有的原来在单位做管理的，大小是个领导，要他到民营企业或个体户那儿做个合同工或临时工，受人管理，觉得放不下面子，委屈自己了，反而怪社区介绍的都是些什么工作，没有适合自己的；还有那些年龄大的，没有技能的，他们觉得不是自己不想重新就业，是社区没帮他们找到合适的岗位。

社区又积极争取区劳动局的支持，将劳动局的职业技能培训放在文昌花园小区。可每次培训的通知发出去，却很少有主动参加的，都要社区去发动、去组织，即使来学习，也是应付了事。介绍工作说不适应，组织培训又不想学，怎么办？

一次培训结束，他们把参加培训人员留下来，跟他们聊天交流。一位四十多岁的失地农民很直率地说：“我性子比较直，说话就不拐弯抹角，我觉得这些电脑培训、插花培训，都是脑力活，技能型的，我们这么大年龄，静不下心来学，也学不会，就是学点皮毛，一时半会也派不上用场。你们社区最好能找点什么事情，简单一点的，不要动脑筋，我们带着做做。”

一位热心的志愿者提出，“听说有的外贸公司，有些外贸订单，有时货催得急，厂子里的工人来不及做，就想把一些手工部分，如玩具上钉纽扣、编个小辫子、玩具小服装的缝合、绣花等细碎活分包出去，找人加工。社区可不可以动动这方面的脑筋？”

真是一语点醒梦中人，郑翔想想，是这么回事，就像小孩子学习一样，他学不进去，你拼命压着他学，他又怎么可能好好学呢？如果真如那位志愿者所说，这么好的加工业务不正适合小区内那些想做事又不能出去做事的人吗？果真能成，那可真是瞌睡的碰到个枕头，踏破铁鞋无觅处，得来全不费功夫。

有道是有心栽花花不发，无心插柳柳成荫。他们谁也没有想到，他们这不经意的闲聊引发的思想碰撞，开启了社区帮扶困难群体再就业的一个新领域。郑翔开始着手事情的落实，人家是摸着石头过河，她摸不着石头也照过不误。

说来也巧，2007年上半年，广陵区委宣传部和民政局联合市电视台要在社区组织“为民办实事”项目比赛，比一比哪个社区“谁办的实事更实在”，一等奖8000元奖金。以项目化的形式给与一定的奖励或资金扶持，这是郑翔第一次听说，也是她第一次在社区工作中引入“项目”的概念，也正是这第一次，让她尝到了项目的甜头，在后来的社区工作中，她将社区的各项工作设计成大大小小的各类项目，争取和整合了各级各类公益项目资金，可以说将项目化发挥到极致。

接到比赛的通知，郑翔陷入沉思。自从到了文昌花园社区，打造示范社区的目标非常明确，尽管面对众多的矛盾她像架在火上烤，但她一手抓稳定，一手抓发展，各项工作要么做唯一，要么做第一，要么做不一，总想着要走在别人的前面，或做出和别人不一样的，才对得起领导对自己的信任，对得起社区居民对自己的支持和拥护，对得起社区主任这份责任。拿什么项目参加比赛？成了她梦里的主题。

她筛选来筛选去，反复比较，觉得无论是从时代背景、社区实际还是百姓需求，为困难群体搭建舞台，招揽一些手工活，让大家在家门口就能捧上饭碗，这个“家门口饭碗”项目应该是最实在的，也是最有针对性、最迫切、最可操作的。再说自己在这方面已经做了一些功课，动了一些脑筋，如果能和实事项目有机融合，那不是两全其美？

果不其然，比赛中，经过精心打磨的项目书一经亮相就吸引了评委们的目光，最终，这个项目从众多项目中脱颖而出，一举夺魁，获得8000元奖金，由此推动了“家门口饭碗”在社区落地生根，发芽成长。

郑翔到今天都记得，比赛结束时，区委宣传部部长跟她说：“这个项目很好，你要做就要长期做下去。”她当时的回答是：“你放心，部长。我既然做了，就肯定会坚持下去。”

前不久，作为当时活动主办方之一扬州电视台的一位直接负责人，跟她谈到这个项目，惊讶地夸她，“没想到，10多年了，这个项目你还一直在做”。郑翔不无骄傲地说：“是的，我不但在做，而且做得越来越好。已经由原来的‘家门口饭碗’项目，变成了‘家门口饭碗’服务社。”

她说，其实她理解的创新应该是多方面的，有的是别人没做过的，有的是坚持持续不断地做，并根据情况加以提升，不断丰富内涵，变换花式，这也是创新。

二

万事开头难，不出家门，照样能赚钱。听上去很美好，做起来却很难。特别是刚开始，没有门路，接不到活；没有场地，没有人员牵头组织，还要挨家挨户做动员；好不容易找到活了，技术不过关，做不好，只能自己买单；拿货、验货、送货、结算费用等，一切只能靠他们社区几个人。

那时正是社区的多事之秋，居民的思想素质还没得到根本性好转，邻里矛盾此起彼伏；随着属地化管理理念越来越清晰，社区的职能和任务也越来越多、越来越繁琐。社区本来就人手紧张，面对这额外增加的工作量，有人打起退堂鼓，提出能不能通过找单位结对，多为他们争取一些政策，或者多组织几次上门慰问等途径，帮他们摆脱贫困。

可郑翔摇摇头，“结对也好，慰问也罢，都是红药水抹疖子，治表不治里，解决不了根本问题。就像授人以鱼不如授人以渔，我们要想办法让他们有生活来源，帮他们增加收入”。

郑翔心里清楚大家的心思，自从自己来到社区，大家跟着自己吃了不少苦，工作量成倍增加，他们常形容她是“箩筐工作法”，说“自从郑主任来到社区，不知道双休日是什么概念”。每每此时她就会半开玩笑半当真地说：“社区工作就是‘上管天，下管地’，不是8小时工作制，没有节假日，在我们这一亩三分地里，只要居民有困难可以随时找我们，大事小事我们都得管，文昌花园社区更是如此。”这可是目前她能想到帮助失业失地人员解决燃眉之急的最好途径，可他们却想多一事不如少一事，在后来的探索和实践中，大家渐渐理解了“家门口饭碗”的现实意义，其间的这些磕磕绊绊倒成了瑕不掩瑜的“小点缀”。

她反复强调：“我们的最终目的是要让社区里想做事的人都能有事做。”她觉得如果“家门口饭碗”项目真能做起来，能找到稳定的业务，那社区里就没有吃闲饭的人。那些年龄大的、没文化的、身体不太好的、离不开家的、工作之余没事干的等等，只要想做，什么人都可以做，做得越多收入越多，麻将桌上的人也会越来越少。再说大家有时间就忙着做加工，就没时间惹是生非制造矛盾，郑翔想想都觉得心情难以平静，兴奋不已，这件事非做不可。

她回忆起第一次上门寻找加工业务，说“至今记忆犹新，估计这辈子都不会忘”。正是那位热心的志愿者、社区好邻里艺术团的团长卓丽娅介绍，说她认识施桥镇的一家鞋厂厂长，可以带她上门去谈谈，但不知道人家愿不愿意。郑翔一听，眼睛发光。她可是只要有一条缝就要钻进去瞧瞧的主，这么好的机会，不管有没有，能不能成，她又怎能错过？

为了让这件事尽快落实，两人约好星期六一起上门。从文昌花园社区到施桥镇，将近二十公里的路程，那时候汽车不像现在这么普及，路也不像现在这么好走。她们骑着电瓶车，等到了厂里时，早已是汗流浃背，浑身汗涔涔的。

厂里，一派热火朝天的忙碌景象，工人们在自己的工位上，头都不抬地做着自己的活，走廊里、过道上全都堆着打包好的成品箱子。厂长才30岁出头，一看就是个非常精明的小伙子。听她们说明来意，厂长说他听说过文昌花园社区的一些情况，也听说过郑翔这个人，也许是碍于介绍人的面子，并没有直接回绝，而是很委婉地说：“可能不太合适。”

郑翔一听，急了。忙问：“有什么不合适？”

厂长有点为难地说：“你们社区人员太分散，而且素质参差不齐，我们没有那么多人上门对接，万一有什么矛盾也不好协调。再说有些小加工也是技术活，我们有固定联系的小厂，他们的工人相对成熟，要培训指导我们只要派一个人上门就可以，发货、验货、结算费用都很方便。”

郑翔听着，心里很不是滋味。她能理解厂长说的都是实情，社区里的失业人员七零八落，无组织无纪律，什么人设都有，要说技术还真谈不上，拿惯了锄头的手，你让他做些细碎活，能不能适应？郑翔自己心里都没底，人家总不能一个一个上门辅导，遇到不讲理的就更麻烦。她更难受的是文昌花园的名声，尽管厂长说得委婉，但对文昌花园小区居民“惹不起还躲不起”的弦外之音还是很明显的。

不行，这些活是最适合社区里想做事又没处做的人，过了这个村就没这个店，这煮熟的鸭子怎么能让它飞了。她很清楚，要想让厂长同意把活给他们做，“那必须是周瑜打黄盖，一个愿打，一个愿挨，你情我愿，关系才能持久”。

郑翔收起所有的不愉快，和厂长二两棉花两把弓，慢慢谈。她从改革开放的大形势讲到下岗职工为改革做出的牺牲和无奈；她从城市发展的必要性讲到农民失去土地的不适应和苦衷；她从市里建这个最大的拆迁安置小区的初衷讲到她到社区任职的过程和不情愿；她从初到小区所受的委屈讲到小区治理的初步成效和改变小区的信心；她从“家门口饭碗”对社区居民的意义讲到对厂长的期待和社区牵头做好这项工作的方案和承诺。

厂长面对眼前这个个子不算高，长相一般，有点小巧的社区主任，尽管貌不惊人，就是一位普普通通的中年妇女，相信丢在人群中不会让人多看一眼。但听着她的侃侃而谈，对形势和社区情形分析的那份客观和理性；对小区居民了解透彻后的那份理解和爱护；对小区未来愿景的那份自信和期待；对做好“家门口饭碗”的那份迫切和执着……一步一步，一点一点，谈感受、说思路、提要求，实在而不空泛，合理而不过分，让人敬佩之余不忍回绝。就像一潭静水投进一颗石子，顿时水花四溅，涟漪轮轮，他在心里评估着，该不该支持她？如何支持她？

最终，厂长被她为民办实事的诚信打动，决定先给50双拖鞋，让他们回去做着试试看。郑翔一听有门儿，内心的一块石头落地了，心里好像卸下千斤重担，只要他松口，有了第一次就会有第二次，这点她有信心，她们“家门口饭碗”项目终于开张了。给的活也不复杂，就是在这批外贸的拖鞋上，贴上绣好的花，贴好后把线头剪剪，修理干净，打包封装。

他们满心欢喜把货拿回来，本来以为这么简单的事，有什么难的呢？可接下来的事却让他们兴奋不起来，用她的话说，“我们也太没有经验了”。他们在社区二楼会议室摆开架势，用项目奖金买来加工的工具，先是根据调研时大家登记的情况联系他们，一听说加工一双拖鞋才几毛钱，愿意来的人并不多，只来了五六个人。

他们做得更是让人哭笑不得，贴得歪七扭八，认真贴也贴不到位；修剪线头时，有的把花剪破，有的直接把拖鞋剪破；包装时就这样胡乱揣进去，粗糙得很，没有一点美感。郑翔他们自己看看都觉得说不过去，这样的货怎么能交过去，交过去不是自断门路，亲手砸掉自己的饭碗？谁还敢再把活给他们干？最后没办法，他们只能再用那笔奖金把第一批拖鞋全部买下来。

第二次去拿货时，不敢告诉人家真实原因，只是说他们做事不精细，怕产品不达标，不符合外贸要求，买下来给他们练练手。厂长是多精明的一个人，不过他看破不说破，只是担心再给他们还做不好，会浪费时间，耽误自己的交货期，不肯给他们做了。

郑翔又施展自己的三寸不烂之舌，跟厂长好话说尽，好不容易拿到第二批货，这次她接受教训，拿货的同时请厂里安排一个业务员上门培训指导，手把手地教居民，这回好些了，又拿第三批。后来越做越好，越做越熟练，参与的人也越来越多，活不够做，社区又到处联系，帮他们找业务，招揽一些可以拿回来做的手工活。游泳衣上钉珠子、地板袜上底子、玩具加绒、三笑的一次性旅行牙刷梳子拖鞋等装袋等等，大家越做越有信心，越做心情越舒畅。

渐渐地，社区内打牌的人少了，要救济的人少了，忙创业、忙加工的人多了。看着失业失地人员原先愁眉不展的脸上重新露出自信和舒心的笑容，听着他们发自内心的感激之情，郑翔和大家都觉得吃再多的苦，加再多的班，都值了！

三

他们边做边在小区宣传，一开始是为解决年龄偏大、文化较低、没有技能的下岗失业、失地人员的就业难题，慢慢地，辖区内有很多年轻妈妈由于要忙家务、负责接送孩子上学放学而无法上班，也加入加工的行列，无形中带动“家门口饭碗”加工水平的提升。

一位小区居民看到他们的宣传后，主动找到社区。原来他经营一家小厂，厂里有一项业务，是为服装加工厂提供长短不一的拉链，有一道工序，是为拉链安装拉链头，以前这种机械性的工作，他们是联系的监狱，给监狱里面的人加工。他看到社区为大家着想，开办“家门口饭碗”，就想，“我何不把这个生意给社区，照顾照顾邻居们？”他专门安排人员给大家进行培训指导，拉链头怎么装上去才不歪，装好了怎么敲，力度才能适中，恰到好处。他的这项业务长期、稳定，推动“家门口饭碗”项目走上良性发展的轨道。

随着业务范围的扩大，越来越多的人参与进来，所有的找业务、拿货、送货、验货、培训、结算费用等，都是社区负责，还要负责协调处理遇到的各种矛盾和出现的各种状况，保证保质保量按时交货。郑翔敏锐地感觉到，社区可以慢慢放手，逐步退出了。从一开始郑翔就在慢慢观察，发现、寻找、培养可以接手的人选，她说：“这个人要有责任心，这是最关键的。要灵活，肯吃苦，有奉献精神，才能把这件好事做好。”她很清楚，社区有社区的工作，这件事不可能一直抓在手上做，扶上马，送一程，现在走上正轨，可以自立了。

她和社区的人一商量，大家一致同意让李树香牵头。

李树香，当时才四十四岁，在做加工的群体中相对年轻。她原来是新农村的村民，父母都是农民，后来土地征用到曲江渔场工作，曲江渔场被拆后，她被安置在庆丰造纸厂从事检验工作，被单位“一刀切”，下岗后没事做，天天在家到处乱跑，也曾跑到社区要低保，要工作。她原本就是个闲不住的人，曾是村里出了名的嘴一张手一双，哪家有事都会去帮忙的热心人。采访李树香时，她说“父母都是老实人，用实际行动教育我们如何做人！”即使父母都去世了，做人的道理她一直牢记着。

郑翔刚到社区就听说她是个热心人，曾是洼字街一带的“地保”，有名的“四脚白，家家熟”，什么人都认识，什么情况都清楚。那时有些矛盾社区不了解来龙去脉，不熟悉相关人头，介入有一定的难度，他们就找上门，鼓励她出来做志愿者，帮着社区调解邻里矛盾。没想到她没回牌，一口应承，后来她竟主动介入，调解起来一点不含糊。

有一户家庭夫妻吵架，妻子离家出走，丈夫盛怒之下扬言要杀了长女，女儿害怕不敢回家。李树香和社区一起上门调解后，女儿还是不肯回家。她把其接到自己家中，住了10多天，每天接送上学、放学，温言暖语，管吃管住，买鞋买衣。做父亲的不好意思，找了学校出来转弯，可女儿依旧不肯回家。还是她百般安抚劝慰，答应小女孩可以随时来住，小女孩才肯回家，回家后还写了一封感谢信给她。

至于调解邻里间矛盾时，好心遭到误会，她不在意；拉架时被误打，伤了右臂，红肿发青，家人也能理解；春节前深夜调解，冰冻路滑，跌闪了腰，卧床在家，自费推拿，这些她习以为常，以至于邻居们遇到矛盾就找她，她和和气气，不拿架子，调解时不偏不倚，不急不躁，很有耐心，大伙都信任她。邻居们亲昵地唤她“小香子！”辈分小的称她“小娘娘！”社区成立退管会时，她被公推为副会长，组织退休人员外出旅游时，常自己掏钱给大伙买面包、洗照片。有人夸她：下岗失业贵坚强，调解奔波志愿帮。退管牵头寻快乐，丹心一片众称扬。

郑翔见她每次加工都参加，有时还帮着拿货送货，比较积极，就试着带她一起出去跑业务。有一次，周末，她们两个人到霍桥镇找业务，先谈了一家，没谈成，两人不甘心，又找到另一家，用李树香的话：“货不是那么好拿的，特别是第一次打交道的企业。”早上去的，一直谈到下午，返程时已经六点多，总算不虚此行，她们车后都带上了货。

骑着骑着，李树香感觉郑主任好像没跟上来，回头去找，发现她的电动车没电了，只能当自行车骑，用双脚蹬，脚磨破了皮，血肉模糊，袜子和着血把鞋子都浸透了。她既感动又心疼，眼泪忍不住刷刷直流。本来李树香想让她在原地等候，她先把货送回社区，再来接她车上的货。可郑翔没同意，她说，这么远的路程，天也快黑了，一来一回又要个把小时，她用手纸垫在鞋里，坚持着一起回到社区。第二天，李树香忍不住跟做加工的姐妹们说：“大家一定要珍惜这些加工活，认真把它做好，把‘家门口饭碗’做下去，要不然对不起郑主任。”

可当郑翔引导鼓励她牵头把家门口饭碗做起来时，“现在业务越做越多，牵涉我们的精力也越来越多，我们社区做，可以说是不务正业。你干脆带个头，我们社区全力支持你”“不行，不行，不行，”李树香直摇头，“我什么都不懂，何德何能，怎么牵得起这个头。”

李树香说什么都不同意，她觉得自己没文化，也没有当过什么领导，就这样跟在后面做做还可以，让她牵头，她可干不了。

在李树香眼里，郑翔就是一个女强人，方法多，点子多，做什么事总能进退自如。她说那时大家做的订单，“都是靠郑主任厚着脸皮、磨破嘴皮、饿着肚皮、跑烂脚皮的‘四皮’精神拼出来的”。

转眼，金融危机的到来，就像“一只南美洲的蝴蝶扇动翅膀，结果可能引发美国得克萨斯州的一场龙卷风”。外贸工厂的订单骤然下降，“家门口饭碗”的业务也受到很大影响，社区不得不四处出击，托关系、找人脉，争取一些国内的加工业务，才勉强把“家门口饭碗”项目维持下来。

生活有时就是很奇妙，总有无数的巧合。此时为帮助低收入妇女实现家门口就业，江苏省妇联组织农村妇女骨干、女能手、女能人等有意从事来料加工发展的女性带头人，赴义乌开展来料加工女经纪人初级培训班，扬州市妇联把参训名额给了当时做来料加工比较有名的文昌花园社区。郑翔想想，几天时间，自己根本走不开，但机会难得，这个名额她不想浪费，让李树香去。李树香一听，直摇手，“我天生就不是学习的料”。经不住郑翔鼓动，她去了，这一去，连续去了两次，彻底改变了李树香的思想。

培训中，义乌人摇着拨浪鼓走街串巷、鸡毛换糖的创业精神，来料加工从业者的创新思维让李树香大受启发；老师们“手把手”地教大家来料加工的接单技巧，接单、发包、培训、生产的实操演练让她大开眼界；实地考察时，来料加工在浙江的生动实践，优秀经纪人的经验分享让她信心倍增。

一场培训，如雨后甘霖，醍醐灌顶，不仅让她学到人家的先进做法和超前理念，她觉得“好像也没有那么难了”，唤醒了内心那股“不安分”的斗志；还让她认识了不少同行，与义乌和省内好多企业老板交上朋友，回家后就与人家“接头”，打开了“家门口饭碗”新的业务渠道。

回来后的李树香主动挑起“家门口饭碗”的重担，与郑翔一起不断向外拓展业务。用郑翔的话说，“真没想到，她像打了鸡血，热情高涨，劲头十足”。每天不是“郑书记，我这边有个什么资源”“郑书记，我那边有个什么资源”，就是“郑书记，我跟你去跑”。刚开始郑翔还跟她一起跑跑，渐渐地，郑翔不参与了，直接让她一个人跑。

没有人任命，她就自然接手了“家门口饭碗”的各项工作。联系业务，与对方洽谈加工费，“押送”加工件回社区；回社区后再联系人员加工，培训、监工、验货、统计各人的加工件数；加工结束负责收齐交货并结账，给加工人员“发工资”。一整套程序忙而不乱，越做越娴熟，家门口饭碗的“在职人员”都戏称她为“董事长”。

四

李树香接手后，社区依旧是她背后强大的依靠，时刻为“家门口饭碗”添柴加火。不久，省民政厅用福利彩票资金做起公益项目的创投活动，不过申报主体必须是社会组织。那时候大家对社会组织的概念还不是太清晰，申报得也比较少，其中有一个困难群体帮扶项目，区民政局的领导鼓励文昌花园社区申报。郑翔心想困难群体的帮扶，如果以慈善超市的名义申请资金补助，估计不一定能通过，对困难群体实施的“家门口饭碗”倒是合适。

想好了就干，没有社会组织，他们以社区名义注册成立“家门口饭碗服务社”，做项目没有经验，就依葫芦画瓢，写了一份项目书，郑翔略带羞涩地说：“现在看很粗糙。”没想到，中了，拿了十万元项目经费。初战告捷，一看这是个途径，来劲了，他们根据社区的情况注册成立了几个社会组织，每年通过这些社会组织积极申报各类公益项目，有时一年能中三四个项目，那时候他们的感觉就是，社区不差钱，差的是做事的人和金点子。

这笔资金的注入，让“家门口饭碗”如虎添翼。他们闲下来就组织人员培训，有时还带她们外出参观学习，大家的积极性空前高涨，一有活都抢着干。加工范围从原来的给玩具剪线头、缝拉链，到加工帽子和鞋袜，缝制狗衣服，再扩大到旅游用品包装、辅料加工、电子产品加工等领域。正常情况下都是由居民将加工件拿回家加工，结束后再到社区交货。不太好拿的加工件大家就集中起来在社区小会议室加工，但社区办公用房紧张，常常遇到场地冲突，李树香干脆把自家一楼的车库腾空，十几个平方，正好用于加工件的仓库，兼联络点和大家集中加工点。

自家车库腾出后，一家人的车辆全部停放到住在本小区的娘家车库，有的人以为她收了租金，其实她做这些全是义务劳动。她老公在外地工作，儿子和媳妇都是做生意的，家里也不差钱，除了项目经费，她从不要社区一分钱，有时候社区给她的，她还把它捐出来。她说：“大家做的手工活本来就没有几个钱，如果交租金的话，来做加工的人就少了。看到邻居们有事做，我挺开心的。”她不但奉献车库，还把亲家母请来带孩子，小孙女才8个月，大家笑她家里事不问，整天忙着不拿一分钱的事，是个“扬州好人”。

2011年6月15日《扬州晚报》上一篇报道《文昌花园“车库作坊”很红火》，其中一段文字丰富生动了当时的情形。

> 昨天上午记者来到文昌花园文康苑15幢一单元时发现，单元门前的空地上，10多人分别围坐在一张折叠床及一张小饭桌上；而在李树香的车库里，同样有近10人围坐在一起，他们都在做同样一件事——为羊毛棉袄钉纽扣。加工人员中，有头发花白五六十岁的，也有二三十岁的，大家一边手上忙着，一边说着笑话，显得很融洽。
>
> 李树香告诉记者，前天，她接到维扬区一家服装企业的电话，对方表示有上万件棉袄需要钉纽扣。她立即放下手中的事情赶到该企业，谈好每件加工费1.4元，然后清点好数量，将棉袄运送到她家车库里。以前有了单子，一般都是居民拿回家加工，而这些棉袄拿起来费事，她于是一一通知人员，到她家来加工。

业务量的增多让“家门口饭碗”成员手艺越做越好，加之他们做事认真，不但质量保证，而且按时交货，价格又低，用起来也方便。时间一长，很多企业慕名而来找她们帮忙加工，不少企业，为了突击交货，需要人员进厂做“短工”，工资按小时计算，这种业务季节性强，但收入不错，也很受他们的欢迎，有时间做十个二十个小时，没时间做一两个小时也行，非常灵活。到2011年底“家门口饭碗”的“在职人员”已扩大到百人以上，这只“饭碗”已经可以稳定地为这些居民带来每月1500元到2000元的收入。

从老百姓提出设想“如何不出家门也能赚钱”，到刚开始时的举步维艰，再到初见成效，居民工作生活双丰收，大家都很感激社区为他们做了一件大好事。老年人的口气：“我们年龄大了，本来以为没人要我们，想不到在家门口就有饭吃，有钱拿，把家也顾起来了。”失地农民说：“我们地被征用，没地种就没得饭吃，现在我们在家门口就有饭吃。”个个笑得哈哈的。

当时68岁的拆迁户刘顺兰搬来社区后，一直闲在家中。从“家门口饭碗”创办之初就自愿加入，她每年有一万多元的收入，刘顺兰说，“以前我经常在家打麻将，老是输钱，现在在家做工，还赚钱呢！根本不用子女为我烦神。”62岁的王秀琴也是家门口饭碗的一名“员工”，她说，她有退休工资，家里每天还要做八个人的饭菜，但她是个闲不住的人，因此，她也加入了这个行列。60多岁的失农民周寿云，年龄偏大、缺少技能，想出去找份零工，却又放不下瘫痪在家的女儿，有了“家门口饭碗”后，她一边照顾小孩，一边在家忙加工，有了收入，也有了尊严，还减轻了丈夫的负担，可谓家庭加工两不误。逢人便夸“社区给了我‘金饭碗’，沉得很、摔不破，一想起心里就暖暖的！”从中受益的就业人员，还给社区送来一面锦旗，“失地农民的田地，失业人员的车间”。

“家门口饭碗”不仅解决了不同年龄段居民的就业问题，也解决了企业用工难的问题，达到双赢的效果。江都一家服装鞋帽企业，因为剪线头、钉纽扣、贴标牌等，需要大量手工操作人员，暗中对比考察了五家社区的“家门口饭碗”后，最终主动上门与他们签订长期合作协议，包车或报销车费、包吃、包提供休息场所，每小时工资高出当地人。就这样，“家门口饭碗”成了“香饽饽”，绝大部分人走出车库进厂按时间拿工资，每人工作半年即可拿到一万三四千元。

李树香每次一带就是一二十人，她说：“从出门开始算时间，直到回家为止，一次加起来超过20个小时，每人可拿到150元，这种‘加班’是突击性质，大家回家可以好好补觉，不伤人。”“每个月都有几天赶交货期，习惯了不觉得累，报销车费、包吃，还有夜班费，个个都想去。”年近花甲的吴国英开心地说。吴国英腿部有残疾，原来丈夫在外打工，她忙家务。后来丈夫患上尿毒症，吴国英只好出去找工作，但因为残疾，很难找到合适的工作。“家门口饭碗”项目启动后，只要有活干，她一次也不落下，每个月工作20多天，收入3000元左右。10多年了，她的儿子结婚了，两个孙子先后出生，丈夫的病情也稳定了。

“端起‘家门口饭碗’，好日子蒸蒸日上。”这是“家门口饭碗”“吴国英”们的心里话。

在“家门口饭碗”的队伍里还有不少“铁杆队员”，退休大妈卜兰英，闲在家里难受，老公、儿子鼓动她去打麻将，打着打着也难受，身体上的毛病多了起来，加入到加工队伍后，人的精气神不同了，她说：“不为钱，只为寻找上班的感觉，开心。”农村大妈翟文英，来扬州帮着带孙子，觉得做这样的事情不费事、不费时，每月能拿到两三千元工资，她说“数钱的感觉真好！”

现在的李树香底气十足，任何时候，社区只要开口，有什么人需要安排，她满口应承，“来，没问题。”这帮人也成了一支志愿者团队，感恩社区，反哺社会，社区有个大小事情，创建文明城什么的，只要社区需要，他们一喊就到，全是义务劳动。

10多年的发展，“家门口饭碗”从一个项目变成了相对成熟的社会组织，每年社区都会组织他们参加各类公益项目的创投，帮他们争取一些活动经费；从单纯的在家门口零散就业到统一到江都、广陵产业园等地的服装厂、玩具厂“上班”，解决了不少失业失地人员的燃眉之急，让他们重新看到生活的希望，获得做人的尊严；从自己找业务到企业主动找上门，发展成一个相当于劳务输出的中介平台，受到供需双方的一致欢迎。

参与人数由成立之初只有几个人，发展到先后有三四百人在服务社工作过，目前稳定的就业人员有一百多人。参与者也从当初只有失地农民和下岗职工，发展到退休人员、年轻妈妈，有文化的也加入其中，年龄最大的80多岁，李树香说“平时有活不喊她还生气”。从仅仅是本社区人员，到越来越多的外来务工人员和社区之外的下岗失业人员纷纷慕名前来求助，他们尽其所能给予帮助，在他们眼里“天下打工人是一家”。

业务范围从简单的纯手工加工，到加工和服务并重，根据业务需要，有什么活就提供什么人，活少就少带几个，活多就多带几个，三两个也可以，十个八个也行。海沃润扬搞垃圾分类，招不到人，李树香听说后主动找上门，把曲江境内39个点全包了，现在他们小区做垃圾分类的就有10多个，每天早上2个小时，晚上2个小时，每月1650元。李树香说：“正常生活也不受影响，早上7点到9点，吃过早饭去干2个小时，结束后回来买菜做饭，不耽误烧中午饭。晚上7点到9点，相当于晚上吃过饭出去散个步，消个食的时间，就把工作做了。”

郑翔笑称“她现在是大老板，整天忙得不得了”。李树香哈哈大笑，说：“我是没得钱的大老板，公益大老板。”的确，一直以来，她不仅没有从中提成一分钱，还贴进交通、电话等不少费用，挨家挨户动员、培训，不厌其烦为他们拿货、送货、发货、验货、发工资，投入很多精力，经常起早带晚。她觉得“家门口饭碗”让她找到了在社区的“存在感”，“帮助别人，快乐自己！多做善事”成为她常挂在嘴边的一句话，也是她家的家风家训。

现在的李树香入了党，精神状态比任何人都好，热情比任何人都高，她被推荐为“江苏好人”，大家都喊她“中国好人”。她说，她一直记着郑翔曾经说过的一句话，“工作中你要什么是要不来的，只要自己踏踏实实地去做，把工作做好，领导会看到，老百姓也会看到，你想要的、不想要的，自然而然地就有了”。

她根本没有想到自己从一个下岗职工，帮着社区做了点事，就成了“江苏好人”。

第九章　不缺人不缺钱就缺“点子”

一

一次，在采访郑翔的过程中，社区工作人员抱了厚厚一沓子的项目书进来。往桌上一放，说：“郑主任，项目书都弄好了。”郑翔说：“好的，先放这儿，等我有时间认真看一下。”每一本项目书都是彩色封面，装帧简洁而精致，图案多数以一家人为主，充满温馨感。

郑翔告诉我，市里面正在搞公益创投项目的申报，这是他们社区组织各个社会组织申报的项目。我有点惊讶：“这么多啊。”她自豪地说：“是的，这次报9个，我们社区20多个社会组织，大家都想报。前两天有人问我们准备报几个，我告诉他9个，他吓了一跳，说人家社区最多报一两个。”这也是郑翔的策略，试想想，如果报得少，中标的自然就少；如果报得多，基数大了，那自然中标的个数就多了。后来，经过评审，他们中了6个。

她随便翻开一本项目书，指给我看，说：“你看这个项目书，是‘家门口饭碗’服务社的，这些都是他们以前做的项目，每年都有，项目书越厚说明他们组建的时间越长，做的项目越多。”她说这是申请市里的项目，有些历史资料写得简单，如果申请省里的项目，那项目书比这个还要厚。

谈起他们社区的社会组织，郑翔一脸的满足感，说：“社会组织的发展是我们社区工作的一个重要组成部分，我们也是在摸索中慢慢找到了这条路子。”在我的印象中，文昌花园社区社会组织的发展工作，可以说是快人一步，占尽了先机。正是郑翔敏锐的嗅觉让他们的各个社会组织，先知先觉地成了“早起的鸟儿有虫吃”。

2007年一场“为民办实事”的项目比赛，在郑翔的脑海中植入“项目”的概念。实践中她一直在摸索，社区工作究竟应该怎么创新；外出参观学习时，她始终在寻找可以学习和借鉴的方法和经验。给她留下深刻印象的是苏州的社区工作，她发现他们的社区工作者并不多，但他们的协会工作做得非常好，吸引了许多社会上的社会组织参与社区的各项工作，为居民们提供各种各样的服务。

一般的人参观学习后会认为，自己跟学习对象的差距太大，不在一个层次上，没有条件，学不起来。去了等于没去，学了等于白学。可郑翔不一样。回来后她反复思考，苏州的社区财政支持力度大，政策比较宽松，理念也比较超前，这应该是未来社区发展的方向。扬州虽然还没有什么像样的社会组织，即使有，社区也用不起。社区能不能在现有的条件下，把一些志愿者队伍发展培育成社会组织，他们都是自己熟悉的，放心、听话，能为社区所用。

当时社区的空间布局比较紧张，也是刚刚装修，没有多余的空间。她围着社区办公区域转圈，想着从哪儿隔一个小空间出来培育孵化社会组织。转着转着，她的目光盯上了洗手间外面装有洗手台的洗手区域，虽然空间不大，放两张小号办公桌还是可以的。这是社区办公区域配套的一个卫生间，门开在东面，朝向社区办公室的走廊。她想如果把门开在西面，朝向小区，既方便社区居民，又不会造成任何影响，一举两得，干！

“项目”的种子在经验的浇灌下开始萌芽，她把社区里的志愿者队伍梳理了一遍，选择了老年公寓、“家门口饭碗”工程和鹊桥工作站三家，分别针对老年人、特困人群和大龄未婚青年三个群体的专项服务，作为培植社会组织的开端。老年公寓成立时就是民办非企业性质，有专门的运营场所。“家门口饭碗”工程是结合“为民办实事”比赛的一个获奖项目，正在实施。

选择鹊桥工作站，是因为走访时不少家庭不愁吃，不愁穿，有的拆迁户还有一两套房子，可就是有个大龄儿女在家，父母亲干着急，经常为了介绍对象和肯不肯相亲这些事弄得家里鸡飞狗跳，年轻人认为烦死了，不要家长管，可家长怎么能放心。

社区里正好有一位热心的志愿者王素琴，一次偶然的机会，她跟郑翔闲聊时，说她经常为单身男女牵线搭桥，已经介绍成功29对，没有一对离婚的。郑翔一听，这是个人才，在介绍对象方面肯定有独到的技巧和经验，要不然不会有这么高的成功率，就跟她说：“能不能请你牵个头，以你的名字命名，成立一支志愿者队伍，为一些大龄青年介绍对象。”她一听，欣然答应，“好的，没问题。”

郑翔开玩笑说：“我用一个公共厕所的洗手间，三五个平方培育孵化出两个社会组织。”

“家门口饭碗”从一般的松散性加工发展成第一批社会组织——“家门口饭碗”服务社，每年都会申请一两个项目，成为效益与公益并重的知名服务机构，也成为不少居民牢得很的“铁饭碗”。

2014年年初，文昌花园社区被评为首批“全国社会工作服务示范社区”。老年公寓在4A级社会组织评估中顺利过关，在当年省里组织的社区公益创投中，老年公寓申报的“老人智能看护”项目和“家门口饭碗”服务社申报的“希望的田野——社区支持农业示范项目”2个项目从300多个项目中脱颖而出，成功入选。市民政部门的领导评价说：“一个社区入选两个项目，非常难得！”全市只有12个项目入选，入选项目数量在全省地级市中还排在前列。

后来“家门口饭碗”服务社申报的“新市民加油站”项目获江苏省十佳公益服务品牌，成为那次评选全市唯一一个获此殊荣的项目。

围绕旧衣回收、环保就业创业支持计划设计的“衣‘益’不舍”“‘益’旧温暖”项目从2015年开始先后做了六年。

围绕失业人员个性化就业创业指导、失业青年职业能力提升设计的“私人订制”“量身定制”项目获省、市创投资金支持。

…………

每年结合形势和社区实际申请的项目不同，但主题都是围绕帮助居民创业就业、增收致富。2021年他们的做法入选江苏省优秀社会组织案例。

二

鹊桥工作站成立以后，王素琴带领志愿者们把所有心思都花在搭鹊桥上。首先是招募会员，她们召集自己的朋友帮忙宣传，和周围的居民了解情况，楼上楼下挨家挨户跑，了解到有未婚的，就在现场填写表格。每周三下午是他们固定的集中登记报名时间，对所有报名的人员，王素琴都会仔细梳理，分门别类对资料进行归档，整理出各自的主要特点，按照个人条件及要求合理配对，然后逐个打电话询问，有意向的，就约定时间把双方当事人约到社区见面。有时是中午，有时是晚上，王素琴都会亲自到场。

男女双方见面后，王素琴会及时进行信息跟踪反馈。有时双方会因为信息不对称、沟通不畅而放弃；有时会过于敏感于一句话、一个举动，而引发联想，产生误会；有时表达自己想法时，语言或行为被对方误解；有时因为说话的措辞或语气，让对方产生偏见或不必要的疑虑；有时因为一方无法准确表达自己的感受和需求，或者无法理解对方的情感和心理状态，而心存芥蒂，产生不愉快……面对这些层出不穷的恋爱误会，王素琴会找出双方各自的亮点，分别聊天，耐心做工作，不惜“磨破嘴，跑断腿”，直至双方放下心中的疑惑，重新给对方一次机会。

以鹊桥工作站为依托，社区经常组织开展形式多样的鹊桥相会活动，专门制作了一个彩虹桥拱门，拱门上“相约情人桥，缘爱在文昌”十个黄灿灿的大字，正上方一个囍字，两边一龙一凤，喜气洋洋。仅2013年她们就举办了五场大型相亲会，为几百名男女牵线搭桥，将20多对男女送入婚姻殿堂。鹊桥工作站成了名副其实的“月老”，“名气”随着配对的成功率爆棚狂涨，像是一股无法抵挡的力量，以火力十足的热度，扫遍扬城。

报名的人越来越多，仪征的、高邮的、宝应的来了，甚至上海的、南京的都来了，最高峰值时登记报名在册的超过2000人，成功配对100多对，吸引了多家媒体采访报道。郑翔直呼“当时我们都不敢相信，超有成就感”。王素琴成为远近闻名的“王奶奶”，大家纷纷为她点赞：成人之美精神爽，炙热心诚奉献忙。苦口情牵春日艳，和谐构筑续新章。

随着扬州经济社会发展，城市社会治理的环境和格局也在逐步发生变化，社区居民的需求日益个性化、多样化，社区治理范围内涵的扩大催生了社会组织的迅速发展。职能部门成立了“社会组织培育中心”，负责承接政府转移社会公共服务项目、政府购买公共服务事项，将社区文化、居家养老、扶残助困、关爱未成年人等公共服务“放权”转由各类社团承担。

曾有专家说过一个形象的比喻，零散的公益社团组织像“面团”，社会组织培育中心通过资金扶持、业务辅导，给这个“面团”注入了“酵母”，就能发酵成巨大的“蛋糕”，让更多的人品尝到其中的甘甜。一时间许多“草根社团”应运而生，都想从这块大蛋糕中分一杯羹。毕竟僧多粥少，有些组织仓促成立，没有公共权力，缺乏资金扶持和业务辅导，不是“存不活”，就是“长不大”，只能“自生自灭”。

郑翔他们也第一时间将王素琴鹊桥工作站注册为广陵区聚缘公益服务中心，成为名副其实的社会组织。正如郑翔所说，他们社区的社会组织并不是一蹴而就的，不是为了成立而成立，都是一些志愿服务组织发展到一定程度，在条件成熟后注册成立的。服务对象也由福利性服务的“老、残、孤、困、优抚”社会救助对象，逐步拓展到共享福利性、公益性、社会性多层次服务的全体居民，在满足特殊群体、弱势群体需求，解决社会问题等方面发挥了重要作用，所以他们的运营一直都很正常。

他们社区的每一个社会组织都有一个社区工作人员牵头、联络、服务，一个具体负责人加上一批志愿者。聚缘公益服务中心由社区妇联负责人牵头，妇联工作中关于家庭的一些职能也都成为聚源公益服务中心的服务内容。注册后的中心由原来单纯介绍对象，发展成以家庭为主体，包含恋爱、婚姻、育儿、反家暴等多种服务内容的社会组织。他们申报中标的既有针对家庭暴力预防与早期干预的项目“勇敢的心”，也有围绕单亲家庭青少年健康心理塑造与困难帮扶的项目“心灵驿站”，还有“相约文昌”婚恋指导服务项目。

王素琴老了，但社区不缺热心人，涌现出许多“王奶奶”，现在的接力棒交到虞依群手上。她是从一个企业幼儿园园长的岗位上退下来的，人脉资源比较广，她接手后链接了一些其他红娘组织的资源，还带出沈梅等几个年轻的鹊桥志愿者。采访的那天正好是星期三下午，郑翔带我去见了虞依群。去时她正拿着小本子，耐心细致地记录着什么，并不时地仰起头，微笑着向对方提问几句。送走来访者，她和另一位志愿者开始在名册中寻找可以配对的信息。

不高不矮，半花白头发，眼神慈祥，笑容可掬，典型的社区大妈形象，但很健谈。她告诉我们，刚送走的是一位父亲，就一个儿子，老婆走得早，他一个人把儿子拉扯大。儿子快三十了还没找到对象，他很着急，想赶快帮儿子找个对象成个家，这样，他也就完成人生使命了。可在家里，只要一谈找对象的事，儿子就跟他发火。无奈，这两个月基本上每个星期三下午他都会来咨询请教如何和儿子沟通。

问到她现在的成功率如何，她一肚子苦水。说现在来登记的一般都是父母亲，年轻人基本看不到，难度比以前大多了，成功率也没有以前高。以前大家都是奔着恋爱结婚去的，现在不一样，年轻人的观念变了，本来就不情愿，都是在父母的催逼下才来，稍不如意就不谈了。

有的年轻人被父母亲催得没办法，就瞎糊弄父母。有一个女孩被父母催着相亲催烦了，干脆找了个和尚结婚。结婚后生了个小孩，直接扔给爸爸妈妈，不管不问。父母亲要是说两句，稍微抱怨一下，她一句话就怼回来了，“不是你们要我结婚生小孩的吗？”弄得她父母亲“哑巴吃了黄连在心里苦”，母亲经常跑到他们这里来倾诉，她们也只能安慰安慰。

她还说她们的服务都是全免费，感觉不收费的都是廉价的，有些年轻人很不珍惜她们的介绍，有的谈成功了，也不会主动告诉她们，顶多再遇到时说一声。但她说，不管怎样，她们依然会奔波忙碌在为他们脱单的道路上。

她打开手机兴致勃勃地给我们介绍起报名人员的特点，手机上有几百个单身男女的信息。看着她热情洋溢的笑脸，听着她快人快语的介绍，心中满是敬佩。

本着成熟一个注册一个的原则，他们社区的社会组织从三个到四个，从四个到五个，越来越多，每一个社会组织都对应服务着相应的群体。郑翔如数家珍地跟我介绍着，“家门口饭碗”服务社对应着困难群体的就业创业；聚缘公益服务中心服务着单身的男女青年和婚姻家庭生活；心飞翔社会工作室为青年群体和困境儿童提供各种服务；老年公寓服务着公寓机构内的老人；老来乐居家养老服务中心服务着公寓外的老人，包括正在筹建的中心厨房等事务；德颐善社会工作发展中心对应着日间照料中心的具体事务；残疾人服务中心对应着残疾人的各种需求……

在社区展示的社会组织群英谱上，中间一个大大的“民”字，四周环绕着40多个社会组织、志愿者队伍和服务项目。展板布置像一个棋盘，郑翔说，社区治理就相当于在下一盘棋，怎么把这盘棋下好，就需要敢于探索、敢于创新，一切以“民”为中心，围绕老百姓做好文章。

居民需求的每一项服务都可以在这里找到相对应的社会组织和志愿者团队，它们有的是在民政局正式注册的，可以申报各级各类公益创投项目；有的是上级组织的分会，像退管会、计生协会等，用来承接上级组织的任务和工作；有的是没有注册直接备案的，像社区旅游者协会、好邻里艺术团等，是他们自娱自乐、丰富居民精神生活的兴趣组织。尽管类型是百花齐放各有千秋，但目的和宗旨只有一个，那就是分类分众服务好居民的需求。

这40多个社会组织，每一个都有自己的LOGO，它们像满天繁星陪伴着皎洁的明月，社区的和谐少不了星星们一闪一闪的光亮；它们又像一个个淘气的孩子，在居民膝下嬉戏玩耍，处处荡漾着小精灵们的欢声和笑语；它们那不断变幻着的各种图案，幻化出一幅月明星灿的油画，写满了居民的需求和志愿者的奉献，讲述着一个个温情的故事。

三

采访时看到心飞翔社会工作室的项目申报书，“心飞翔”，隐隐约约感到这个名字应该和郑翔有着某种关联，忍不住好奇地问她。她笑起来，说的确有关联。原来心飞翔的前身是社区工作站，当时要求社区居委会居站分设，居委会作为一个自治组织，工作站主要承接政府的一些工作职能。他们申报公益创投项目时，按规定只要名称里有“社区”两个字的，都不可以申报项目。他们干脆重新注册了一个社会组织，取名时有人建议就用她的名字，发挥名人效应，容易打响。她觉得工作都是大家做的，不能太个人主义，想到自己的QQ名“心飞翔”也很不错。

谈到“心飞翔”，她还给我讲了一个不为人知的秘密。她说她原来名字中的“翔”是吉祥的祥，工作以后她觉得这个“祥”字有点老成持重，还像男同志的名字，似乎还有一种迷信色彩，跟那个开放的时代和自己年轻的心不相吻合，她想自由地翱翔，就自作主张把它改成飞翔的“翔”字。没想到，改了没多久，她就从山东调回了扬州。老同事们跟她开玩笑，说“你的名字改得好，飞‘翔’，改过了，你就飞走了”。取QQ名时，她想不管工作和生活压力有多大，希望自己永远充满激情，心永远飞翔在自由的天空。同样，她希望这个组织能充满激情发自内心地服务好社区居民，带领大家飞翔在自我成长的天空。

说到为社会组织取名字，郑翔说，他们每一个社会组织取名字时都是非常用心的。像“家门口饭碗”，当时大家都觉得这什么名字，太土了。郑翔也觉得土气，好像有点搬不上台面，有过犹豫。一位扬州文化名人跟她说：“就用这个。郑主任，你相信我。有时候越土越好，越接近老百姓越能引起人关注。”就这样，“家门口饭碗”成为深受居民喜欢，叫得响的品牌。真得感谢这位文化名人，反其道而行之，没像一般的文人瞎堆出一些新词洋词，或者把一些词调来调去，看着挺新鲜，但谁会这么说话呢？跟老百姓离得太远。“家门口饭碗”虽是大白话，但平实，不夸张，不抒情，容易记。

之所以把王素琴鹊桥工作站注册时改名为聚缘公益服务中心，郑翔说，王素琴成立工作室的时候，用“鹊桥”形象生动，老百姓一看便知道是干什么的。注册成一个社会组织，就不能光是介绍对象。考虑到婚恋影响着一个家庭，有缘人才能走到一起，珍惜积聚所有的缘分，家庭才能和谐，所以要“聚缘”。

成立“乐家”社会组织时，团委有一个“希望村塾”工程要在村社区实施。她说，孩子是充满阳光、充满希望的，一定意义上一个家庭的幸福快乐从孩子开始，孩子快乐，家庭就快乐，围绕青少年工作不光是“希望村塾”，他们就成立了一个“乐家”社会组织，专门围绕青少年设计申报项目。

也许他们所取的名字不是那么文乎乎的，也没有那么高大上。但每一个名字都是他们静心思考的结果，他们希望所取的名字切合实际，简洁明了，很接地气，老百姓一看就知道这个组织是干什么的，有需求的时候自然就能想到它。郑翔说如果这些组织的名字很洋气，文绉绉的，老百姓看不懂，遇到问题也不会想到它，自然就失去这个组织注册的意义。

谈到德颐善社会工作发展中心时，她说这个社会组织的前身是从太仓引进的一个专业的社会组织。“从太仓引进？”我忍不住惊讶，“你们还从太仓引进社会组织？”她说这个组织在太仓承接了所有日间照料中心的运营工作，做得非常成功。当时，她被提拔为曲江街道副主任，但提职不挪位，社区还是她负责，同时分管街道的社区建设工作。

曲江街道原来是一个乡镇，它的社区建设工作在广陵区其他街道中属于起步比较晚、基础比较弱的。她分管以后，把管理社区的一套经验运用到街道的社区建设中，街道的社区建设工作红红火火，得到市、区、街道领导的肯定，街道先后荣获“全国和谐社区建设示范街道”“全国创新型社区建设示范街道”荣誉称号。

她在街道牵头成立了扬州市联众社会创享中心社会组织孵化基地，听说德颐善后也是慕名而去，想专业的人做专业的事，邀请他们来承接曲江街道日间照料中心的工作，用他们专业化的水平来促进自身工作的开展。遗憾的是“橘生淮南则为橘，生于淮北则为枳”，德颐善所有人员全部撤走后，郑翔痛定思痛，把这个组织保留下来自己做，她相信自己一定能找到一个适合自己街道日间照料中心的工作方式。

说到专业社会组织的引进，我想起一位朋友夏君宜，她是一位婚姻心理咨询师，是在扬州城区较早开办婚姻心理指导服务中心的。她原来在一个商业街区租了一间门面房，楼上下4层，一楼做成可以对外营业的咖啡吧；二楼是两三间单独的心理咨询、情感测试、心理疏导室；三楼是一个会议室兼团辅室；四楼是办公区域，场地不算宽敞，但有那么一种氛围和格调。

后来有一天，她告诉我她搬到文昌花园社区办公了。我很诧异也很奇怪，一个对外营业的场所怎么跑到社区里面去？她说是社区的郑主任亲自找到她，希望她把工作室搬到她们社区，社区提供办公用房，大小会议室共用。条件是社区所有的心理方面的服务需求由他们免费服务，同时定期组织和谐心理的公益沙龙、培训和团辅活动。

聊到这个组织，郑翔说把他们引进到社区，应该是双赢的。在“为民办实事”第二年的项目比赛中，他们社区申报的是一个关于心理方面的项目，也买回来一些抗摔耐击打的情绪宣泄器材，但他们都是半路出家，没有专业人员。而夏君宜他们的工作人员都是专业心理分析师，干的都是技术活。他们为社区居民服务，社区为他们服务，帮助他们争取各级各类公益创投项目资金扶持，也帮他们省去了租房费用。

郑翔告诉我，不管是自我培育还是引进的专业社会组织，社区通过“星火燎原”计划，经常邀请社工专家和专业团队来对他们进行培训、提供实务督导，手把手地教他们如何编写项目申报书，怎么提高项目的申报率，实施项目的过程中要注意哪些关键点，项目评估的资料整理以及如何规避财务风险等等；组织社会组织的骨干、带头人参与公益沙龙，分享交流公益项目策划实施经验；带领他们外出参观交流，学习创新做法。

社区还创新经费筹措形式，尝试公益项目“微创投”，推动公益服务与市场服务有效对接，将社区服务深入到居民生活的方方面面，凝聚起分散的公益力量解决社区公益服务项目缺少经费的难题。“微创投”中，社区围绕居民需求，小切口推出项目需求，邀请企业与公益组织联合投标，由企业出经费、公益组织具体实施。

2017年5月19日，社区举行了全市第一个社区微创投项目签约仪式。一次投标会，便让10个社区公益服务项目找到投资人。相关企业、单位累计投入10多万元，受益人群是社区1万多居民。社区提出的“为老健康服务项目”，扬州市百信缘医药连锁有限公司以其策划的“金色晚年”方案中标，成为项目投资人；社会组织老来乐居家养老服务中心负责这个项目的具体实施。社区对这些项目的实施和资金使用情况跟踪考核，群众满意度和服务能力提升是主要考核依据。

郑翔不无骄傲地说：“我们创新开展的微创投，不仅仅是双赢，而是多赢的局面。企业做了宣传，社会组织的服务能力在实操中得到提升，社区工作得到延伸，最终老百姓得到实惠，真可谓一举四得。”借助公益创投、社区微创投等平台，社区鼓励各个社会组织积极参与申报，不断积累项目研发设计、文案撰写、宣传推广、项目实施的经验，在自身成长发展中提升服务居民的能力和水平。

记得以前每次去社区调研，一些社区苦于“没人、没钱、没资源”，开展工作有时力不从心，许多社区干部都流露出“人力不足、资金不足”的畏难情绪。可在郑翔看来，为居民服务“不差人”“不差钱”，差的是创新，差的是“金点子”。他们创新的“3+3”联动模式，即社工+志愿者，社会组织+志愿组织，公益项目+志愿项目，为社区解决了“人力不足”的难题。社区培育孵化引进的46家社会组织，涵盖青少年服务、养老助残、婚姻家庭、培训就业、文化教育、日间照料、困难救助等多个领域，可谓门类多样、覆盖广泛。

依靠社会组织的智库力量，包装各类公益项目，又化解了社区“资金不足”的难题。从2014年开始，10年时间内，他们社区申报中标各类项目170个，获得项目资金680万元。其中，仅2021年就获得项目资金123万元，2017年一年就中标21个项目，是争取项目最多的一年。仅老年公寓就累计申请39个项目，获得资金198万元；托育中心一个项目就获国家发改委50万元资金资助。

四

在文昌花园社区，为居民服务远远是放在第一位的。郑翔说：“只要能为居民服务，什么方式都可以，组织可以引进，时间可以调整，载体可以自己设计，一切都是灵活的。只要老百姓有需求，没有条件创造条件，一切可以无中生有。”

早在2008年她就在社区成立了全市第一家社区邻里中心，为居民提供8大类、36项群众娱乐和服务项目，满足了居民日常的生活服务需求。扬州市市委书记亲自来给中心揭牌。也是从那时开始，他们社区率先实施“错时”工作制，周一至周五早8时至晚9时，冬天是晚8时，周六周日正常上班，一直坚持到现在。

谈起当时为什么叫“邻里”中心，为什么要实施“错时”工作制。郑翔说大家住在一个社区，就像一个温馨的大家庭，要做到邻里相亲、守望相护、疾苦相扶。社区服务的是所有居民，上班族的时间和社区的上下班时间同步，要盖个章办个事，下班回来都没法办。“错时”工作制让他们安安心心地上班，有事下班回来慢慢办。在他们社区，“服务惠民只进一道门、群众办事只到一窗口、百姓诉求只找社区首办人”。她说“我们社区的工作人员虽然有分工，但对一些政策和办事基本流程人人都懂，基本是‘全科’。”

在满足居民日常生活服务需求的同时，为方便居民活动，社区出资40万把社区办公用房对面睦邻会馆楼上三层全部租下来，把整栋楼做成一个综合性的社区活动中心，由社会组织老来乐居家养老服务中心具体负责管理和运营，免费供所有居民活动。

一楼睦邻会馆，也就是老年人活动中心，可以打牌、下棋、按摩、健身，健康小屋里每天早上有医务人员来量血压、测血糖，进行康复训练。不少老年人早上来了，在中心一待就是一天。中午在中心食堂吃过中饭，在按摩椅上或在日间照料中心的藤椅上小憩一下，下午接着玩。

老来乐居家养老服务中心有时还会安排一些专业社工，带着大家一起做做手工，跳跳操，或者做一些适合老年人的运动。社区不定期安排理疗师、康复师、心理咨询师等为老人提供专业服务。对应“错时上班”制时间，社区也延长了中心的开放时间，早上8:30到晚上8:30，每天开门前就有人在门口等候，晚上关门时不少人还依依不舍，不忍离开。

一楼还为户外工作者新打造了“广小新·共享家”服务驿站，提供免费充电、免费上网、免费饮水、共享雨具、应急药品、报纸书刊和食品加热等基础便利服务，让快递小哥、环卫工人等穿梭于城市大街小巷的新就业群体，在这里“累了能歇脚、热了能乘凉、冷了能取暖、饿了有饭吃、休息时能按摩”，享受温暖的“家”。一间妇女儿童之家，周六周日、寒暑假经常会组织一些亲子活动，邀请国学专家为孩子们讲讲国学。一间儿童室内足球场，儿童不用的时候，就给老年人打门球，犄角旮旯，每一寸空间都被充分利用了。

二楼是0~3岁儿童照护中心。社区成立不久，这里曾经是一家民办的早教园，与小区配套的幼儿园完美衔接。早教园开办经营时，社区就一直很关注支持他们，但小区内需求量不大，生源数不足，长期处于亏本状态。停办撤场后，社区如何守护0~3岁的婴幼儿，有效缓解一般家庭带娃难问题摆在郑翔面前。生育政策放开，国家在鼓励年轻人为国生娃，再说0~3岁的婴幼儿是社区“最柔软的群体”，社区要实行全年龄段服务，这一块不能缺失。没人干，社区干脆自己干！

社区挨家挨户登门，向亲子家庭征集关于“开办托幼机构”的意见。不少家庭反映，现在请个保姆，费用就得五六千，完全交给保姆还不放心，家里还得有个老年人在家；年轻父母觉得，0~3岁对于孩子习惯的养成非常重要，把小孩交给保姆和老年人也是迫不得已，如果社区能办托幼机构，有专业的老师，那他们求之不得。有一位退休医生更是激动，她说儿子媳妇要上班，她虽然退休了，有两家民营医院一直想聘她，可她又不能不管小孙子，根本走不出去。如果社区办托育机构，她第一个报名，把孙子送过来，还可以带几个医生兼职给托育园做志愿者。

郑翔随即跟相关部门联系，着手办理托育园。社区的人都觉得很奇怪，感觉郑翔做事如有神助，每次办什么事，总能抓住时机，踩准节奏。办老年公寓时，国家开始重视养老工作，出台了一系列扶持政策。想办托幼机构，相关部门听说了，主动过来调研，为她提供了一个极好的项目信息。有一点线索她就紧紧抓住，想方设法顺藤摸瓜，哪个环节有堵点就破解那个环节的难题，终于让她心想事成，争取到国家卫健委示范性托育服务中心项目和省妇联创建儿童友好社区的项目，两个项目60万元的资金有效化解了办托育园启动资金的难题。她笑称“为老百姓办事，上天都会眷顾的”。

2021年6月，郑翔成立了扬州市首家社区普惠性幼儿托育机构——文昌花园社区婴幼儿照护中心。从项目申报，到托育园装修，再到用品的采购以及人员的招聘，凡事她都亲力亲为。平时“抠门”的她，对于中心装修及物品采购都是用的最好的，她说：“事关小孩的事马虎不得。我们办托幼机构，不是为了盈利，而是要解决小区里有些家庭的难题，让他们没有后顾之忧。”

改造后的照护中心配备了大型幼儿游乐区、种植区、体能训练区等，能提供普惠托位60个，可按年龄设置婴儿班、托小班、托大班3个班型，提供全日托、半日托、寒暑托等服务。尽管每月仅收保教费1380元，是外面市场价的一半，但平时入托的只有二三十个小孩，还不像幼儿园那样按学期入托，有的只是暂时性的，一个月、两个月的都有。只有到了暑期办了“托管班”才能达到五六十个，“托管班”会组织志愿者老师解答孩子们暑期作业中的难题，开展集体阅读欣赏活动，穿插举办游戏互动，让孩子们在轻松愉快的氛围中度过暑假。

收支方面一直处于亏损状态。有人觉得不解，认为有些服务没必要那么精细，有些原材料没必要那么好。她坚决摇头，说：“为居民群众办实事，再亏也不算亏。要牢记我们办婴幼儿照护中心的初衷，是解决小区乃至周边小区大家无法在工作和家庭之间达到平衡的难题，我们不同于私人的托育机构，就算是一直亏损，我们也要继续这样好下去，精细下去。”

如今，很多家庭都在夸：“宝宝在家门口就能上托班，玩得好、学得好、吃得好，让我们少操了很多心。”“上班送来、下班领回，实实在在为家长解决了‘无人带娃’的大难题。”“家门口的托育园，让做父母的没有了后顾之忧，老人也可以少操很多心，咱们带娃轻松多了。”

在跟踪照护中心运营状况和市场调研的基础上，郑翔在扬州两会期间，提出了“关于0~3岁托育机构的扶持”议案，希望通过合理布局、统筹规划、政策扶持，让更多的社区能够成立托育机构，解决更多家庭的后顾之忧。她的议案被列入2022年度市人大常委会重点督办代表建议之一，郑翔很高兴，期待着早日实现幼有所托，让父母省心、安心、放心。

三楼是筹备中的社区食堂。四楼是文体活动中心，“好地方·运动坊”广陵文昌花园站，亦如墙上的标语：和邻居一起发现生活新乐趣。乒乓球、台球、舞蹈房，室外阳台上一个小亭子，休闲娱乐的角落，有一个很雅的名字“爱转角”，居民们可以在此谈谈心聊聊天，在一个有趣的地方遇见无数有趣的灵魂。

就在他们规划设计好功能定位，准备添置相关活动器材时，组织部门给每个社区配备了健康三件套：血压仪、血糖仪和身高仪；文体三件套：四张按摩椅、一张乒乓球桌和一张台球桌。这真是瞌睡送来枕头，大家想到一起了。

社区又想办法添置了两张乒乓球桌。他们的按摩椅那可是非常抢手，每天只要一开门就有人排队抢椅子，一坐两个小时、三个小时。后来社区定了个规矩，没有人时，可以时间长一点，如果有人，每人限时半个小时。有一次市委组织部领导到社区检查工作，发现按摩椅特别抢手，就又给他们安排了四张按摩椅。即使是八张按摩椅，还是满足不了居民的需要，还是要排队。

五

社区在打造居民活动中心的同时，把办公的这栋楼归属物业中心的楼层也全部租下来，形成党群服务中心一个整体。一楼是便民服务大厅，以及社区办公区和郑翔的工作室，老百姓想办什么事，只要到一楼，手续齐全的业务即来即办、即办即走，一站式服务，全部搞定。大厅里还配备了“便民三件套”：共享雨伞机、自助打印机和茶饮一体机。

二楼是“映像文昌”多功能共享空间，500多平方米的空间既有展示馆、市民学校、党建室、新时代文明实践站、社会组织展示厅，又有“文昌小筑”休闲区，设有议事室、娱乐室，方便居民吹拉弹唱、下棋写书法、聊天品茶、商议问题……

映像文昌展示馆，就像一个社区的历史博物馆，又像居民的文化展示厅，展示了社区的发展史，写满了居民的幸福感。在这里，你可以看到文昌花园就像一个新生的婴儿，他们取文昌花园的第一个字称为“文文”成长记，从文文的故乡：一片农田；文文诞生：2004年小区建成；文文1岁：2005年社区成立；文文2岁：2006年创办《和谐文昌》报；文文3岁：2007年创办家门口饭碗……一直到文文19岁，每一年的大事、创新点和获得的荣誉用图表的形式展示出来，一目了然，简洁直观。

在这里，你可以看到他们总结出历年来社区党建创新、文化创新、服务创新、治理创新的典型做法和经验，每一类创新里都有八九条创新举措。服务创新里有社区110、“错时制”工作制、3+3联动模式、“家门口饭碗”工程、“四位一体”全新养老模式、0~3周岁婴幼儿照护中心、广小新·共享家、健康小屋、工疗站和红石榴家园；治理创新里有“一核三环”居民参与体系、“一核四向四支点”邻里互助治理模式、“五议”工作法、楼道“微治理”、“有事好商量”协商议事平台、“网格长+网格员+微网格联络员+微网格志愿者”网格治理体系、周末夜话等。还有郑翔社区工作法的主要理念……正是这些在实践中摸索总结出的经验和做法成就了如今的文昌花园社区。

在这里，你可以看到居民的风采。理论宣讲员、和谐家庭和各个文艺团队获得的荣誉和证书；居民的摄影、书画、剪纸、面塑、文创作品、收藏等作品展览；社区社会组织的发展历程，每个社会组织都有一个简介，基本情况、项目背景、实施方案、项目成效跟你娓娓道来。

在这里，你还可以看到相关的实物也都在馆里呈现，创刊以来的每一期《和谐文昌》报纸；社会组织申报各级各类公益创投的项目书；党代表郑翔献礼党的十八大、十九大、二十大的“特殊礼物”；还有一件“镇馆之宝”——《文昌花园社区志》。

谈起这个“镇馆之宝”，郑翔感慨颇多，她说比想象中要复杂得多。其实，在社区的发展过程中，她还是比较注重档案资料的收集整理，也建成标准的星级档案馆。但她总觉得有时候要查找一个东西比较麻烦，她就想能不能用一本书的形式更加简洁方便，放在案头，随时可以查找。她想到了年鉴，想到了修史、修志，不过她对这些都不太懂，她觉得还是应该专业的人做专业的事，她就跑到方志办去请教专业人士。

巧的是方志办那段时间正在布置街道修志的工作，一听她的想法，觉得社区修志意识比较超前，有创意。在方志办领导的鼓励下，社区从2018年8月组建班子，历时三年多才编纂成功。本身是开城市社区志先河，编撰过程中，没有任何资料可以查询，没有任何经验可以借鉴。他们聘请的第一批人全部用表格的形式来呈现，方志办的专业人士认为这不符合修志的要求和格式。全部推倒重来，他们又重新聘请了两名人员，边请教边摸索边研究。

前期特别困难，在初稿、复审期间，郑翔每周都参加志书编纂例会，了解编写进度，向编纂人员答疑解惑，字斟句酌，共同探讨每一个标题。终审稿的最后一稿，郑翔利用国庆长假认真修改，打印稿从前到后都有修改的痕迹，还增添密密麻麻的字，哪里需要核实、调整的，都一一做了标注。

专业人士认为这本社区志全面、系统、客观地记录了文昌花园社区自2005年成立，历经社区管理、社区改革、社区治理等建设发展的历史轨迹；也记满了文昌花园社区党委书记、居委会主任郑翔16年间为社区建设、服务百姓推出的一个个创新工作法。是一部文昌花园社区建设的发展史、奋斗史、创业史和成就史，被民政部评为“全国首创”。

中国地方志工作办公室一级巡视员、中国地方志学会副会长、研究员、博士生导师邱新立在《序言》中称赞“既是对文昌花园社区创新社会治理工作的系统总结，又是对如何更好地为党立言、为国存史、为民修志所作的有益探索，不但可在社区建设中发挥重要引领作用，也可为如何编修好社区志乃至其他各级各类志书做出表率。”

流连在映像文昌展示馆，你可以细细欣赏，慢慢了解，触摸社区发展的历史，探寻他们成长的轨迹，感悟他们为民服务的情怀。从诞生到现在，几乎每一年都有大事件，最近几年更是实事不断：2023年映像文昌展示馆开馆；2024年社会组织公益集市落成、体育健身中心落成、城市书房落成。

六

别看每年的大事件只有短短的几个字，可从想法到最终的呈现，都是一个复杂的过程，其中的艰辛真是“事非经过不知难”。就像“城市书房落成”仅有六个字，背后的经过却是一波三折，就像闯关游戏，经历了一关又一关，也遇到许多意料之外的困难和委屈。过程虽然曲折，但结局还是圆满的。

从2005年社区组建的时候，他们就设置了阅览室，只不过那时候的规模比较小，藏书量也少，是社区自己的阅览室。后来，社区与扬州市少儿图书馆挂钩，定期更换图书种类。2012年，他们又与扬州市图书馆联系，积极争取在社区服务中心挂牌扬州市图书馆文昌花园分馆，设立了扬州市首家社区图书馆，和市图书馆通借通还。居民们都感叹“有了社区图书馆，看书、借书、查资料方便多了”。

随着城市书房成为扬州文化惠民的一大品牌，郑翔又开始动脑筋了。她想把这个城市品牌引进到社区，扩大阅读区域，为居民提供一个自我教育与终身学习的公共空间，为建设书香社区打造一个“社区的教室，居民的书房”。

城市书房是扬州市“四位一体”图书馆服务体系建设项目之一，入围国家公共文化服务体系示范项目创建资格建议名单。扬州专门制定了全国首部以城市书房为主题的地方性法规《扬州市城市书房条例》。根据条例，城市书房按区域布局，其建设、运行与维护经费都列入政府财政预算。

郑翔先咨询了相关部门，得到的答复是城市书房是服务一个区域的，不可能仅仅服务一个小区，如果在小区内布点，那外面的人进出小区不太方便，也会有一些安全隐患，一般不可能在小区内布点。再说如果在小区内布点社区不属于一级政府，没有财政预算，费用问题怎么保障。

人家的答复说得在理。可郑翔觉得，文昌花园小区本身就是一个特殊的存在，里面有这么庞大的群体，如果能争取城市书房落户小区，装修改造、运行与维护费用都有政府投资，那对小区居民是多大的福利呀！只要能办起来，管理上不是问题，这一点她还是有自信的。把城市品牌与品牌社区有机结合，应该是一个创新点，也是一个亮点，值得争取一下。

郑翔反复研读《条例》，寻找可以为社区所用的依据。她觉得《条例》上有一条是“鼓励单位、个人通过免费提供场馆或者捐赠资金、文献信息、设施设备等方式，参与城市书房建设。”单位、个人都可以，我社区为什么不可以？她想这件事要想办成，必须找到主管部门的一把手，也就是市文广旅局局长，其他人都不敢做这个主。

她跟局长不熟，一个小小的社区主任与市局的局长，相差的层级有点大，不好意思直接预约。她也怕电话里讲不清楚，要是电话预约，人家知道她的来意后，直接回绝，那她连争取的机会都没有，她想当面和他谈。她就三天两头地跑到局里去堵局长，就像开盲盒一样，希望能遇上局长。可每次局长不是开会就是出差，去了几次都没遇上。

一天，打听到局长不出差，她干脆一大早就跑到局里去等，这次还真让她给等到了。她把来意和局长一谈，局长很亲和，让她去办公室详谈。她一看有门，就不客气地竹筒倒豆子洋洋洒洒谈了自己的想法，还谈了自己精心准备的理由和意义。听完，局长直接说这是个好点子，可以考虑。还和她约定改天带一个专家去社区看看，如果合适，参加当年的申请评审，争取一个指标。郑翔没想到局长这么好说话，是个有魄力有担当干实事的领导，佩服得不得了，直感叹“一级领导就是一级领导的水平”。

没过几天，局长就真的带着专家来到社区。郑翔乘机把区里相关部门的领导和街道的领导一起邀请到社区，她想即使争取到指标，经费由谁出也是个问题，大家一起三头六面的来个现场办公，有什么梗，大家现场商量着解决，省得到时候相互之间推诿扯皮。

那天的现场办公会商非常顺利。郑翔带他们参观了整个小区的环境，大家对她的意向性选址也很满意，那是82幢楼的地上一层架空区域，只要居民没意见，那面积、环境都符合建城市书房的要求。街道领导也现场表态，只要市里给指标，资金他们来承担。郑翔非常开心，选址、资金等关键问题都有了着落，达到预期效果。她美滋滋地想着，只要能通过市里的评审会，拿到指标，那她的城市书房就指日可待。

她紧锣密鼓地召开了业主委员会和这栋楼部分居民代表参加的会议，把她的想法以及目前争取的情况跟大家做了通报，大家一致同意，都认为能在自己家楼下建一个城市书房，那就等于自己家的书房扩大了面积，增加了藏书，享用起来也方便，多好的事。写申请，打报告，准备评审会的演讲稿、多媒体演示，以及相关资料台账，他们社区忙得不亦乐乎。

评审那天，郑翔特意穿了一套职业装，把自己打扮得精神些，自己亲自上台演讲。她觉得要么不申请，要申请就要争取一申就中。演讲完，面对专家们提出的关于小区外来人员的管理以及安全、维护运营等方面的问题，她对答自如，一一给出了让专家满意的答案。她说既然是城市书房，那肯定是服务一个区域的，只要小区外的人有需要，可以凭借书证进出小区，他们一定会一视同仁服务好。终于如愿以偿，她通过评审，拿到了建设指标。

回去后，她就召开议事会，征询82幢业主的意见，44户居民参加，本以为一切顺理成章，没想到在这里卡了壳。部分居民提出反对意见，他们认为在小区内建城市书房好是好，但不能建在他们楼下，理由也是五花八门，有的提出来一楼架空区域是他们这栋楼的活动空间，特别是下雨天，大家在这儿散散步打打牌聊聊天，建了城市书房他们活动就不方便了；有的认为把一楼架空区域封闭起来，影响他们进出楼梯的采光；有的认为建了城市书房，人来人往的，会影响他们休息；有的担心建了城市书房，来的人多了，还有小区外的人，会带来一些安全隐患；有的说你们现在承诺得好，到时没人管理，问题就来了……总之一条，建，可以，举双手赞成，但不能建在他们楼下。

这可让郑翔犯难了，经过多方努力争取下来的指标就这样泡汤？她不甘心，一户一户地上门做思想工作，同时承诺，大家放心，只要有一户不同意，就不会弄。这是她多年社区工作的原则，尊重每一个居民，好事一定要办好，不能厚此薄彼，这也是她这么多年深得民心的主要原因之一。像当年要在小区里建一个公共厕所，起初也有好多居民提出反对意见，她一直等到所有居民的思想工作都做通了，大家都同意，才破土动工。这次她依然坚持着这个原则。

这次好像没那么幸运，大部分人的思想工作都做通了，最后仍然有那么三四个人就是不松口。没办法，郑翔只能放弃这个选址，重新在小区里到处寻找地方。就像一位居民说的，郑翔做什么事如有神助，总能赶上国家的政策支持。这次，她赶上了教育的“双减”政策，社区内几个培训班相继歇业，三楼的几间房子空出来了，正在招租调整中。她想社区就是花点租金建个城市书房都值得，她找到物业，商谈把三楼整体租下来建城市书房。

和物业谈好后，她又再次召开业主委员会征求大家的意见，大家认为建在三楼好是好，就是不太方便，最好有个电梯。她又采纳大家的意见，社区出资加装一个电梯。她始终认为，既然是为居民办实事，那就要把它做到位，不留任何遗憾。

经过这么一折腾，等她把小区内的选址问题最终落实好，准备动工时，却被告知评审过的指标只能用在当年，跨年度了指标自动作废，要想建，只能重新申报参加评审。无奈，她不能跟政策较劲，只能重新申报参加评审。后来在建设和运营资金上因为街道领导的调整也有一些反复，但在郑翔的努力下都一一化解，圆满解决。

如今，新建的350多平方米的城市书房已成为社区居民的新宠。每天早上9点到晚上9点开放，有的居民都把孩子带到这儿来做作业，这里有空调，安静还有学习的氛围。周六、周日来的人特别多，寒暑假更是成为孩子们利用率最高的地方。

除了纸质图书，城市书房还将数字图书“搬”了进来。在电子显示屏上，读者只要扫描二维码，就可以阅读和下载电子图书，各类电子书琳琅满目。书房内设置了自助办证机、自助借还机、二维码电子书下载机、数字资源查询机等电子设备，在实现与总馆之间通借通还的“一卡通”功能基础上，为读者提供自助办证、阅览、外借、数据库检索、二维码书刊资源下载等“一站式”阅读体验服务。

书房设有多个分区域阅览桌椅，桌椅也有高有低，适合不同喜好的人群。在规模化、智能化、舒适度上有了质的飞跃，居民们直感叹：“社区打造这么好的城市书房，做一个文昌花园人真幸福！”原选址那栋楼的一位居民对郑翔说：“想不到你的心真大，要是换了别人弄不起来早就不弄了，你是想办的事说什么也要办成。”

七

说到郑翔的心大，看看她在社区的手笔，就能感觉到她的心真大。每一笔都写在时代的节点上，每一笔都写在居民的需求上，每一笔都在探索实践中创新突破。2024年她又对党群服务中心四楼进行提升改造，创新打造了以“以爱换爱传递温暖”为主题的社会组织公益集市。

集市设有创业园、非遗馆、音乐聊吧、墨韵轩、时光隧道、茶艺文化体验馆等10多个主题空间，集创业就业、相亲交友、非遗传承、科技科普、老物件收藏展、文化文艺等功能于一体。

创业园里可以开展各种手加工培训；非遗馆免费开展古琴、捏泥人、剪纸等非遗项目的培训；小剧场也是扬州大学艺术学院一位退休的陈教授的工作室，每天都有活动，陈教授还是社区所有文艺活动的总策划；音乐体验室里专门购置了用于心理疏导的音乐椅，原来挂的是心理疏导室，居民不愿意进来，干脆改名叫音乐聊吧；一个心愿墙，社区居民有什么微心愿可以挂上去，鼓励社会组织和企业来帮助他们实现微心愿。

“时光隧道”里正在展出各个历史阶段使用过的电话机和手机，有五六十部，从座机到手机，从笨重的大哥大到越来越小巧精致的手机，向参观者诉说着时代的发展和科技的进步。其中有一部是电视剧《亮剑》里使用过的电话机，以前这些电话机有的都出租给剧组和有装饰需求的宾馆、展会等场所，现在居民无偿提供放在这儿展出。

集市还有一个特殊的主题空间“体育文化交流室”，也是奥运火炬手俱乐部。按理说当年为北京奥运会在扬州传递火炬的火炬手有52位，其中不乏条件比这儿好得多，场地比这要大得多，也气派得多，怎么会把俱乐部设置在一个小小的社区？我又忍不住好奇了。郑翔说他们火炬手们成立党支部，注册了一个协会，选址时反复比较，大家一致认为放在文昌花园社区更有意义，火炬手们都是典型模范人物，放在文昌花园社区是强强联合。借助这个平台，可以更好地宣讲他们的事迹，传递正能量；还可以把体育文化的理念和奥运精神带到社区，以此带动居民们参与到全民健身活动中。

我不禁感叹：“你这个公益集市太丰富，太有特色了，值得慢慢欣赏。”郑翔笑着说：“必须的，要不然吸引不了居民来。我们现在打牌的人都少了，每天大家都愿意到这里来转转。”说起开办公益集市的初衷，郑翔说：“我们要未雨绸缪，先人一步增加社会组织的造血功能，变单纯输血为输血和造血两条腿走路，公益和市场配比运营。”她说社会组织不能仅仅靠购买政府的服务和参加公益创投生存，现在社会组织越来越多，能争取到的项目越来越少，单个项目的经费也越来越少。如果有一天没有这些项目支撑，社会组织靠什么生存?

开办公益集市是想让社会组织做公益的同时，拥有市场化的理念。每次开市，各个社会组织可以把自己的一些作品或产品，如书画、剪纸、捏的泥人、钩的毛线花、串的首饰品等工艺品拿出来义卖；也可以组织一些参与性的活动，如扇子漆画、绘画班、工艺品加工等，收取成本价或低于市场价的微利销售，所得收入用于做公益、做项目、做服务或用于社会组织的再发展。像5·19公益慈善日，公益集市义卖了5000多元，全部捐给了慈善组织。

两个月一次的“逢集日”，整个四楼热热闹闹，一片沸腾，陆续赶来的居民将一个个“摊位”塞得满满当当，琴声、笑声、快门声此起彼伏。10多个主题空间全部开放，各有各的特色、各有各的精彩。在古琴坊，常有一群居民围绕在教师志愿者的身边，深沉而悠扬的旋律，触动着大家的心灵；在青少年科技馆，一群孩童喜欢徜徉在科技的海洋里，快乐科普剧、趣味小实验，大家在动手动脑中感受科技的乐趣；在创业园，一群全职妈妈、残疾人围桌而坐，在专业社工的帮助下，学习牙刷、毛绒玩具的代加工……这里既是兴趣班，又是创业园，还是睦邻点。

郑翔说：“公益集市是为社会组织打造的集中服务平台。”这种“赶大集”形式最接地气，既满足了不同群体的需求和期望，打造了一系列特色品牌项目，还不断培育出一批居民需要、受欢迎的社会组织。

每次“赶大集”已成为居民们的生活习惯，不少家长接上放学的孩子，直奔公益集市，集市里家长有家长的“课”，孩子有孩子的兴趣班。大家都是乘兴而来、满载而归。不少人笑称：“生活不只眼前的苟且，还有诗和远方，社区公益集市就是我们心中的诗和远方。”在这里不仅长见识还学到了知识，更结交了很多朋友。

采访郑翔时，她很自豪地说：“我们这些改造升级不是为了提升而提升，为了改造而改造，都是发展到一定程度水到渠成的升级改造。”在她的认知里，提升也好，改造也好，那只是外部的表象，关键在于内涵。外部的表象可以学，可以复制，但内涵不是想学就学得来的，必须是自己想的、做的，把它总结出来，展示出来。这些场所不仅仅是一个领导视察、对外宣传的窗口，更多的是居民们常来的地方，要让居民们感觉到这就是自己所在的社区，是自己亲身经历参与其中的，拥有可感可触可回忆的一种真实感。

在文昌花园各类展示区，你根本看不到什么工作制度、规范、职责或纯理论的东西。即使是老年公寓、活动中心一些公共场所的开放制度，他们也不是简单、生硬地来一句老年公寓工作制度，而是想出一些亲切温情的话语，让老百姓更容易接受。他们把24小时陪护的老年公寓称之为养尊处优享受的服务，居家养老称为足不出户，日间照料称为家外有家，异地养老称为休闲度假，让人看了很舒服、温馨，从细节上来体现自己的服务。

郑翔认为那些工作性的制度、规范、职责是社区办公人员需要掌握的，老百姓根本就不喜欢看，有的部门下来检查，认为他们没有做到制度、规范、职责上墙，不合格。没办法，他们干脆添置了一个大的电子屏，把这些制度规范都电子化，想看时随时可以调出来。后来市里督查为基层减负工作时，不少社区都在忙着把一些上墙的制度规范拆除。她很潇洒地对领导说："领导放心，我们社区墙上没有一个制度规范。"

像她的人大代表工作室，她没有简单地把人大全过程民主的要求、理论上墙，而是把发展历程和自己作为人大代表履职的创新案例展示出来。如公厕整修：社区中心广场公厕脏臭差，居民怨声载道→社区及时介入→召开听证会→85人参加→集体讨论改善措施→人大代表向上撰写建议→社区又召开2次听证会→人大反馈整修建设→相关部门设计招标→进场施工整修→历时2个月打造→新公厕对外开放使用→老百姓拍手叫好。像这样的案例展示，老百姓一看，都是平时发生在小区里的事，亲身经历参与其中，自然而然拉近了与居民的距离，引发他们观看的兴趣。

有的社区直接找到为文昌花园长期装修的施工队，请施工队依葫芦画瓢为他们升级改造，连照片墙的布置图形、色彩都一样，只是照片不一样，看过的人说好像走进了文昌花园社区；有的来社区参观学习后，回去照本宣科，把郑翔他们总结的创新做法也用在自己的展示区。她说："我不怕被别人复制，我会不断地推出新思路、新做法，别人的学习复制对我来说是一种压力，更是一种动力。"

那次在采访时，一位电视台的媒体人走进来，她是来找郑翔汇报项目进展情况的。她是小区的居民，一直在电视台工作，做过主持人，也做过栏目策划，大活动的现场落地、执行等，以前也曾利用工作关系为社区争取过一些资源，最近注册了一个“许姐爱心公益服务中心”落户在社区。郑翔一直想做一个直播间，苦于没找到合适的人选，她的出现让郑翔喜出望外，就请教她直播间怎么做。她一听社区要做直播间，脱口而出，“这是我的强项，我来帮你做”。

两人一拍即合，用“乐家社会服务发展中心”这个社会组织来运营直播间，抖音注册号“文文光影时刻”，除了直播还制作一些社区活动的小视频。前期的准备工作已基本就绪，即将开播。谈起办直播间的初衷，郑翔说现在社区线下的服务已基本到位，还有好多居民，特别是上班族没享受到社区的服务，想通过线上的方式补上这一课。

对文文直播间的未来，郑翔满脸的期待和宠溺。她设想着分四大板块，一是社区党建的线上窗口。不仅宣传方针政策，还宣传一些便民的服务措施，同时邀请典型人物走进直播间谈先进事迹、家风传承、文明实践等一些正能量的弘扬。

第二个板块是企业和爱心商家的宣传。虽然辖区内没有什么大企业，但有不少商务楼宇，还有辖区外的一些大企业，社区都想有选择性地邀请他们走进直播间，形成社区和企业的共同体，传播共建共治共享理念，让企业在参与中更多地服务居民。社区应该是企业的最后一块蛋糕，已经有企业听说他们要开直播间，跟他们预约，想走进来讲解一些旧家电的维护、保养和使用的常识。郑翔说，只要是有利于居民的，他们都欢迎，但文案必须经过他们严格把关。

第三个板块是为社区的创业人员提供直播平台。有的创业人员想自己做，又怕没影响，社区有了平台后，他们可以走进直播间，宣讲创业故事，宣传自己的产品。第四个板块是社区带货，为居民提供生活便利。介绍推荐一些当地的特色农产品和生态农产品，和他们想做的文昌铺子相呼应，线上可以订货，线下可以直接购买，线上线下同时为居民服务。

交谈中，我们聊到对社会组织的理解和认识。她说现在身边好多人，不管是年轻的还是退休的，也不管是自由职业者还是在职人员，都在发挥自己的特长做社会组织，自己觉醒得还有点迟，应该早几年就开始。郑翔说，社会组织就像以前的社区，应该是未来社会的发展方向。未来的社会组织会越来越多，人们也会越来越尊重、理解、参与社会组织的服务。就像当年的社区，一开始也不为人所了解，大家在社区工作，都不好意思告诉别人，现在的社区也从原先“年轻人谁去干”的冷门岗位，摇身一变，成了众人眼中“旱涝保收、五险一金、周末双休”的就业香饽饽，招考程序就像考公务员一样，非常严格，想进来可不容易。

正聊着，送货的电话来了，是文文直播间的一些配套器材。郑翔建议我们一起到直播间看看。“好呀”，我们异口同声地答应着。一路上，郑翔不断地跟居民们打着招呼，那份亲热劲就像一家人一样。一位居民拉着她的手，嘴里不停地说着感谢的话语，“这里就像我们居民家的大客厅，满满的‘家’的味道，以前不办事不会来，现在没事都想来，来了都能收获快乐”。

看着连廊上一排十几个流行的市集摊位架，许姐开玩笑说：“放在这儿就像一道风景，挺好看的。”我记得之前单位搞活动曾经租用过这种市集摊位架，挺贵的，租一次500元一个。许姐对行情非常清楚，说500元是用KT板包好的，裸架租一次300元。郑翔接口说：“是的，但自己买一个只要100多，想着要经常用，干脆狠狠心自己买，一次性投资。”她又跟我们半开玩笑半当真地说：“今后你们要搞活动就跟我们租，租金可以比市场上便宜点。”我笑笑说：“你真会过日子。”她说：“必须的，女同志当家过日子，钱要用在刀刃上，能省的地方就要省。”

郑翔指着连廊对面的活动中心，说现在党群服务中心这栋楼和对面的活动中心都进行了亲民化改造，成为居民群众家门口的“共享空间”。我问她一共有多少面积，她说不含两栋楼之间的连廊，加起来有4700多平方。为安全起见，社区把几层的连廊都封闭起来，下一步她会把连廊区也用起来，做成展示或展销区。她说：“社区是个大家庭，我们要把最大最好最方便的空间留给居民，成为他们来了不想回，回家了还想来的共享空间。”

第十章　大家的事大家办

一

每次来社区，都能在社区中心广场周边的宣传橱窗里看到当年的社区十件民生实事。2024年的社区十件民生实事分别为：北门商业街增设便民服务点；文昌花园小区地下管网改造；打造社区运动坊，倡导全民健身；拓展儿童场域空间，满足儿童学习和娱乐需求；老年公寓西侧文化长廊破旧，重新出新提升；部分地带增加晾衣架以便居民文明晾晒；文盛苑增加党建微家，架起党群“连心桥”；开设社区抖音直播间，促进社区发展动能；文康苑新增报刊箱、牛奶箱；表初心党建文化长廊增设休闲座椅，方便居民休闲交流。

郑翔说，之所以把十件民生实事公布在广场的宣传橱窗里，一方面是让大家有知情权，告诉大家一年中社区主要为居民做那10件实事；同时，也是为了让大家更好地参与、监督社区的工作。谈及每年十件民生实事的出炉，郑翔说也是随着社会治理的发展而不断规范的过程。社区居委会本来就是一个自治组织，成立之初就由居民代表大会选举成立了自治委员会，自治委员会由居民代表组成，10件民生实事最终由自治委员会讨论确定。

2013年，社区根据党的十八大提出的“创新社会治理体制”要求，牵头成立了扬州市第一个社区治理委员会，由党组织、居委会、物业公司、业主委员会、驻地单位、社会组织、居民代表等多元主体参与，形成一个区域大治理。治理委员会实现轮值制，不光是居民代表可以提议题，辖区单位也可以提出议题，交由治理委员会讨论，研究解决。辖区单位市城管局想建一个停车场，影响到小区居民的利益，市城管局牵头召集治理委员会成员商量解决的办法。在这个过程中，社区不断规范治理程序，逐步总结提炼出“五议工作法”，也就是提议、合议、群议、决议、评议。

每年的10件民生实事都是通过“五议工作法”确定的。社区如何打造？小区如何改造？社区将这个“主”交给群众来做。每年年底，社区把一年来通过线上+线下的方式收集的居民提议的相关民生实事整理汇总，线上：社区居民微信群、QQ群、电话来访等；线下：各个网格员通过走访入户、单独面谈、座谈会等方式收集的，居委会、物业、业委会的居民来访问题登记表、意见箱等，物业相关方根据日常工作开展发现的问题等，一般一百多条，有时两百多条，提交给治理委员会。

治理委员会召开专题会议商讨合议，筛选出跟老百姓密切相关的12件民生实事。在“2024年度民生实事征集讨论会”上，“社区食堂能否扩建，解决更多老人‘吃饭’问题？”“小区报箱陈旧损坏，能否更换加装？”“小区道路破损，雨天积水，希望尽快改造！”一条条针对小区内环境治理、基础设施建设、垃圾分类等问题被一一筛选出来。这些提议非常“接地气”，是大多数人的意见，事关部分居民的利益，而个别性的、一般性的群众提议会作为社区正常工作，按照“紧急+重要”两个维度进行排序。优先处理“重要又紧急”一栏议题，如出现违章施工必须及时处理；对社区停车管理、养宠管理这些重要不紧急，和绿化改造这样不重要不紧急的议题制订计划分期解决。

对合议出的12件民生实事，通过召开座谈会、发放征求意见信等形式发动居民进行群议，倾听居民意见。经群议后，如果大家觉得这12条还可以，就定这12条，如果大家有不同意见，再根据情况进行调整。

商定的12条提交给成员代表大会进行决议，票决出10条，通过线上+线下的方式在社区公布。既然是民生实事，那肯定关系到居民群众的切身利益，也需要居民群众的积极参与。居民群众可以随时了解、全过程参与10件实事的实施，同时监督社区的完成情况。

每年年底，社区将本年度10件实事的完成情况提交给成员代表大会进行评议，看完成的是否符合要求，居民满不满意。没完成的要说明原因，偶尔会有一件因为各种原因没及时完成的，也会在第二年完成，像城市书房的建设就跨年度了，不过这种情况是极个别的。10件实事的完成情况，作为群众评议社区工作的依据之一。如此循环往复，确定每一年的10件民生实事。

翻阅社区每一年的10件民生实事，改造、提高、推进、增设、完善、建立……无论是小区居住环境的改善，还是居民群众生活品质的提升，每一件都是社区居民多元化需求的具体体现，是老百姓的所思所想所盼；每一件都是一年365天社区工作的具体体现，诠释着社区工作者为民情怀的初心和使命；每一件都记录着居民的满意度和幸福感，书写着群众的归属感和认同感。

二

实施“五议工作法”的时候，他们会根据情况分别召开民情恳谈会、听证会、协调会和评议会，推进各参与主体对社区治理的事前、事中和事后监督。民情恳谈会由各个网格员召集网格里的居民群众参加，每个月两到三次，通报社区正在开展的有关工作情况，无主题的让居民群众提意见提想法，网格内有哪些需要解决的事。民情恳谈会的方式比较灵活，人数也有多有少，网格员会随时把居民群众的想法汇总带到社区，这也是社区了解居民群众所思所想的主要通道和途径之一。

听证会有时也称议事会，是有主题的，都是围绕某一件事怎么做来听取大家的意见和想法，这是真正体现居民自治的主要方式，从社区成立之初他们就充分发挥了听证会的作用，大家的事大家拿主意。

2006年初，建设单位经济适用房中心为弥补物管费的不足，想把小区内71幢南一座三层建筑出租，建休闲中心。当时业主委员会还没有成立，有的居民知道消息后，就约起来到社区找郑翔。郑翔为了避免事态扩展，更为了维护社区和谐温馨的大环境，当天便发出召集

“文昌花园社区能否建休闲中心”听证会的通知。

社区、建设单位、物业负责人和居民代表40余人参加听证会。会上，居民们提出一系列问题，在居民住宅区内建浴室休闲之类的营业场所，是否符合有关政策？文昌花园地质是沙土性质，能否经得起浴室大量排水冲刷，会不会造成地陷下沉，论证过没有？休闲营业场所什么人、什么车辆都可随时任意进出，治安、噪音扰民等问题怎么解决？

尽管建设单位承诺，开休闲中心可以弥补物管费不足，保证没有污染，小区加强管理等。但居民代表们一致认为三层建筑是小区的配套用房，出租出让权应该由业主决定；休闲中心车水马龙、鱼龙混杂、打架斗殴等现象不利于和谐社区的创建，也会让未成年人的身心受到损害，弊多利少，危害很大。

居民们通过摆事实、讲法规、议危害，当场联名签字一致反对在社区内建休闲中心。经过社区多方协调，最终让建设单位放弃这一方案，维护了居民的根本权益。

在郑翔的记忆中，社区无论大小事务，凡是涉及到居民切身利益或社区重大发展决策的时候，社区总在第一时间按照程序召开“居民听证会”，从无例外。让居民群众“自己管理自己的事情、大家的事情大家办”，最大限度发挥居民自治作用，激发他们参与社区建设的热情。

《扬州市生活垃圾分类管理条例》在扬州正式施行后，不少人抱怨扔垃圾变麻烦了。郑翔说，居民一时间不理解很正常，阵痛期肯定会有。但垃圾分类坚持下去，眼前可见的是蚊虫少了，环境更整洁了，长远看造福子孙，何乐不为？半个月里社区召开了不下10次议事听证会，常常是一“议”就议到晚上9点多，商量垃圾分类房设在哪儿、垃圾几点拖运等问题。郑翔说，“老小区人口密、空地少，大家‘寸土必争’，都不希望垃圾房靠近自己家”。

其中文康苑老小区改造，在13幢北侧新建了一个垃圾分类房，垃圾分类房刚启用，13幢居民投诉不断，反映撒落在垃圾房外的垃圾，现场难看、气味难闻；清运车晚上9：00来清运垃圾，噪音扰民。郑翔耐心接听电话，并到现场调查，发现垃圾房距离13幢1单元太近，视觉上、嗅觉上会产生影响；部分居民垃圾分类意识不强，扔垃圾“抛洒滴漏”；南部片区缺少垃圾房，造成北侧的压力过大；环卫所清运垃圾、清洗垃圾桶在小区内进行，产生噪音和气味。

针对这些问题，郑翔牵头与市城管局、区环卫所、海沃公司、万杨物业、派出所民警、业委会主任、第一网格员、居民代表等多方参与的议事听证会，共同商讨解决方案。最终大家达成共识：垃圾房整体向南稍微移动一些；清理垃圾的门开在小区围墙上，垃圾拖运车辆在小区外作业；垃圾房周围栽种一些树木，从视觉上遮挡住垃圾房；另外加强管理，定期消毒等等，让垃圾房“精准”落地。小区内采用方便群众的“流动垃圾车”走栋串户，每天定时开到各单元门口。小区60岁以上的老人占六成，习惯清早就要出门扔垃圾。为此，郑翔与负责“流动垃圾车”的志愿者商量，把收运的时间再提前一点。

小区东北角的垃圾中转场，随着时间的推移，设施老化，恶臭味到处飘散，蔓延到小区。小区77幢、71幢和54幢居民深受其害，加之这个地方比较偏僻，杂物扔得到处都是，原先的清水塘变成了臭水坑，绿化植物也枯萎了，居民们向社区反映，希望能对垃圾中转场进行改造。

郑翔别出心裁地将听证会安排在垃圾中转站旁边召开。她说在办公室开，愿意来的都是积极分子，意见不太广泛，而且不在现场大家也没有切身感受。通知就地开会，除了两委会干部、物业公司负责人，住在周围的人能来的都来了，有百十号人。

2016年8月的一天，骄阳似火，在太阳的炙烤下，垃圾中转站味道特别大。会议还没开始，群众的情绪就像炎热的天气一样，牢骚怪话满天飞，现场吵成了一锅热气腾腾的粥。“气味这么大，不被热死也会被熏死。”“怎么跑到这个鬼地方来开会。”“应该给每个人发一个防毒面罩。”“这个户外现场会，好像是在作秀啊。”……

郑翔开口了：“今天，请大家到这个地方来，是想让大家体验一下，许多人闻了一会就受不了，设身处地地想想，住在附近的居民成天不能开窗，这日子怎么过？”

话音未落，有人直接喊起来，郑主任，什么都别说，把中转场搬掉。他这一声喊，不少人附和了，异口同声地说搬掉搬掉。有的人反问搬到哪儿去？整个场面就乱了，七嘴八舌说什么的都有，争吵声一声盖过一声。

等大家说过、吵过、发泄过，郑翔拿起话筒，高声喊道：“垃圾中转站属于客观存在，拆不掉，搬不走，今天的会也是个‘诸葛亮会’，希望大家多出些点子，少发些牢骚，尽可能‘化腐朽为神奇’，改变这个状况。”

大家又你一言我一语地开始谈自己的想法，有的说在这儿砌一道墙，把它与小区隔离开；有的说对这儿加强管理，清理河道杂物，清除杂草；有的说在垃圾场周边多种些树，最好是那种能吸味的树；有的说缩短垃圾存放时间，增加消毒次数；有的说垃圾清运后多喷射一些祛味剂……

郑翔觉得风向慢慢转过来了，她的目的达到了，她就是要让大家在讨论中明白“小区是我家，建设靠大家”。讨论，哪怕是争吵，过程虽然不痛快，但方向越辩越明，意见越辩越趋向一致，即使不能完全取得一致，通过协商，大家把话说透了，公开、透明，那些反对的声音也能理解了，社区寻求到“最大公约数”，居民们弄清楚要改什么，怎么参与其中，对改造后的环境就会满意。

郑翔说，社区很多矛盾问题的产生，都源于沟通不畅、信息不对称。居民群众自己说事、议事、主事，依法有序参与治理，化被动为主动，是化解问题矛盾的一个行之有效的办法。如果总以为自己是在为居民办好事，就自说自话地把事做了，结果好事也经常办不下去。

后来还不错，经过5次恳谈会，1次听证会，居民们还是蛮支持的，包括几个刚开始反对的人，都提出了自己的建议。

有人提议：“据我了解，夹竹桃能够吸收气味，本身花朵鲜艳，属于景观树木，建议栽上几排夹竹桃，把垃圾中转站包围起来，可以把气味降低到最低限度。”

有人创意："把水质严重污染的水池填掉，在上面堆起一座小丘，建一个凉亭，构成园林小品。原来的喷水池缺少循环通道，属于死水一潭。"

有人建言："居民汽车乱停乱放不行，应该在东围墙内侧设立几个泊位，改无序停车为有序停车。"

有人献策："空地上建设多个小花圃，用观光漫道串联起来，很适合健身散步。"

随后社区按照居民的意见，请建设局帮助设计方案，又反复征求居民的意见，多次与城管部门沟通协调，12月份，一套代表绝大多数居民意志的改造方案正式出炉，对环境效果图个个拍案叫好。

第二年7月份，一个赏心悦目的景观崛起在文昌花园小区的东北角，几排能吸附气味的夹竹桃，把垃圾中转站包围起来；年久失修的喷水池被填掉，堆成小丘建成凉亭；空地增设了10个汽车泊位、建了多个小花圃。同时组建自管小组，代表广大居民对改造投入使用进行监督管理，问题圆满解决，"臭味角"从此成为历史。

现在垃圾中转场还在，但并没有什么异味飘散出来，住在附近的居民可以随时开窗通气。蓝天白云下，这里恢复了它该有的平静，与当年那场剑拔弩张闹哄哄的听证会形成鲜明的反差，也许不会再有人想起当年的脏乱差，想起这平静的背后郑翔他们社区工作者的默默付出。

居民时建感叹，郑书记解决群众难题，特别注重民主参与，给社区各类群体以"话语权"，让社区各方把处在萌芽状态的各种问题和矛盾充分表达出来。这种基层民主协商模式，畅通了民意诉求渠道，真正代表社区各方的切身利益，调动了社区各方主人翁意识和参与社区事务的积极性，形成多元参与的治理格局。

在社区，这样的听证会比比皆是。当年为了解决小区内杨絮扰民的问题，郑翔咨询过相关专家，联合小区物业提前介入治理，修剪枝条，探索采取注射花芽抑制剂、疏除杨树雌花序等技术措施，抑制杨絮的形成。按理说杨絮的问题，在哪里都是普遍问题，但郑翔还是主导召开了听证会，她说社区自治不就是“要让大伙儿都满意，还得居民自己商量着办”。

2020年8月4日的《扬州日报》头版发表了社区关于杨絮扰民问题听证会的文章，澎湃新闻、中国江苏网等多家媒体纷纷转发，称赞这样的社区治理“太棒了！”

> “这次我们要讨论的议题是小区里杨树的去留，大家有什么想法直接说。”近日，在广陵区曲江街道文昌花园小区东门的一棵杨树下，几张条形桌拼成一张会议桌，随着社区党委书记郑翔抛出议题，一场社区民主议事会拉开帷幕。老百姓的事儿由老百姓自己说了算，民主议事会这种形式，从2006年设立至今，文昌花园社区的居民们早已驾轻就熟。但当天举行的会议有些不一样：受扬州公共外交协会邀请，5名来自扬州市职业大学的外国留学生到会旁听。
>
> 文昌花园小区里，种了一百多棵杨树，每年春天，漫天

飞舞的杨絮影响了居民的正常生活，且容易产生火灾存在安全隐患。每年都有居民前往社区反映问题，今年尤为集中。因此，社区决定就小区杨树的问题，召开一次民主议事会。

“除了飞絮，杨树越长越高，不少居民在家都不能开窗户，早砍早好。”居民孙仁智第一个发言。

“砍树不是小事。这些树长了这么多年，能帮我们挡扬尘，夏天不少老人孩子也喜欢在树下乘凉。”居民滕晓玲提出了反对意见，她认为杨树的去留要多方面考虑，“可以将它们移走，换栽别的树种。”

居民们各抒己见，留学生们认真倾听，遇到听不懂的方言，便咨询一旁的翻译。对于杨树的去留，他们也提出了自己的见解。

“这么茂盛的杨树，砍掉太可惜了，我们可以请教植物专家，找到治理杨絮的办法。”来自印尼的留学生骆维佳用不太流利的普通话发表了自己的看法。

“杨絮确实很烦人，在我家乡，也遇到过相似的问题。可以将杨树移栽到没有人的地方或者郊区，我家乡就是这么做的。”来自柬埔寨的留学生祥国松表示。

经过一番观点碰撞，最后，大家达成了共识：人与自然应该和谐共存，杨絮虽扰民，但直接砍除太过粗暴，移栽是最好的方案。此外，文昌花园社区业主委员会主任李树香承诺，杨树移栽后留下的空地，一定会足额补上绿化。

“留学期间，主要都是感受中国的传统文化，这样的会议还是第一次参加。每个人都能发表自己的看法，积极参与社区治理，太棒了。”来自马尔代夫的留学生米芾说，这种基层民主给她留下了深刻的印象。

听证会上大家畅所欲言，充分表达了自己的观点，在议事中学会了沟通，在沟通中学会了互相谅解，毕竟任何事情永远不可能有让所有人都满意的最佳方案。

听证会是社区治理中开得最多也是最频繁的。协调会主要是针对社区成员之间的民事纠纷或利益冲突，社区党组织和居委会召集牵涉到的矛盾双方相关人员坐下来商量，看有没有更好的解决方法，怎么取得一致。评议会是一事一议，社区有由方方面面的代表组成的评议会成员，另外再找一部分志愿者，评议会不仅评议社区履行工作职能、完成工作目标任务的成效，社区内的各类典型的评选最终都会通过评议会来决定。像每年“最美文昌人”的评议，先是自荐或别人推荐进行海选，然后由各个网格员进行筛选，筛选过的名单再拿到评议会上来进行评议。

在民情恳谈会、听证会、协调会和评议会中他们不断规范议事流程，并结合需求创新搭建开放空间、圆桌会议、周末夜话等灵活多样的议事平台，增强居民群众“家园共治”的主人翁意识，实现“民事民议民受益”。

三

“民受益”是文昌花园社区各项议事活动的最终目的，在郑翔的工作词典里，只要是能让“民收益”的事情，就没有办不成的。其他社区推广不了、做不成的事，她都敢想敢做敢尝试，不厌其烦想方设法把事情做成。一些部门遇到一些新的便民举措，也喜欢找她，让她先做个试点再推广。她认为“这些事往往都是双向奔赴的好事，越早做得到的实惠越大，自己何乐而不为？”

老旧小区的适老化改造是政府的一项民生实事工程，也是一项重要的基层治理工程，考验着一个城市的治理水平，也考验着社区负责人的工作水平。特别是加装电梯，实践中，不少地方实施“一票否决制”，也就是一个楼梯道必须百分百的住户同意签字，只要有一户业主不同意，整个楼栋的加装电梯计划就无法实施，导致加装电梯困难重重，无法推进。

扬州市于2018年7月出台了关于加装电梯试点工作的指导意见。郑翔觉得老旧小区加装电梯是未来的必然趋势。老旧小区配套不全、设施老化、停车不便等一系列问题，让有条件的年轻人择“优”而居，留守的基本上都是老年人。对住在相对高层的老年人而言，老了以后上下楼梯会越来越困难。但意见中的“一票否决”也让她预感到加装工作将举步维艰，难以推广。

有心推进这项工作的郑翔在社区宣传政策走访调研，走访中高楼层与低楼层业主之间意见不统一，分歧很大。低层住户认为加装电梯会给他们带来噪音、影响采光等问题，还会导致其房屋贬值；不同楼层的住户对安装费用的分摊意见也不一致；大家对采用哪个品牌的电梯、谁来施工都有着不同的想法。低层的“不配合”和费用的“分摊难”成为最大的“拦路虎”，导致加装电梯的设想不是倒在“最后一公里”，而是在“第一公里”就卡了壳。

尽管来社区咨询的居民不少，但真正能推动实施的却微乎其微。居民郭世中找到社区，说他们文康苑11幢二单元10多年来大家相处得比较好，有几户有加装电梯的意愿，特别是顶楼的一户居民，两次中风后上下楼梯都很吃力。

郑翔一听，感觉有戏，可以作为试点来推动。按照要求，社区可协助提供相关政策以及详细流程，但不能代替居民牵头加装，也不能主导居民意见。郑翔请热心的郭世中牵头，他们建了一个单元微信群，电梯装不装、采用哪家公司电梯、费用如何分配、施工单位选择一系列事项，都在群里发布，大家一起出主意提建议，协商解决所有事宜。

“2018年底，了解到老旧楼加装电梯政策后，我觉得我们单元可以装，没想到过程困难重重。”郭世中介绍，从2019年初到社区拿到加装电梯申请表开始，他先与邻居协调，一户要上门多次，反复沟通协调；加装工程招投标、选择施工方、前后17个部门办相关手续等等，全都是他一个人忙前忙后，但最终的定夺都是大家说了算。

前前后后忙了20个月，有几次郭世中都想放弃，“加装电梯能投入运行，离不开社区的坚强后盾。”郭世中说，从一开始的申请，到办手续、施工、验收，都是社区在指导，一旦遇到麻烦事，他就请社区帮忙，尤其是其他楼幢、单元居民提出异议后，社区和民警前来协调，让加装工程得以顺利进行。郑翔说："这过程太艰辛了，幸亏他们这个单元的住户意见都统一。"

"我们单元能成功加装电梯，要感谢热心居民郭世中牵头，感谢社区不辞辛苦的协调。"这个单元的居民由衷地说。他们买米、买西瓜等重物品，再也不用拎得气喘吁吁，有的住在其他地方的年迈父母，也愿意搬过来同住了。"我因为中风腿脚不便，原来上下楼梯100级台阶相当吃力，那时能不出门尽量不出门。加装电梯我是最早支持的，现在每天早上和晚上都要出门，到附近的公园走走锻炼锻炼。按一下电梯键，上下楼几秒钟的事，直通家门口，多方便。"住在顶楼60多岁的黄珠扣大爷一脸幸福地说。

2020年8月7日，当主城区最大的拆迁安置小区首部加装电梯正式投入使用时，吸引了不少居民的围观，有加装电梯想法的纷纷向他们取经，问东问西，他们也想成为"有梯一族"，享受"一键回家"的便利和幸福。

2021年7月1日，扬州市修订后的加装电梯指导意见正式实施，通过部门合力、业主共商、政策疏导、财政支持、优化环节等措施，打通了加装电梯的难点和堵点。特别是调整了加装电梯征求意见范围比例，取消"一票否决"，明确加装电梯不再必须征得全体业主同意，这给小区内想加装电梯的业主带来了新的希望。《法治日报》的一篇评论性文章，高度点赞了扬州的做法。称扬州变"一票否决制"为依法依规、以人为本推进加装电梯工程，这一做法值得肯定和推广。

机会来了。2021年底，文昌花园小区纳入全市老旧小区改造计划，给加装电梯创造了条件。当时住建部门正在开展创建四星级美丽小区活动，郑翔主动与区住建局联系，上门了解政策。区住建局正在寻找可以一次性加装10部以上电梯的试点小区，双方一拍即合，将文康苑小区作为广陵区四星级小区改造的试点，把集中加装电梯纳入到“适老化改造”的范围。

一次性集中加装10部以上电梯，这在其他老小区是不敢想象的，特别是在推广加装电梯的起步阶段，可以说是难上加难。当时郑翔只考虑到这样做会进一步改善文康苑居民的生活环境，提升他们的生活品质，给他们带来实实在在的好处，对其中可能遇到的困难并没多想。

一般老小区改造，翻建道路、完善提升排水管道，实施雨污分流，对楼道内墙进行出新，增加停车位，实施景观绿化提升，进行监控安防、消防设施改造、路灯改造等。水、电、燃气、弱电等公司只会就原来的地下管网进行重整，不会改道。等到要加装电梯时，居民再出钱重新将地下管网进行改道，留出电梯基坑的位置。

郑翔想，不管将来加不加装电梯，何不乘老小区改造的时机把所有的地下管网改造到位，预留出电梯基坑，这样一步到位省得以后再开挖改道，还能为居民省一部分费用，岂不更好。她反复研究老旧小区改造和加装电梯的流程、费用等相关政策和文件，她要为居民争取更多的实惠设计出一个最佳方案。

围绕小区适老化改造等问题，郑翔第一时间成立了党建引领文康苑老小区改造暨加装电梯协调小组，建立了行动党支部，由党员和业委会牵头，安排网格员、志愿者负责相应楼栋，走进每家每户进行加装电梯意见征集和矛盾协调。

那段时间，郑翔他们社区对外积极争取政策，主动上门联系水、电、燃气、弱电等公司，争取他们的理解和支持。那真是打了无数份报告，上了无数趟门，说了几箩筐话，终于乘着老小区改造的东风，帮居民们申请省去了加装电梯时开挖基坑和重新规划水电管线的费用。

文康苑小区除了两栋因为距离不够，技术上不具备加装电梯的楼栋外，其他的全部统一预留了电梯基坑。这样，加上政府对既有住宅加装电梯每部按照四层补贴14万、五层16万元、六层18万元、七层及以上20万元的标准，每户平均仅需支付不到3万元就能装上电梯，为下一步加装电梯打好了基础。

在社区内部，他们分单元先后组织召开了各类议事活动52次，解释相关政策，化解居民之间的意见分歧，解决了老旧小区加装电梯等11个让老百姓烦心的实际问题。区住建局也主动协调对接规划、消防、市场监管等部门，牵头运和城投、曲江街道、文昌花园社区、规划设计院、电梯加装公司及居民代表在社区召开听证会，帮助居民跑手续，层层把好质量关。考虑到大部分家庭白天要上班，议事活动都安排在晚7点左右，方便更多居民参与协调矛盾。

郑翔说，走到居民群众中，跟他们交流，开好“会”是基层党组织搞好工作的关键。把问题放到桌面上商量，不仅她喜欢，居民群众也很喜欢！在社区工作，社区工作者的能量是有限的，要带动居民群众动起来，让他们觉得是自己有一种动力要去做，而不是社区要他们做。居民当中有很多人有思路有想法，有时他们的一个点子、一个主意，就是一个创新点，再发挥他们的力量去做，他们会很主动。听民意、集民智、解民忧、聚民心，在文昌花园社区的各项工作中已然是常态。

业委会主任李树香正好居住在文康苑，其实她丈夫曾在深圳工作，儿子生意做得还可以，家里条件不错。2017年丈夫查出患有肺癌，爬两层楼就气喘吁吁，她家住在4楼，很不方便。儿子几次劝她们换个带电梯的房子，可她想走又不好意思走，“这么多年和郑书记一起感情深了”，舍不得离开郑翔，离开文昌花园小区。她觉得“广陵区没有脑袋瓜子比她还灵活的，不管遇到什么难题，找到她，准能解决，好像没有什么事是她办不成的”，从郑翔身上她学到了很多。

儿子也能理解，跟着郑翔，妈妈从一位下岗在家没事干的家庭妇女，一步步成长，变成了现在的业委会主任、社区旅游协会会长、家门口饭碗服务社法人，整天忙得乐呵呵的。不但入了党，还获得不少荣誉，成为“江苏好人”。他也只能遗憾地跟妈妈说：“你顾得了她，就顾不了爸爸；顾得了爸爸，又顾不了她，你们自己定吧。”她就这么一天天拖着，她比其他任何邻居都更需要安装这部电梯。

郑翔在第一时间告诉她，“树香，好消息来了。”“什么好消息？”“你们文康苑被列为老小区改造的试点，可以加装电梯了。”

李树香一听，很激动，这一天终于被她等到了，“哎呀，这真是个好消息，我第一个要装”。郑翔告诉她要加装电梯，他们楼梯道要达到四分之三的住户签字，争取大家都没有意见才能装。李树香脸上的笑容瞬间凝结，像泄了气的皮球，满是沮丧。原来他们那个单元的住户还挺复杂的，有的早已不住在这儿，房子是出租的；有的已经不在扬州生活，长期定居在外地。

郑翔安慰她，“没事，总有办法的”。她把大致情况和自己的初步想法告诉李树香，希望她能带个头，先牵头把她们单元的住户工作做通。

其后的入户走访和单元议事活动中，郑翔亲自出马。根据了解的情况，两人商量了一个初步方案，按照政策，她们这栋楼是5层，政府补贴16万，老小区改造时已预留了电梯基坑，省去4万，还有21万需要大家分摊。这个单元共10户人家，正常的1楼不出钱，2楼两户都不支持加装，估计要他们出钱不太可能，如果他们两户也不出钱，3楼至5楼承担的就要多一点，她们设想三层住户逐层分别支付2.5万、3.5万、4.5万。郑翔说好社区会全力配合，但方案能不能实施、什么时候实施主要还看李树香。

李树香模仿郑翔平时的工作方式，对9户人家逐一分析，3楼以上的都同意加装电梯，按照这个方案分摊费用应该问题不大，即使有不同想法，做做工作可以解决。矛盾的焦点在一楼和二楼住户，住在这儿的业主明确表示不同意安装。一楼有一户长期定居在南京，几年都没照过面，她决定抓住这个关键，先攻克这一户，等这一户同意了再化解其他3户的意见，毕竟其他3户抬头不见低头见。

跟这一户通电话时，李树香放低姿态先打起苦情牌。告诉他们自己丈夫不能爬楼，想请他们帮个忙，人家一听，忙问怎么回事，得知她丈夫患病，忙说："我们失礼啦，失礼啦，早知道应该回去看一下的。"加之他们感恩李树香以前对他们的关照，自然就答应帮这个忙。为促成他们尽快回来签字，李树香又非常体贴地说要给他们订宾馆，为他们买来回的车票，如果开车子，那来回的油费和过路费她来付，那户人家被她弄得不好意思，答应尽快回来签字。

果然，第三天，他们专程从南京赶回来签字。有了他家的签字，其他三户的工作就好开展多了。他们签过字以后，一楼对门都不相信，觉得不可思议，说"他们家怎么可能签字？"碍于面子，他们家承诺加装电梯时他们不阻挠，但是他们不签字。最终经过做工作，二楼也是一户同意签字，另一户承诺不反对，但不签字。

就这样，李树香所在的单元成为这一轮加装电梯第一个实现意见统一，完成业主签字目标的。盼望加装电梯，除了李树香外，还有很多人，特别是上了年纪的老人，他们爬个五层六层，中途总要休息两三趟，有的老人怕爬楼或不能爬楼就尽量不出门，成了"悬空老人"。社区就引导鼓励这些单元的年轻人出来牵头，帮助这些常年不下楼的"悬空老人"实现"上下楼自由"，圆他们加装电梯的梦。

郑翔说："意见不统一，是推进电梯加装的最大难题。"任何工作中，人的工作是最难做的，只要住户们同意，签字了，那后面选择哪个品牌的电梯、哪家施工单位等程序性的工作就简单多了。

2022年4月26日，《扬州日报》上的一篇报道记录了当时文康苑小区加装电梯的火热场面：

记者昨天在文昌花园社区文康苑采访时看到，这个小区不仅在实施老小区改造工程，电梯加装工作也在快速推进。这个仅有10多栋楼的小区，竟然同时加装了8部电梯。

改造现场如火如荼，施工人员正在忙碌，有的在埋设自来水管和燃气管道，有的在恢复平整施工后的地面，有的在用小推车运送砖块水泥等材料，有的在小区里安装景观建筑……

在10号楼二单元前，3名施工人员正在现场焊接电梯井钢结构骨架，现场焊花朵朵，金属切割声不时响起。距离焊接现场不远处，一单元和二单元的两个电梯井口已经开挖浇筑完成，这意味着这两个单元将全部加装电梯。

加装电梯进度最快的是15栋一单元。整个加装的电梯已经是高高屹立，土红色的外立面已经呈现，施工人员正在贴电梯最下部的瓷砖，进行电梯外部装潢扫尾。

在这些施工的单元楼道里，张贴着通用电梯加装公示，里面政府文件及房屋鉴定书、签字资料及委托协议、效果图、加装电梯申请书及三方维保协议、施工单位施工资质等一应俱全，一切按程序按要求有条不紊地向前推进。

文康苑几个月的“攻坚突破”，纷纷扰扰、嘈嘈切切，看似针锋相对、你来我往，最后却让小区改造的事情，越来越向好发展。一次性签约16部，其中10部已完成，6部正在推进，成为全市乃至全省电梯加装密度最高、数量最多的老小区。郑翔说：“居民自治是加装电梯得以推进的关键。”

2022年，扬州市两个老旧小区改造项目荣获“省级宜居示范住区”称号，文昌花园文康苑是其中之一。郑翔说：“作为老旧小区的改造试点，怎么让改造既有‘面子’，又有‘里子’，怎么改、改哪里？我们都是居民说了算。”从规划公告张贴到民意搜集、协商议事会轮番召开，再到方案初定，开工动土前他们就忙了两三个月，一趟趟地跑家串户，一次次地收集汇总，一遍遍地修改优化方案，充分尊重居民意见，最大程度让居民满意是老旧小区改造的最终目的。

改造提升后的文康苑从“老破小”变身“小而美”，实现了从居住条件、环境到生活品质的全面提升，建筑外立面焕然一新、沥青路宽阔平坦、小花园错落有致、停车位规范整齐；健身步道环绕小区，西围墙的墙绘“妙笔生花”，成为居民的网红打卡地；一部部新加装电梯拔地而起，楼梯道装上楼道凳和两侧扶手；东南角不仅为老年人休闲设置了“温馨房”，还增加了自助洗车台，建设了电瓶车充电区，处处体现着关爱和温情。“有的新建小区都没有这个条件，我们老小区实现了！有了这充电区，居民也不会私自将电池搬到楼上充电了，解决了一大安全隐患，必须点赞！”

居民们见面就夸，“加装电梯、增加车位、绿化翻新、道路改善、管网下地……环境卫生了，小区美丽了，老旧小区改造，真是改到了我们老百姓的心坎儿上，想想都开心！”

四

2019年12月，居民们惊奇地发现，在社区的公示栏和各楼栋的宣传栏有一张活动海报，社区要开展“百人寻宝”活动。凡是社区居民都可以参加，但必须结伴2人或以上共同报名，可以是一家人，祖孙、亲子；也可以是朋友、邻里。

“百人寻宝”？寻什么宝？怎么寻？一下子激起大家的好奇心，特别是小朋友们跃跃欲试。到社区打听，社区工作人员也只是鼓励大家报名参与，至于寻什么宝，怎么寻，暂时保密。这让活动蒙上一层面纱，多了一份神秘感。

过了几天，社区的微信群也发出活动通知，线下线上的宣传发动，让“百人寻宝”活动成为社区居民茶余饭后谈论的重点话题，大家见面都要互相问一句，你报名了吗？你和谁一起参加？小朋友们像期盼放假一样，迫不及待地想“掀起你的盖头来”，希望活动日早日到来。

原来是社区工作者感觉到他们平时的工作很忙，特别是每一个节日都要开展主题相对应的大大小小的活动，每一个活动从策划到落地，从文案到组织人员，他们忙得颠颠的，但每次来参加活动的就那么些人，基本都是老面孔。有的居民对社区没有概念，特别是年轻人，白天上班，晚上下班回来宅家里了，他们没感觉到社区的服务，谈起社区一脸懵圈，“社区天天在忙什么，搞什么活动，我们都不知道，也没参加过”。

他们觉得很委屈，静下来想一想，发现这是一个普遍现象。不少单位，特别是群团部门和村社区开展群众性的活动，有时是剃头担子一头热，组织者忙着策划、组织，忙得不亦乐乎，可真正自愿参加的人却寥寥无几，有的甚至要靠一些小奖品或者纪念品才能吸引人过来。

是活动的时间与居民们的不太吻合，影响居民们的参与？是活动预告宣传发动不到位，有些想参加的不一定知道有这么一个活动？是活动的内容针对性不强，或者局限性太强，组织者是根据以往的工作经验和自己认为的群众需求来设计策划组织活动，不能满足居民们的个性化需求？是活动的形式不够新奇，吸引不了居民们的参与？

思来想去，他们觉得是供和求的不对称，“我需要的你没给，你给的我不需要”。面对问题怎么解决？现状怎么改变？成了他们讨论和探索的课题。

首先他们在思想理念上进一步强化“治理主体是居民”，社区只是搭建一个平台，发挥党建引领的核心作用。

其次，他们围绕居民在社区治理的参与前期、中期和后期三个阶段来考虑，从每一年到每一个活动，每个阶段治理主体该做什么？社区该做什么？

参与前社区要了解主体的需求，收集居民们的意见和想法，年初根据他们的需求设计制定需求清单，根据清单思考这一年社区治理方面要组织哪些活动，群众性的活动怎么开展，并设计策划相对应的活动；参与中社区要发挥居民的主体性，调动他们的积极性，明确治理主体需要怎么做，以什么方式参与到活动中；参与后，每一个活动结束后社区要组织进行评估，看这个活动的目的、设计初衷有没有达到，居民参与率怎么样，活动的效果怎么样，为下一个活动积累经验、打好基础。

最后，他们通过摸索和实践，将这一做法总结提炼成“一核三环”居民参与社区治理的标准工作法，形成具体可操作的方法指引和执行标准，申报了2019年度扬州市社区治理和服务创新的项目。

“一核”为党建引领，党组织统领社区治理工作。“三环”由内至外，内环为方向环，社区党组织从思想、组织、服务和文化四个方面，引领居民参与基层治理，这是基础环。中环为方法环，围绕居民参与前、参与中及参与后三个阶段，从按需动员、参与清单、职责分工、程序规则、监督方式方法、成效考核标准六个层面引导居民有序参与的具体方法和标准。外环为方略环，提出抓准行动实践、专家智囊、网格服务三个方略，落实居民参与社区治理工作。

“百人寻宝”活动就是社区在摸索“一核三环”工作方法中，设计策划实施的一项发动全民参与社区治理的行动。这项活动由社区的一名专职社工设计，从题目上看，很新奇，也很有吸引力，容易引起居民的关注并参与。百人寻宝，参与的主体比较多，要确保这么多人都有时间，那就必须利用休息日，放在周末。参与主体以家庭为单位，鼓励老人小孩共同参与，也防止有的家庭成员间确实没时间组合，个别成员想参与，放宽到朋友、邻里，确保只要想参加的都能参加。

寻宝活动通过社区微信群、张贴通知、发放宣传单及宣传海报等线下线上方式“广而告之”后，不少家长为了满足孩子的好奇心，和孩子组团报名；居民们邀请左右邻居、亲朋好友等结伴参与，一时间报名踊跃；活动举办当天，还有居民要求现场报名。原本计划50组，最后远远超出，有70组报名参与。

社区定向邀请了社区部分社会组织、网格长、楼栋长等作为志愿者，协助社区组织开展这项活动。活动前一天，他们事先“踩点”，将小区存在治理问题的卫生清洁、车辆停放、绿化维护等死角作为“藏宝点”，并在这些“藏宝点”上提前放置显眼的寻宝宝签任务单。

X号宝签任务：

恭喜您找到X号宝签！请参考以下步骤完成任务方可兑奖。

1.这里是社区的停车死角，请将这辆共享单车移动到社区南门外的单车停放区域。

2.您可前往社区居委会，或在附近寻找居委会工作人员借用完成任务所需的工具。

3.完成任务后请拍下现场照片，并保管好本任务纸。

4.活动结束后可凭任务纸和现场照片前往兑奖处登记兑奖。

文昌花园社区居委会

“全家总动员”百人文昌寻宝活动

这是一张停车死角宝签任务单，其他还有：这里是社区的卫生死角，请将草丛里的垃圾清理至垃圾桶，并在周围悬挂提示牌；这里是社区的落水隐患，请在水边安装安全提示牌，提醒居民当心落水；这里是社区的绿化死角，请在草地安装绿化提示牌，提醒居民勿踩草地……每张宝签上明确了具体任务、完成任务的方式、参与抽奖的程序。100张宝签分别放置在不同的治理死角，让居民在寻找过程中发现社区治理中存在的问题；设置宝签任务，促使居民发现后亲自将其清除，推动居民直接参与社区治理，通过实际行动来共同打造美丽家园。

规则要求找到宝签的居民，需完成宝签上的治理死角清除任务，并拍照记录清除前后的对比，将照片和地点发送到自家所在网格的微信群，配文“我正在参加文昌花园社区治理行动，这是我在××××发现的治理死角，清除治理死角，建设美好文昌，需要你我共同参与”，方可兑奖。这样可以让没有参加本次活动的居民了解、关注行动进展，推动居民间接参与社区治理。

活动当天，社区早早地在现场设置了签到处、线索兑换处、兑奖处三个摊位。签到处负责为提前报名的居民做好签到，同时接受其他居民的现场报名。每一组参加人员签到后会拿到寻宝活动指南、社区地图，一件志愿者马甲和一个印着“美好文昌，你我参与”字样的红袖章，用于区别活动参与居民的身份，吸引其他未参与活动居民的关注。

线索兑换处负责为居民兑换线索并做好兑换次数、志愿服务时数等信息的登记。一时找不到宝签的居民，可在线索兑换处有偿换取线索，这里的有偿并不是付钱，而是提供5张不同治理死角照片的居民，可换取宝签所在地点的照片1张；承诺参与志愿服务3小时的居民，可换取宝签地点的范围；承诺参与志愿服务5小时或以上的居民，可换取宝签的准确地点。每支队伍最多只可兑换2次线索。设置线索兑换处是引导找不到宝签的居民继续参与本次活动，而不是放弃退出。

兑奖处负责在寻宝活动结束后为居民兑奖。兑奖时需出示宝签及治理死角清除前后的照片。活动规定找到1个宝签并完成任务的，可获得四等奖；找到3个宝签并完成任务的，可获得三等奖；找到5个宝签并完成任务的，可获得二等奖；找到7个宝签并完成任务的，可获得一等奖。兑奖处放置了大幅社区地图和治理死角清除行动展示架，居民兑换奖品前需在社区地图上标注治理死角的地点，并在展示架写下自己开展了哪些清除行动，从而直观展现社区存在的治理问题及居民参与了哪些社区治理。

活动现场还布置了学习成长墙和空白的社区愿景墙，由灯布和桁架组成。“美好文昌，共治共享共参与”学习成长墙，有宣传参与志愿服务的意义、社区现有志愿者统计情况及报名成为志愿者方式的

“志愿共建参与”；有宣传议事协商的流程、原则和技巧的“议事共治参与”；有宣传社区成立至今取得的荣誉称号的“发展共享参与”，用于向居民宣传社区治理情况。居民到活动现场后，有志愿者引导他们观看学习成长墙的内容，鼓励他们在社区愿景墙上写下“我希望社区如何发展”“我的社区发展愿景”意见与建议，以共同打造美丽家园。

活动当天现场还设置了全家福拍摄处。由擅长摄影的社区志愿者为参与活动的一家人拍摄全家福。居民签到时，有志愿者引导鼓励到场居民在全家福拍摄摊位前报名拍摄全家福。

那天的中心广场可谓人山人海、热闹非凡，居民们流连在各个摊位前，咨询、参观、拍照，忙得不亦乐乎。热烈强劲的热场节目让大家一下子进入到活动氛围中，郑翔书记致辞，社会组织轮番上台亮相并逐一介绍服务内容，让更多居民了解和认识。社区主持人讲解完寻宝环节的规则和注意事项后，一场声势浩大的“‘全家总动员’百人文昌寻宝”活动正式开始。

大家急不可耐地四散分开，上百名居民在整个文昌花园小区里进行着“寻宝”活动，偌大的文昌花园小区内到处流动着寻宝的队伍，无人机在空中四处飞旋，拍摄着寻宝者的精彩瞬间。工作人员和志愿者们分散到社区内各个点位，恰到好处地为参与活动的人员提供帮助，不失时机地引导找不到宝签的居民前往线索兑换处兑换线索。

一位记者跟随13岁的陈安欣一组在小区内寻“宝”，走了好几幢楼后，终于发现一辆共享单车上系有红绳的“宝签”，打开一看，说这辆共享单车“躺”在花圃里有好长时间了，根据“宝签”提示，她们要把它推到南门。陈安欣寻到“宝”后开心不已，她告诉记者，“我经常看到花圃里有倒着的共享单车，但因为没有手机扫码，也没办法推走，没想到寻到的第一个‘宝’就是它。”陈安欣说，现在任务来了，必须把它推到南门集中存放点，虽然辛苦，但想到完成后有奖励，动力就上来了。

一对父子在一堆生活垃圾上成功寻到一“宝”，打开宝签一看，是要将其清理干净。那堆生活垃圾还不少，爸爸有了畏难情绪，说没想到宝签是这个内容，想打退堂鼓不参加了。也难怪平时要是想让他们清理小区内的垃圾，哪怕一点点，那是万万不可能的。见爸爸不想参加，孩子不答应，说：“不行，我们参加了就要按规则来，我就要拿到奖品。”这时志愿者来了，帮他们一起把垃圾清理完。

寻宝环节结束后，社区邀请部分居民代表分享了寻获宝签的地点存在哪些治理问题，在清除行动中采取了哪些方法进行解决，以及对未来社区发展的愿景或期待。郑翔总结了本次社区治理行动，并邀请现场居民未来继续和家人一起积极参与社区治理的相关活动，共建美好社区。

“我们小区从来没有这么多居民集体参加环境治理行动，‘寻宝’活动确实有新意。”志愿者滕晓玲说。“我是第一次参加社区活动，拿了一个电水壶奖品很开心，更开心的是清理了小区的卫生死角，环境变美了。像这样门槛不高的参与活动今后要多组织。”居民黄女士说。许多居民都感叹“社区从来没像今天这么干净！”

一位获得一等奖的爸爸不停地感叹，“社区组织这样的活动太有意义了！”他平时工作比较忙，基本没有时间在家陪小孩，从来没有参加过社区活动，家里的事情一般都是丈母娘和妻子负责。活动那天，妻子要去上课，他勉为其难和70多岁的丈母娘一起带着10岁的孩子参加。一天时间他们一共找到7个宝签，完成7单，每一处都按要求清理得干干净净。他开玩笑说那一天和丈母娘说的话都赶上平时一个月说的话，一家人为了完成任务愁眉苦脸过、开心大笑过，活动不仅融洽了他们家庭成员之间的关系，还培养了孩子的责任心，同时也培养了大家的社会意识。

记者采访郑翔时，郑翔说：“‘百人寻宝’活动创造了一次机会，让居民们走出家门，走进社区，发现社区的美丽与不足。”社区党委副书记陈桂香介绍，社区现有志愿队伍55支、志愿者1300多名，“美好文昌，共治共享共参与”治理行动是为了发动居民聚焦社区公共问题，吸引更多居民积极参与社区治理。

五

说到社区的志愿队伍和志愿者，郑翔直夸赞，说他们是社区的左右臂膀，是社区建设最大的“软实力”。从社区成立之初几个人的党员志愿者服务队，发展到现在以“小红帽志愿者”为代表的55支志愿队伍，志愿内容涉及扶弱、助残、教育、科技、文化、卫生、治安、环保等众多领域，涵盖居民生活的方方面面，成为社区建设一支不可替代的重要力量。

“有时间做志愿者，有事情找志愿者”在社区蔚然成风。社区居民通过在平台注册就可以成为社区志愿者，并通过社区、社会组织等在平台发布的志愿服务信息报名参与志愿服务。为激发志愿者的参与动力，小程序设定了积分商城。志愿者参与服务活动后，经志愿服务组织方及平台共同认证记录志愿服务积分。积分按志愿服务次数计算，每次服务具体积分由活动组织方根据服务难度、时长、区域等因素综合设定，原则上服务每小时计1积分，满0.5小时不足1小时计1积分，未满0.5小时不计分。积分累计可兑换积分商城内的物品、服务及荣誉。平台能突破空间、时间限制，更有利于中青年人参与志愿服务。

在社区注册的志愿者中各种各样的能人比比皆是，他们把志愿者按照类型分为五大类，专业志愿者是指从事法律、教育、医务、设计、AI智能、社会工作、心理辅导等专业工作，且具有相关专业知识和职业资质的志愿者；技能志愿者是指从事或具有电工、维修、理发、摄影、主持、演讲、网络直播等技能或相关经验的志愿者；应急志愿者指曾接受过社区应急事件处置培训，具有参与社区应急事件处置经验和能力的志愿者；治理志愿者指具有组织管理、沟通协调、纠纷调解等能力的志愿者；便民志愿者是热爱社区，并愿意从事社区志愿服务的社区居民。

对这五类人群，郑翔是各尽所能，发挥他们的特长，会写文章的文化人帮着编《和谐文昌》报，懂心理学的帮着做心理咨询疏导，有艺术天赋的就负责策划组织一些文化娱乐活动……“你好，是社区吧？我腿脚不方便，想理个发。”社区接到一位居民的“点单”，询问住址、姓名后，志愿者立刻“接单”，联系理发师上门服务。他们针对辖区内的空巢老人、残疾人等弱势群体，开展的“你点单我接单”一对一“点单式”志愿服务，已成为志愿服务的范本，广受好评。“哪里有需求，我们的服务就到哪里。”让居民群众竖起大拇指，“我们社区志愿服务真不丑，有针对性，实实在在。”

社区以志愿服务活动项目化的思路扶持助推各类志愿队伍的成长和壮大，为他们提供一切可能的条件，解决遇到的各类难题，鼓励并帮助他们积极申报各级政府和部门购买的公益服务项目。志愿者们也尽己所能反哺社区。

郑翔自豪地说，现在社区一些大大小小的活动，都不需要社区烦神。他们只要把要求说一下，社区的志愿者们会按照要求组织开展好相关活动。“七一”围绕建党主题，“八一”围绕建军主题，周年庆围绕庆祝展示风采，只要把活动的主题、规模和形式等要素告诉志愿者们，负责策划的志愿者扬州大学艺术学院退休的陈教授，就会把整个活动方案、框架拿出来，谁主持、有哪些节目，合唱、小品还是快板、诗朗诵，他会去联系社区内的相关社会组织和网格员，形成初步方案后报给社区，社区审核把关后，还是志愿者们具体负责实施。

我问郑翔：“这些志愿者策划实施需要社区给费用吗？”她直摇手，说：“不用，不用，所有的活动在人员身上我们一分钱不花。”社区就是在每支队伍成立时，为鼓励他们给每位队员置办一套演出服，各个队队长也会发挥自身资源优势，拉一些赞助，组织他们参加一些大型活动增加造血功能，现在各支队伍都已经进入良性循环中。每次活动社区就负责把台子搭起来，找一套音响设备，帮着协调协调，除非像周年庆这些大型活动，社区会拉一些赞助给所有演职人员一套纪念服装，其他的都是他们志愿者“承包”。

有一点是郑翔一直强调的，演出中所有节目都是由社区居民本色出演，主持、化妆、摄影等都是社区居民。她认为，如果社区活动都请外援，或者是专业的表演团队，那社区搞活动还有什么意义？大家不如在家里看电视，电视上的演出更专业、现场布置和声光电的效果更精彩。她就是要让居民在活动中增强自信挖掘潜力，加深了解增进感情，强化对社区的认同感，凝聚起大家共治共享的力量。她说：“如果搞活动社区都没有人愿意参加，那你社区遇到事情的时候，谁还会站出来？”

在中国共产党建党100周年、中华人民共和国成立70周年的时候，他们社区都开展了红歌比赛。她说：“也许你会认为红歌比赛有什么新奇，大家都搞的。但我们社区跟人家不一样，我们参加唱歌的人员比较特殊。”他们以网格为单位，要求每个网格组织20人以上的合唱队，这个合唱队不一定是经常唱歌的、平时组建的有一定基础的合唱队，只要他能发出声音，愿意参加都可以参加。

也许有的网格里正好有一个合唱队，他们不要说20个人，40个、50个人都没问题。可有的网格就没有几个会唱歌的，最后他们的合唱队里，有的是推着轮椅的残疾人，有的是刚做完血透的患者，有的是化疗过的癌症病人，他们压根就没想到自己有朝一日能走上舞台。

吴开宽老人是肺癌晚期，出院之后，看到社区合唱团排练节目，就在旁边跟着哼哼唱唱，锻炼肺功能，哪知道越唱越开心。许多尿毒症患者以及其他癌友跟他一样，唱着歌，心情好了，体质也比以前好了。当郑翔通知他们癌友、残疾人组织一个节目，参加社区庆祝建党100周年晚会时，他们都不敢相信，激动，紧张。激动的是，社区没有把他们忘记，时刻牵挂着他们；紧张的是，他们唱着玩玩还行，登台表演水平不够，怕给社区丢人。郑翔鼓励他们，社区晚会是百姓舞台，大家开心就好。她帮他们找老师辅导，创造条件让他们练习、排练。

晚会上，他们有的坐着轮椅，有的拄着拐棍上来时，台下响起雷鸣般的掌声；大合唱时，台下观众一起互动，台上台下“嗨”成一片高潮。郑翔说，人活的就是一股精气神，什么台型好不好看，歌声齐不齐在那时都不重要，重要的是他们虽然患病身处困境，但没有自暴自弃，依然拥有那股自强不息、顽强拼搏的精神。

在郑翔心目中，排练的过程比最后的呈现更让人感动。合唱队里有的是上班族，排练只能利用中午和晚上的时间。郑翔他们几个社区的工作人员中午不回去吃饭、晚上走得比较迟，都能听到他们排练的声音，有的确实是五音不全，唱得并不怎么样，但他们兴趣很浓。记者采访一位居民时，那位居民很激动，说：“我就是从小五音不全，我也知道自己歌唱得不动听，但社区给了我这个舞台，我就要走上台去。”郑翔说：“五音全不全不重要，但人只要唱歌了，心情就会愉快，精神状态都会不一样。”

那天的合唱，他们有11个网格，每个网格至少20个人，多的四五十个，光是演职人员就有三四百人。如果有家庭成员参与唱歌的，那他的家人或者是亲戚朋友就会到现场来观看，按照一对一的比例，加上工作人员和志愿者，现场八九百人是不值问题的。郑翔就是要组织像这样门槛低的活动，让更多的社区居民愿意参与到社区活动中来。

有领导参加过他们社区的活动后，为郑翔点赞，说她凝聚力真强！郑翔说：“不是我的凝聚力强，而是我们居民愿意参加。如果他们不愿意参加，凝聚力再强又有什么用？”任何活动，居民愿意参加的前提是活动有吸引力，满足了他们的需求，或者牵涉到他们的切身利益，否则生拖硬拽也没用。

在刚刚过去的庆“七一”纪念活动中，他们有两个大合唱，合唱队成员里有超过40名男同志。以前社区搞合唱时，到处拉男同志参加，都没几个。女同志有的50岁就退休，退休后除去做家务精力时间都有，参加社区的活动比较积极。男同志一般到60岁退休，有精力的还会继续找事干，回来的也不愿意参加社区活动，总觉得一个大老爷们参加社区活动，别扭！怎么把这一部分人群吸引过来，郑翔在参与前、参与中、参与后的模式思考中专门做过研究，每次活动都充分考虑他们的关注点，想方设法鼓励他们参与到活动中，慢慢地把他们带入到社区活动中。

郑翔说：“办法总比困难多，针对不同的群体我们组织开展不同的活动，让大家都有兴趣参与到社区活动中来。只要我们社区党组织的引领力、组织力、凝聚力发挥出来了，社区治理就有了‘主心骨’，居民群众就有了明确的方向和坚实的依靠。”只有“人人参与、人人尽力、人人共享”，就一定能实现“社区事务共商共治，美好社区共建共享”。

2014年6月，时任中央政法委副秘书长、中央综治办主任陈训秋在扬州调研综治和平安建设工作。在文昌花园社区，陈训秋充分肯定了社区主任郑翔及其团队的工作，指出该社区是基层社会治理工作经验的“富矿”，要认真挖掘培育和扩大宣传。

第十一章　社区干部的摇篮

一

每次去文昌花园社区采访，总觉得时间过得太快，不知不觉就过了下班时间，但社区的其他工作人员都没走。有一次，访谈结束，郑翔书记带我参观他们的党群服务中心，到四楼时，已下班一个多小时，公益集市的门关了。郑翔打电话要他们把钥匙送上来，我心里过意不去，感觉拖累了大家。郑翔忙摇摇手，说："没事，他们习惯了。大家都很支持我的工作，只要我不下班，他们都不走，各人忙着自己手上的事，有时都是我催着他们早点回去。"

我很佩服这样的团队，也很好奇郑翔究竟有什么魔力？能让大家心往一处想，劲往一处使，让文昌花园成为全市乃至全省、全国社区工作不倒的旗帜。

其实，除了郑翔和陈桂香，文昌花园的社区干部是流动最频繁的，真应了那句俗语"铁打的营盘流水的兵"。社区成立以来，从这里走出去的社区干部已经有130多名，大部分成了其他社区的副书记或副主任，有的考上公务员和事业编，有的已经成了其他街道的党委委员、常务副主任，她的正儿八经签了协议的徒弟，现在已经成为一个街道的一把手主任。她说，等到社区20周年年庆时，她想把这些曾经在社区工作过的全部邀请过来，参加社区的庆典活动。

我在一篇文章中看到这样一段话：文昌花园社区成立12年以来，一直致力于培养社区人才，目前共培养社区干部85人，其中村官27人，考上公务员、企事业单位11人，提拔副科以上4人，担任村社区“主官”8人，其他人员也是委以重任，文昌花园社区成为社区干部实践成长的摇篮。

郑翔很谦虚地说，其实刚开始，他们社区也和其他社区一样，并不是培养社区干部的摇篮，只是在后来的工作中慢慢形成一种惯例，也成为曲江街道一条不成文的规定。所有到曲江街道社区工作的人员，报到的第一站都是文昌花园社区，实习以后再进行分配，实习的时间有长有短，有的一两个月，有的一两年。后来街道又开展了“结对师傅”活动，组织其他社区的来跟班学习；区民政部门也多次组织其他街道的社区工作者来跟岗培训，安排一批又一批后备力量到文昌花园社区实地学习。

郑翔到现在还清楚地记得第一批来了6个，实习一个月后，留下一个，其他5个分配到其他社区，现在这5个人发展得都很好。对每一个来社区实习和跟岗培训的人员，她不仅从工作上支持，安排合适的岗位，及时肯定他们的优点，耐心指出大家做得不到位的地方，帮助分析原因，共同探讨实际工作方法。还从生活上关心，对于住得离社区比较远的，她都会帮着安排午饭和午休。常常无私分享自己社区工作的所感所悟，引导他们如何为人处世。

一位外地的大学生村官小周，刚来社区时听不懂扬州话，一时之间很难适应，情绪低落。郑翔就处处带着她，特别是走访入户、与居民沟通交流时，渐渐地，她不仅能单独跟居民沟通交流，还基本摸清了社情社貌，融入社区感受到“家”的温暖。郑书记还关心帮助她组建了自己的小家庭。后来，她虽然不在文昌花园社区工作，但在工作和生活中遇到疑惑和困难时，还是会找郑书记，郑书记都会为她指点迷津，让她少走很多弯路。她说：“在我眼里，郑书记一直把我这个外乡人当作‘徒儿’，更是当作自己的‘女儿’待。”

个体工商户小吴通过招录考试进入社区，在文昌花园社区实习三个月，结束时她感慨良多。她说文昌花园社区的工作方式讲究的就是追责到人，不只要看负责处理具体事件的工作人员，还要追究到第一位接触的人；不只要求微笑服务，还要求所有社区人员要做到心中有民，凡是能帮忙解决的，绝不找借口推脱。在与群众交流过程中，大家都比较注重掌握说话的方法和技巧，特别是一些比较急躁的居民，往往话没说完就开始心烦气躁，这时候一旦社区工作人员说话没注意，就容易产生误会，甚至引起矛盾。

她感觉在郑书记的领导下，每位社区工作者各司其职又相互协作，各项工作有条不紊，各项活动生动有趣，自然而然就获得社区居民的肯定和支持。她很庆幸，“通过考试是一份幸运，能来到文昌花园社区工作是又一份幸运，在这里，我完成了人生角色的转变。工作每天都是忙忙碌碌，还经常有各种突发情况要处理，经历了核对居民信息、整治社区环境、迎接领导参观、参与社区活动等工作，让我逐渐找准了自己的定位，也慢慢适应了新的工作环境”。

小余跟班学习三个月后，感觉郑翔像个铁人，好像永远都不知道疲倦。她佩服地说，郑书记的办公室从来不缺人，每天都有不同的人、不同的事来找她，加班加点是她的工作常态，挑灯夜战是她的工作日常，忙忙碌碌中，她总是有条不紊，微笑待人。“我不知道自己作为徒弟是否称职，但我会一直将郑书记作为榜样，在社区岗位上努力发挥自己的作用。”

村官尤主任说，郑翔主任常陪同大家一起加班到深夜，在他任职的两年多，仅他亲眼所见就有不下5次郑翔为社区建设、为居民诉求、为矛盾调解通宵达旦，直到凌晨五六点。上午8点半，郑主任又准时出现在办公室，为一条条居民需求奔波忙碌。

经过五年军旅生活磨砺的于磊，刚到社区时认为凭借自己军人的作风和素质，社区工作还不是手到擒来？很快就发现部队那种方方正正、风风火火的做事风格在处理居民的一些事情时行不通，心情一落千丈。

郑翔发现后，及时找他谈心，告诉他要沉下心来才能真正处理好社区的日常事务，老百姓是相信社区才来找我们的，不但要为他们服务好，更要用心与他们沟通，把他们的事当做自己的事来办，这样才能把工作做好。他说：“郑书记不但这样说，也是这么做的，居民不论大事小事，她都会一一帮助解决，为我树立了很好的榜样。”四个月的工作实践让他深深体会到，“在平凡中体现不平凡”是对社区工作者的真实写照。

在部队摸爬滚打13年的吴杰，刚到社区，有一次面对一位居民的咨询，有点不耐烦，一旁的老同事赶紧过来解围。事后，找他谈心说：“社区的事情都是一些琐碎的小事，可对居民来说也许就是大事，迫切需要处理的！你要懂得换位思考，这样你就能耐心妥善地帮助居民解决难题。”他反省了很久，觉得部队培养了自己吃苦耐劳的精神，甘于奉献的劲头，“我所缺的，是一颗赤诚耐心为居民办实事的心”。

不到一年的时间，吴杰觉得虽然有许多的艰辛，但无论在待人接物，还是在处理复杂事件、突发事件上，自身能力都有了明显提升。他充满感激地说：“社区的老同事为我做出了榜样，他们悉心教导我与群众打交道的技巧。在如何力所能及替居民解决疑难问题上，他们用行动潜移默化地影响着我，改变着我。特别是郑书记，坚定了我为社区发光发热，为居民服务的热诚信念，明确了全心全意勤勉踏实的工作目标。”

他们中的许多人，特别是大学生村官、退役军人在进入社区之前，都会认为社区工作很轻松，就是天天坐在电脑旁边，做一些上传下达的工作，每天八小时工作制，还有周末时间。可当他们带着憧憬、揣着激情到了文昌花园社区后，发现社区工作没有固定的上下班时间，没有正常的节假日休息，什么时候有需要，什么时候就要赶赴工作岗位。“错时工作制”、周末值班、走访入户、各类检查、接待、活动等等，更是打乱了他们正常的生活节奏。大家普遍反映“没有哪个阶段对时间的感受，像现在这样迅速而真实过，忙碌变成了生活的主题”。

虽然偶尔有过迷茫，有过退缩，有过彷徨，但工作中他们接触到很多人，有兢兢业业、勤勤恳恳的社区工作者；有可亲可敬、甘于奉献的志愿者；有带头表率、勇当先锋的党员……特别是给他们印象最深，让他们受益匪浅的“拼命三郎”郑翔书记。一位大学生村官说从郑翔的身上，她体会到习总书记“下得去，待得住，干得好，流得动”的十二字箴言，他们愿意“在最好的时代把最好的自己奉献给最爱的社区大家庭！”

对于他们，郑翔总是毫无保留倾囊相授，从不保守、吝啬。她认为先进就要有先进的样子，不要怕别人学，如果别人从你这儿学不到东西，那你还有什么先进性？别人学了，才有动力，才能逼着自己不断地往前赶，不断地去创新，也才能让自己永远走在第一梯队，成为别人的榜样。

文峰街道朱红萍的电脑文件夹里，收藏着一篇《简单·重复·坚持·成就》的学习心得，那是2012年，郑翔“回娘家”文峰街道作报告后，她写的一篇学习心得。在心得中她写道：“简单的事情重复做，重复的事情坚持做，于简单、重复、坚持中追求卓越，这就非常的不简单。今天，我在郑翔同志的身上就深深地体会到这种不简单。”

她与郑翔虽然是同年被招聘进社区工作，但工作中没什么交集，以前光是听说，报告会才让她真正了解到郑翔“优”在何处。当时她在文峰街道连运社区担任主任，报告会后，她多次到文昌花园社区当面向郑翔请教，尤其是2019年，辖区新小区筹备业委会时矛盾较多，郑翔为她出谋划策，最终妥善化解了矛盾。她由衷地感慨：“奉献不是挂在嘴上，而是要落实在行动中；奉献不是在一件事上、一定时期内，而是在任何情况、任何时候。郑翔做到了，值得我永远学习。”

大家从郑翔书记的身上汲取养分、学以致用，她成了远近闻名的社区工作“好师傅”。汶河街道树人苑社区马书记跟岗学习后说：“郑书记告诉我，不要担心做事情没有经费。只要足够用心开展工作，把项目做好做实，各方的支持经费总会有的。”广陵区的很多社区书记主任都以能跟班学习而骄傲，常常自豪地说：“我的师傅叫郑翔。”

二

每一个到社区工作的人员，不管是刚毕业的大学生，还是从其他社区转调过来的；不管是对社区工作一无所知，还是有过一定的社区工作经历；不管是年轻的，还是有一定年纪的；不管是男的，还是女的，郑翔都会认真地跟新进人员谈一次话。谈话的过程既是了解的过程，关心的过程，也是她安排工作的依据，更是灌输社区工作理念，统一思想的过程。

了解他们的家庭、过去的生活、工作情况，以及为什么要到社区。也就是不管你从哪里来，有什么背景，也不管你的过去是干什么的，“你的过去我可以不管，但进了社区你就是社区人，必须服从管理”。

告诉他们社区的发展史，社区工作人员的过去和现在的政治和经济待遇对比，社区不是八小时工作制，也不像有些单位朝九晚五，选择社区工作，就是选择了奉献，在他们文昌花园社区更是如此。面对居民的需求，必须沉下心来，尽心尽责、用心用情做好群众工作，否则是做不好社区工作的。

这是第一“关”，有的在谈话中就退却了。有一个谈过话当即就表态不干了。

郑翔问她为什么，她说：“郑书记，实话告诉你，我到社区就是来‘养老’的。”

郑翔好奇怪，“你才多大呀，就养老啦？”

她说：“我们家孩子小，人家都说到社区就是按时来点个卯，转一转，处理一下手中的事情，就可以回去买菜烧饭带孩子。”

郑翔随即就说：“你有这个想法，那肯定做不好社区工作。”

郑翔告诉她，社区工作面对的是居民群众，八小时之外，他们遇到困难，有需求的时候，就需要社区工作人员牺牲休息时间帮忙解决；文昌花园社区活动多、接待多，工作要求相对要高一点，强度和压力要大一点；另外遇到一些临时性、突击性的工作，社区加班加点是常事。郑翔说：“你要想在社区工作，这一点你要有心理准备。当然真正遇到生活困难的时候，我们还是会人性化处理，会关心的，但我们丑话说在前头，先跟你讲清楚，难在前，易在后。”

她说：“那我不在你这个社区，我到其他社区工作去。”

郑翔沉思了一下，说："作为一个过来人，我跟你说点肺腑之言。不管你在哪个社区，如果你抱着这种想法和心态，那你的工作肯定做不好。我所说的要有奉献的心态，并不是说要你天天奉献，时时奉献，而是要用这种心态对待工作，你才能做好工作，也才会有好的发展。与其这样，你趁现在还没介入社区工作，好好考虑一下，选择一个既能照顾小孩又能赚钱的新职业。"

现在，郑翔又加进了新内容。每个新到文昌花园社区的工作人员报到后，她会安排一个人带着在文昌花园小区里面走一圈，不给任何课题。在一一谈话时，她会问他们是否发现社区治理中存在的问题，对这些问题的看法和处理意见，以及社区发展新的切入点在哪里。

她想了解他们的观察能力，引导他们平时工作中就要用心去发现问题，动脑筋解决问题。更重要的，她觉得自己在社区工作的时间太长了，有些治理方面的问题可能身在其中习以为常，没引起注意，或者自己的思维固化，治理方式跟不上时代的发展，想创新找不到合适的点子。旁观者清，也许他们年轻人和从未干过社区工作的人会有不同的思路，希望在和他们的交流中产生触动，带来新思维新理念。

有的人会紧张，认为自己没有社区工作经验，说不好。郑翔会鼓励他们放开来说，看到什么想到什么都可以说，说错了也不要紧；有的人看出了问题，狗屎多、流浪猫多、车子乱停乱放等等，提出的解决方案也许是郑翔他们社区曾经做过的，郑翔会肯定他们的观察能力，引导他们寻找新的思路和方法；有的人谈话中的片言只语也会让郑翔眼前一亮。

通过谈话，她想让他们，特别是刚毕业的大学生从一开始就明白，到了社区，只有沉下心来去发现、去思考、去探索、去实践，才能做好工作，自身也才能在实践中得到锻炼，掌握为老百姓服务的真本领。

有时其他社区认为不适合干社区工作的，或者在其他社区干不下去的人，也会转到文昌花园社区。在他们这儿经过一段时间的同化，都成了社区工作的多面手。郑翔说："他们本质都不差，缺的是有针对性的引导和培育。"

有一位在其他社区工作多年的工作人员，社区其他人员不待见她，都说她心事不在工作上，小肚鸡肠，喜欢在同事间说东道西，拉帮结派，整天张家长李家短的，把社区搅得不安，一直没得到重用，和她同期的早就提拔了。街道组织科征求郑翔的意见，想让她到文昌花园社区，郑翔问清原因后二话没说，欣然接受。经过文昌花园社区这个大熔炉的融化锻造，一年多就提拔做了副主任。

郑翔说："她的能力和工作效率都还可以，在我们社区大家都想着怎么谋事干事，没有说东道西拉帮结派的土壤，同事之间的感情都很纯洁。刚来时看到她和别人说话，我有意过去听听，谈工作我就悄悄走开，如果拉家常，一有苗头我就及时提醒，几次一弄她就识趣了，不再找人拉呱。有时别人工作需要帮忙时，我会主动喊她过来一起做，培养她的团队意识，渐渐地她就融入到我们社区的工作氛围中。"

一位大学生村官，学生党员，从人文气息浓厚的校园，走上错综复杂的社会，又走进了大事、小事、烦琐事都要管的社区。面对基层的复杂环境和与老百姓打交道的全新挑战，她如同一张白纸，虽然满怀热情与理想，但总觉得自己有力使不上，常常感到手足无措一筹莫展，一下子产生很大的心理落差。

她遇到问题处理起来总是想当然，一是一，二是二，喜欢用书本上学到的一套，不接地气，老百姓根本不买账；与居民群众打交道不掌握方法和技巧，面对居民的抱怨和不满总讲大道理，老百姓不爱听，特别是碰到态度蛮横、言语尖酸刻薄的居民，认为她年纪不大“官”架子太大；加之年轻气盛，不懂得变通，又不懂串门走户走访群众，更不好意思找群众谈心拉家常，处处显得与居民群众格格不入。大家都认为她心高气傲，不适宜在社区工作，在考核测评中，她排名最后。她的努力得不到承认，心中满是委屈。

她本来是街道的重点培养对象，街道组织科敏锐地意识到如果再这样继续下去，会影响她的发展。他们找到郑翔，郑翔心想一名年轻的大学毕业生，理论水平高，文化素质好，对新事物的接受能力应该很强，又是党员，人品不会差到哪里去。虽然郑翔不知道是什么原因，但很爽快地同意了组织科的想法，把她调到文昌花园社区工作。

刚来社区，郑翔跟她进行了一次非常认真深入的谈话。她让她自己分析自身的优势，存在那些缺点和弱项，以及目前排名最后的原因。对她有了初步的了解和认识后，郑翔鼓励她放下包袱，轻松前行，既然知道自己的不足就要想办法克服，把自身优势最大化地发掘出来；同时引导她既然已经加入到社区工作者的队伍，就要沉下心来，面对现实，以理性、理解、宽容的态度去面对居民，去创新工作，与居民群众交朋友。

根据她的优势，郑翔让她负责社区的党建工作，她自己亲自带着她一起干。在干的过程中郑翔注意观察，及时指导，适时提醒，发现她悟性很高，一点就透。郑翔又不断给她压担子，引导她扎实工作，在实践中不断激发创新思路。同时鼓励她在与居民群众的交往中，以心换心，用真诚和耐心去倾听他们的声音，理解他们的需求和困难，想方设法为他们排忧解难。

在郑翔的言传身教和指导帮助下，她积极性很高，从陌生到熟悉，从隔阂到亲近，快速积累起与居民群众沟通的经验和技巧，逐渐赢得居民的信任和支持，成长为能够独当一面的社区干部。在转正定级的测评中全票通过。她非常感动，说文昌花园社区是一个温馨而神奇的地方，把它称为“一个充满温情的魔法小屋”。

她说在社区大家干事劲头足，忙忙碌碌、走路带风却是乐在其中，这种精神感染着她，激励着她将事情做得更好。社区的人情味儿浓，她初来乍到却丝毫没有一点陌生的感觉，社区的伙伴们以海纳百川的气魄包容她的稚嫩和经验不足，一股浓浓的团队精神将大家紧紧凝聚在一起，任何时候她都感受到，她不是一个人在战斗。大家的精神气好，社区温馨团结的工作氛围来源于有个好的带头人，有一个团结协作的好班子。

她说一位领导曾跟她讲过，“能担当”是一种责任，“敢担当”是一种精神，“会担当”是一种才情，文昌花园人的身上就折射出这种精神，正因为这种责任和态度，大家不会为了逃避“问责”而寻找借口，会主动出击，敢闯敢试，她为自己能成为文昌花园人而感到骄傲自豪！

三

所有到社区的人员，谈过话以后，郑翔会根据他们的自身条件和性格特点分到各个条口上，由各个条口的负责人带他们，一时空缺负责人的条口就是她自己亲自带。她说从到社区的第一天起，她始终抱着学习的心态，带头学，带头干，任何工作都门清，她笑称自己是“全科”社区工作者。

她始终觉得作为一把手，“带头带领带动，带出一个好团队，这是社区书记的本职”。要想带出一个好团队，必须以身作则，样样都懂，要不然就无法服众，也无法教育人。对于她布置的工作，如果有人说不会做，做不起来，那她不需要安排其他人教，直接说“那你站一边，我来做。”就像刚有电脑时，大家不会，她就先学会，再教他们。

她还鼓励大家参加国家社工师考试，从“丁字型人才”向“十字型人才”转变，从“专精”向“一专多能”发展。现在社区没有一个会因为工作内容复杂、分工多了而不做的，很简单，“你不做，我来做”。在她的示范影响下，社区的其他工作人员基本都是“全科”。

在她的提议下，社区工作人员在每个星期的晨会上，除了汇报工作情况和计划安排外，也会轮流对自己的专项负责事务做一个简短的分享培训。他们还利用自有报纸的优势，在《和谐文昌》上开设社区风采、寻梦抒怀、我是党课主讲人等栏目，为大家提供思想交流的平台，鼓励大家勤学善思。大家在总结工作经验的同时，分享自己的心路历程，交流工作中的所感所思所悟。

刘翔完成为期半年的锻炼学习时，分享他最深的感悟是真诚，他说真诚来源于内心，来源于实际，来源于你有没有真正把社区工作当成你生活的一部分，有没有俯下身子真正了解居民所盼所想，有没有真心实意为他们排忧解难。

王欢刚到社区时，一切都很生疏，她不爱讲话，不善于与居民交流，甚至都有过打退堂鼓的念头。接到“关于2016年人大与居委会换届选民信息登记”的通知时，她直接发懵，什么是换届选举，换届选举要做哪些准备工作，她脑海中一点概念都没有。

随后半个月左右的时间里，她和大家在郑翔主任的带领下群策群力，落实到人，每人分到相应楼层，不管白天黑夜，顶着寒风，每天加班加点，挨家挨户入户登记，终于完成万名选民信息登记成功的“壮举”，她说：“我倍感自豪与骄傲！我体会到了基层工作的繁琐细致，更体会到了基层工作的重要性，大家饱满的工作热情和朴实的居民群众使我感到生活前所未有的充实。”

社区副主任曾天震说：“社区工作责任大，头绪多，我也曾有过迷茫与失落。初到社区，工作的枯燥与繁琐，是未曾之想；粗放型向精细化工作方式的转变，一时让我不知所措。”“社区工作就是服务，老百姓满意了，那你的工作就做好了。”“社区工作就像中医一样，望、闻、问、切，缺一不可。”“做社区工作要细心、耐心，沉得住气，耐得住性子。”……老同事们的谆谆教诲让他从不敢参与综治民调，到积极大胆参与，再到能独立调解，独当一面，“抹去内心的胆怯，敢于直面问题，这是我最大的收获”。

不管是实习的还是挂职的，不管是一两个月还是一两年，大家都认为文昌花园社区之所以长盛不衰，秘诀是有一位智慧型的“领头雁”郑翔，以及她所带出的一支团结高效、实干为民的服务团队。在这支队伍中，郑书记“拼命三郎”的精神，感染、激励着大家，大家“团结就是力量”，相互关心，彼此支撑。“居民利益无小事”是他们工作的生命线，对居民的需求，琐碎细小的现场解决，缠手较大的跟踪服务到位。社区工作“上头千条线，底下一根针”，但他们不怕苦、不怕累、不怕烦。

大学生村官小谈到社区工作不到两个月，就在老同志的热情帮助下，迅速成为社区工作的有生力量。她说社区11名工作人员，每个人都有专门负责的服务项目。同时，每个人对社区最基本的服务内容、服务宗旨也都了如指掌。这样即使不是正常服务时间，晚间安排人在服务大厅，也照样可以提供所有的便民服务。

她记得当年八月份准备全国文明城市复查时，他们所有人员明确分工，每人负责自己的网格，以户为单位入户宣传发动，做到“人人都是文明复检责任人”；同时大家互帮互助，集中力量搞环境卫生，宣传文明知识，发动更多的文明志愿者……尽管工作繁杂琐碎，千头万绪，但每个人每天都在紧张有序地快乐工作着。

说起文明城市创建，张梅洁感触最深。她说他们网格员上门，有些居民就是不情愿、不配合，搬出各种理由，“我们这些东西不放在楼道放在哪里？车库就那么大，放不下我有什么办法。”“楼道也是我们自己的公摊面积，凭什么不能放东西！”“我放的东西又没有妨碍其他人出入，放着怎么了。”……这些网格员招架不住的，都是郑书记上门，“奇了怪了，她总能三言两语说到‘点子’上”。

她会一边安抚激动的居民，一边耐心解释：“文明创建的目的就是提升我们自己生活环境、生活品质。首先，楼道堆放杂物存在火灾隐患，废弃杂物存放时间久了，遇到明火容易引起火灾。其次，楼道兼具消防通道功能，灾难时刻，时间就是生命，楼道堆放杂物不仅会拖延逃生的宝贵时间，也有可能导致其他意外。杂物长期不清理，容易引起病毒蚊虫的滋生，也会给你们的身体健康造成威胁。清理楼道杂物，不仅是简单的环境清扫，更是为了保障大家的生命安全！”

居民们觉得她言之有理，纷纷表示赞同，在她的努力和感化下，许多原先不配合的居民也成为文明创建的积极分子。张梅洁反思，为什么郑主任能把群众的“无名之火”灭下去，把群众的积极性调动起来？觉得她做群众工作，善于抓住要害，把公家的事与个人利益结合起来，说到群众的心里，说到点子上。

实习生小胡被安排跟着学习民政方面的工作，残疾人、老年人、低保、困难家庭、双拥等各方面的工作让她觉得无从下手。师傅告诉她万事开头难，头绪再多不要怕，事情再繁不要愁，静下心来，从细微处着手，从点滴事做起，一步步开始，一点点学习，各个击破。每做完一项工作就要做好记录留下痕迹，便于下一步建立台账。师傅还告诉她，要想成为一名合格的社区工作者，不仅要能在办公大厅处理好日常工作，还要掌握如何与居民有效交流，取得居民信任的方法和技巧。

刚到社区不到一个月，接到社区常住人口信息核对登记的任务。在师傅带领下入户几次后，跟实习小伙伴晚上加班一起入户时，还是有点害羞，连敲门都是畏首畏尾，也遇到很多意想不到的困难，居民不相信他们的身份，不配合信息采集等等。有了实战的小挫败之后再跟师傅入户，她就更加留意师傅是怎样跟居民交流的。师徒完美配合，顺利完成常住人口登记任务，小胡感受到小小的成就感，也学到了走访入户了解民意与居民打交道的方法。

张梅洁刚到社区担任网格员，郑翔只给她安排了一个任务，在一个多月里走访完自己负责的网格内所有家庭。走访中她遇到各种各样的居民，有的热情、有的冷漠，更多的是不耐烦，“你们老是来问问问，信息社区都有，还来问，烦不烦！”也吃过不少“闭门羹”。当郑翔问她入户情况如何时，她支支吾吾，只能实话实说，“挨家挨户跑是跑了，但获得的有用信息却少之又少”。

郑翔跟她说：“我们做群众工作的就是要学会与不同的居民打交道，虽然有些人不理解，但这是我们的工作，也是我们的责任，上门一次不理解，我们就二次上门，直到让居民充分了解到我们社区是全心全意为居民服务的。走，我现在就跟你一起去上门。”说走就走，当天下午，郑翔带着她走了一户又一户家庭，爬了一个又一个5层楼，向居民引荐她这位网格员。后来居民们都说，“小张就是代表社区、代表郑主任的，我们一定支持配合她的工作。”

郑翔一直认为实践是最好的老师，是培养个人能力的最好途径。特别是对于刚毕业的大学生，只有在工作中压担子、给台阶、多锻炼，才能激发他们的潜力和创新思维，把所学的知识转化为工作的方式方法，加快成长的步伐。

一位本科双学位的毕业生，成绩一直很优秀，一心想考公考研，可在家复习了两年，越复习越没有信心，人也变得焦虑茫然。在郑翔的鼓励下来到社区工作，繁忙琐碎的社区工作，让她无暇顾及其他，反而心情越来越开朗，人也变得精神多了，更有信心和勇气去追求自己的梦想。一年后考取了公务员。

别人向她取经时，她说她真正理解了“纸上得来终觉浅，绝知此事要躬行”这句话的内涵。以前考试都是靠复习书本知识，反复刷题，到了社区才发现这些知识不接地气，那些题目的回答千篇一律，不具有灵活性。考试中关于矛盾调处和处理复杂问题的开放性题目，在平时拆迁、各类纠纷调解等社区工作中常常遇到，有的都是亲身经历和参与的，回答起来特别顺畅，根本不用复习刷题死记硬背。

在社区工作中，郑翔总是有意无意地为大家创造锻炼的机会，提供各种平台。在他们社区搞活动从来不外请主持人，郑翔一直坚持让社区工作人员主持。所有参观来访的接待，除了重大的、高规格的指明要郑翔接待，其他的都让他们各个条口上自己接待自己讲解。

社区刚组建时，除一名副书记是外调的，其他五名工作人员都是从其他村社区抽过来搞筹备工作的。他们从来没主持过，都不习惯，郑翔让他们上台，他们很紧张，一再推辞，说没主持过，没有主持经验，还是外请有经验的人来主持吧。

郑翔硬是逼着他们，说："每个人的潜力都是无限的。人生总有第一次，没主持过不等于说你不会主持，第一次上台，紧张是正常的，有这么两三次就不紧张了。"她还现身说法，说自己刚开始做主任时第一次上台讲话也很紧张，像那些领导干部能在台上侃侃而谈，都是一次次练出来的，没有天生的演说家。"你们今后都要独当一面，组织召开各种会议，一场群众性的活动，没什么好怕的，上！"

在她的一再鼓励下，两位工作人员勉为其难走上舞台，一场活动下来，她们既紧张又兴奋。活动结束后的一两天，她们一直在交流主持中的一些得意点和遗憾处："每个节目结束后，自己要是说上一两句总结的话就好了。""是的，两个节目之间加几句过渡语，现场气氛就会轻松些。""在某个环节，我都忘记了一句台词。""哎呀，我说错了一句话，不知大家有没在意。""在台上我满头大汗，下次要带几张手纸。"等等。

那场大活动，他们邀请了区民政局的领导参加，结束的时候，领导跟郑翔说："你这种方法很好，一举两得，既省下外请的费用，更让她们得到锻炼。虽然看得出来在台上有些紧张不知所措，慢慢就好了。"

的确如此，作为扬州市的重点民生工程，最大的拆迁安置小区，接待多，活动也多，无形中逼着他们去锻炼自己的能力，不断提升，不断成长。很快，他们就适应了，主持起来落落大方，再也不紧张了，甚至有点期待享受舞台上的自己。接待的时候，从一开始的紧张语无伦次，到后来的轻松自如，都是他们自己平时做的，说起来更有底气，一套一套的。

一年不到的时间，两位副主任分别提拔到其他两个社区做了一把手主任。郑翔又不失时机地把两位工作人员提拔为副主任。

每当这些人对郑翔表示感谢时，郑翔常说一句话："你感谢我的唯一方式就是好好工作，你对得起工作，我对得起你。"

郑翔觉得自己虽然不是什么大领导，但在社区好歹是个一把手，有自己的小班子，对小班子里每个人在生活上关心，在工作上关注，是她应该做也必须做的。每个人家里有什么事，婚丧嫁娶，或亲人生病，她再忙都会上门看望，这是一份最起码的组织温暖，不可或缺。

社区工作人员大部分是女同志，有的上有老下有小，家庭事务在所难免。她自己有切身体会，"我自己放弃了家庭，不等于说要他们每个人都放弃家庭"。能照顾的尽量照顾，能帮忙解决的想方设法搭把手，帮他们解除后顾之忧，让他们的家庭更加和谐，生活更加美满，工作更加努力。

小常负责民政工作，春节前要负责接收清点各类慰问款项和物资，核对辖区内不同类别困难户的名单，再把这些慰问款项和物资逐一送到困难户手中，每天加班加点成为常态。她家孩子刚7岁，咳嗽不止，只能每天由孩子的父亲陪着去医院输液治疗。她每天很晚回家，看着父子俩疲惫的样子，心里很内疚、焦躁。

一天晚上，加班完准备回家时，同事递给她一个信封，说：“这是郑书记给你老公的。”她当时很诧异，郑书记怎么会给她老公写信？回到家，老公满脸疑惑地拆开信，看着看着，脸上露出久违的笑容，说了一句“跟着郑书记好好干”。她接过信一看，原来是一封“感谢信”，夫妇俩都很感动。

生活上她以一个女性特有的细腻关心着每一位同事，工作上她同样关注着每一个人的状态，视不同的情况区别对待。不会做的，她会耐心细致地教；会但不用心的，她会引导教育；尽心尽责用心工作的，她会想办法回报。这种回报也是多方面的，推荐提拔重用、争取一些省市级的荣誉和相关政治待遇、提高奖金的分配系数等等。

陈桂香是与郑翔在文昌花园社区共事时间最长的，已有19个年头。初到社区时，她性格内向，比较腼腆，在外人面前怕开口，说话都脸红，遇到领导说话就磕巴，遇到那些难缠的居民，更是不知所措，她曾彷徨过、胆怯过，也曾对自己能否做好社区工作产生过怀疑，甚至想过离开。可是，随着时间的推移，郑翔那种“再急再难再烦她不发火，再苦再险再累她不叫屈”的工作态度和精神深深感染着她，她觉得郑翔就像温暖的“小太阳”，温暖着身边的每一个人。在郑翔的感召和锻造下，她成熟了很多，成长得也很快，现在主持节目、组织各类活动得心应手，轻松自如，毫无压力。

从一个当初的普通社区工作人员，成为现在能和居民打成一片的社区党委副书记，还获得过多项荣誉表彰。郑翔想推荐她去其他社区做主任，但她对文昌花园社区有感情，对郑翔有感情，不想离开。郑翔就帮她积极争取，让她享受正职的待遇，她现在的收入是社区最高的，很满意。

在他们社区，每年的奖金和专项工作奖的分配都是按人头算到月，没有一个人有意见。哪怕有的人在这儿只干了一个月，走了一年，他们也会把他算进去。郑翔说："钱多少不重要，关键是公平关心每一个人。"现职的人看到他们对离开的人都这么负责，觉得对他们现职的人会更负责，一门心思用在工作上。

每一个来文昌花园社区工作的，都会感受到，这里的工作环境中弥漫着和谐、协作和愉快的氛围，大家彼此之间信任、尊重和理解，如同运河水清澈透明，滋养着每个人的心田，不仅让大家觉得干得有动力有价值，还在不断成长和进步。社区一班人那"拼命三郎"的敬业精神、"如火如荼"的工作激情、"亲如姐妹"般的团结和谐，激励、温暖、鞭策、感染着所有的社区人。

四

2010年5月26日《扬州日报》发表了《曲江街道启动"社区三提升"工程——小巷总理提炼"郑翔工作法"》一文，其中有这么一段：

社区幸福工程念好“三字经”

5月25日下午，“曲江街道社区工作者素质提升基地”在文昌花园社区亮相，望着牌匾上这15个字，一种责任从郑翔主任身上油然而生。她的工作法被该街道推广，今后会有越来越多的“郑翔式小巷总理”出现，为社区居民谋幸福。

郑翔社区工作法：“以党建为龙头，形成战斗堡垒；以服务为抓手，感动千家万户；以文明为追求，提升居民素质；以创新为动力，完善社区工作。”

“抓党建、开新路；选代表、中心户；筑堡垒、形象树……抓服务、求贴心；一片情、贵如金……一站式、便居民；托老所、笑盈盈……”这个凝结着郑翔心血的“三字经”工作法，不仅读起来朗朗上口，更是浓缩提炼了她工作的精髓。

文昌花园社区成立近5年来，在社区主任郑翔的带领下，老百姓的笑容多了，生活更和谐了，先后获得了“全国文明社区”“全国和谐社区建设示范社区”等称号，成为全国的样板。

郑翔他们把在实践中形成，在探索中提升，形成的一套以党委轴心传动、党员先锋带动、社会力量助动、社区成员齐动的“特色化、网格化、多元化、模块化、项目化、专业化”的工作方法，总结成朗朗上口的“三字经”。曲江街道依托文昌花园社区成立社区工作者素质提升基地，在全街道启动提升服务理念、提升服务品质、提升社区品牌的“社区三提升”工程，组织街道的“小巷总理”们集中学习和探索文昌花园的“文明路径”。

学习中，大家发现郑翔的“三字经”工作法言简意赅，生动鲜活，接地气、贴实际、可复制、可推广。社区副主任尤菁学习后说，我理解的“郑翔工作法”就是：以党建促社建，以民主促民生，以创新促创优。不少人反映学到了社区工作的真谛，对社区工作的认知发生很大变化。

街道领导感觉到社区工作既繁琐又辛苦，好多新到社区的人员直接蒙了，一下子新来乍到，摸不着锅灶。尤其是新来的大学生村官，对社区工作一无所知，缺乏社区管理经验， 如果有一套成熟的社区管理模式，供他们参考学习借鉴岂不更好？既然文昌花园这个最大的拆迁安置小区都能管成全国“金牌社区”，社区也总结出了“三字经”工作法，何不将他们的社区工作法进一步总结提炼，编撰成社区工作教科书？

很快，他们以郑翔在文昌花园的工作经验为基础，在原有的“三字经”基础上，进一步归纳分类总结出更全面的朗朗上口、简便易记的“三字经”工作法。工作法分成党建篇、服务篇、文明篇、创新篇4个部分，每部分24个字，总共96个字。

不足百字的工作法，精炼概括出社区工作的基本思路和工作方法。与一般工作法不同的是，“郑翔工作法”采用三字口诀、工作举措、实事案例、郑翔心得四结合，准确、生动地阐述了文昌花园社区工作方法，让人既容易记忆又便于理解消化。

2012年6月，这本红色的小册子《郑翔工作法》，一整理出来就得到社会工作者的广泛好评，是扬州乃至全国首部以个人命名的社区工作教本。他们一次性印刷3000册，免费赠送给全区的社区工作者。实践中，他们结合社区治理方式方法的创新，不断丰富完善提升，2017年再版了《郑翔工作法》，全书设有党建篇、服务篇、治理篇、文化篇、社团篇、帮带篇6个部分，内容亦增加到48句288个字。

捧着生动翔实的社区工作教本，大学生村官、新星社区张主任说，有了这本社区工作“百科全书”，以后干社区工作有章可循了！市委组织部相关负责人也认为“郑翔工作法”口诀、举措、案例、心得四结合，让繁琐的社区工作标准化，操作性和借鉴性很强，值得在全市范围内推广使用。

2018年12月，“郑翔工作法”被列入“全国100个优秀社区工作法”，引起众多媒体的关注。广陵区委组织部对他们在社区工作中逐步摸索出的党建引领城市社区治理的好做法非常重视，依托“文昌经验”发源地优势，统筹制定了推广运用方案，分层分类举办各类学习推进会、经验报告会、支部领学研讨会等，全面营造“学文昌、比文昌、争当文昌”的浓厚氛围。

同时系统构建了“文昌经验”研学体系，创新开发“专题讲座+现场教学+课堂研讨+跟岗体验”学用平台，制作1堂精品课程、编印10套经典案例，举办5场实践培训，既学好方法机制“外在模子”，更用好理念精神“内在精髓”。实施头雁领航培育行动，加大“郑翔式”

干部培养力度，推动经验理念“源于文昌、辐射全区、引领全域”。

广陵区统筹设立了2000万元专项资金，推行文昌花园“把实事办到群众心坎上”的经验，实施民微善治行动。连续2年率先集中购买社会组织服务，老城区社区食堂、老旧小区楼道亮化等“民生微实事”好评如潮。为每个社区、村配备了“健康三件套”“文体三件套”“便民三件套”，延伸打造 177个“民生茶馆”，紧扣“老、青、幼”个性需求，全域推行全年龄段“助学三服务”。他们还按照“小切口、深挖掘、再发散”的思路，完善“文昌经验”的学用体系，让“文昌经验”更加鲜活，立体，可感、可学、可实践。

早在2007年9月，市报纸电台电视台在“喜迎十七大党员标杆道德楷模先进典型系列报道”中集中宣传报道了郑翔同志的先进事迹。曲江街道党工委下发文件，号召全街道的党员群众向郑翔同志学习，立足本职，努力做敬业奉献的带头人、文明风尚的倡导人和困难群众的贴心人。

2023年3月，江苏省委宣传部授予郑翔同志江苏“时代楷模”称号。4月，中共扬州市委下发文件，在全市开展向郑翔同志学习的活动，号召广大干部群众深入学习宣传郑翔同志对党忠诚、信念坚定的政治品格；心系群众、服务人民的为民情怀；锐意创新、追求卓越的进取精神；恪尽职守、无私奉献的道德情操。激励广大干部群众以郑翔同志为榜样，见贤思齐、争做先锋，以“拼”的精神、“实”的干劲、“敢”的担当，努力把“好地方”扬州建设得好上加好、越来越好。

从全街道到全市，这一路走来并非易事，她付出了常人难以想象的努力，日复一日，年复一年，她凭借不懈的努力和执着的精神，在看似平凡普通的岗位上，创造出不平凡的业绩，书写着属于自己的人生传奇。

采访时，和她聊到荣誉的话题，她很低调地说，这些荣誉应该属于大家。她很庆幸自己生活在一个美好的时代，每个人都有人生出彩的机会，每个人都有梦想成真的机会。她说是时代造就了自己，是各级党组织和有关部门的长期关心培养，是和自己风雨同舟的小伙伴们一路支撑，才让自己能走到这一步。我问她这一生获得了多少荣誉，她淡淡一笑，说："我从来不记得这些，也不关心这些。我相信'天道酬勤，功不唐捐'。"正如她常鼓励下属："只要你们用心做事，坚持不懈地努力，成绩与荣誉就会水到渠成般自然而然地到来。"

五

2008年，作为扬州市最大的城市改造和环境综合整治安置社区，文昌花园社区荣获全市唯一的"全国文明社区"荣誉称号。他们在社区建设上的成绩引起了南大社会学院的关注。广陵区积极协调配合，2009年7月，国内首个大学社区博士工作站——南京大学扬州社区博士工作站在文昌花园社区举行揭牌仪式。民政部、省民政厅、南京大学、扬州市和广陵区的相关领导参加了揭牌仪式。

工作站由南京大学社会学院、扬州市民政局、广陵区政府三方合作设立，社区为南京大学社会学院博士、硕士提供社区研究基地，为本科生提供暑期学习实践基地和学生志愿服务基地；南京大学社会学院为扬州社区建设提供中、长期发展规划，为社区活动提供策划方案，为社区日常工作提供专业和技术指导；工作站为社会工作方向的博士、硕士、本科生与社区工作者提供了互相学习交流的平台。

揭牌4个多月后，记者曾实地采访了工作站。南京大学的博士们正在研究适合文昌花园社区的一些项目，还准备为社区主任们进行培训。郑翔表示："我们在实践中已积累了一些经验，但还要在理论上进一步学习，来开阔自己的视野。""我们也希望通过他们的研究，看看我们工作中还有哪些不足，让老百姓享受到更好的服务。"

为更好地交流学习社区工作，传播放大以文昌花园社区为主体的扬州市"名社名家"的资源优势，郑翔利用担任街道副主任分管社区工作的便利，想整合文昌花园、五里庙、解放桥等街道所辖社区资源，联合琼花观、荷花池等周边社区，在社区成立一个社区干部培训基地。

基地不可以对外经营，他们想着同步注册一个社会组织，对外承接培训活动。取名时郑翔也颇费了一番脑筋，既要契合又要体现新意，按照规定，"干部""培训"这些字眼也不能出现在社会组织名称中，想了好多，申请了几个都被退回，最后还是在和市民政局局长的思维碰撞后，取名为"扬州市现代社区工作研究交流中心"。

2015年"七一"前夕，在市区两级组织部、民政局和街道的支持下，文昌花园社区挂牌成立了扬州市首家社区干部培训基地、扬州市现代社区工作研究交流中心。市委组织部和广陵区相关领导出席基地揭牌仪式，为第一批基地“特聘教授”颁发聘书。仪式结束后，特聘教授市委党校教研室主任刘澄开授第一课，主题为“社会组织规范化管理”，广陵区100多名社区干部参加培训。

郑翔意味深长地说：“我们的目标是打造‘立足社区、面向全国’培养社区干部的‘黄埔军校’。”基地不同于一般的培训机构，更注重实务性教学，以体验互动式为创新方向，通过专家教授理论授课、基地观摩教学、知名社区书记（主任）传帮带、社区实岗锻炼等途径，提升学员理论层次和实践水平。

在师资力量的选择上，郑翔认为在社区摸爬滚打多年的优秀社区书记、主任，对于如何做好一名称职的社区干部最有发言权，他们建设和管理社区的故事和经验也最生动，最有说服力。不仅扬州市的，就连她参加全国各类会议中遇到的外地的优秀社区书记、主任都被她邀请作为特聘讲师。

除了长期深耕社区的“小巷总理”外，他们还请来精于理论研究的专家学者教授，为学员们提升理论知识“充电”“补钙”。他们不断扩充师资力量，在社工培训和其他各类培训中，只要遇到对口的、讲课生动有趣的老师，他们就主动对接联系，吸纳为基地的特聘讲师。很快由第一批以扬州大学和市委党校为主，逐渐涵盖到中国青年政治学院、复旦大学、南京大学等国内知名高校和省内外各级党校的专家教授。

同时他们还注重邀请党建、民政部门的专业人士，为大家做政策解读、业务知识讲解、行业情况介绍和创新思路的探讨。这样一种政策解读、理论研究、实践观摩有机结合的培训方式吸引了国内许多城市社区的参观来访者。“开课一个月，内蒙古、徐州和区内的曲江、汶河街道已经组织社区干部过来培训过一轮了。”

9月份，邗江区蒋王街道的70余名社区干部来到基地。他们观摩了文昌花园社区的睦邻会馆、党代表工作室、社区工作站、e邻社会工作事务所、社会组织之家等。郑翔为他们作了专题讲座，她结合自身多年来的社区工作经验，用通俗易懂的语言讲解了现代社区治理体系建设的重要性和实现路径。边走边看边听，面对面的观摩和学习让他们印象深刻、大呼过瘾。

10月份，基地承接了扬州市各县（市、区）“三社联动”主题培训。2016年一季度，又承接了曲江街道19个社区的基层党员教育轮训项目，面向3300多名党员，举办超过50个班次主题培训班和社会实践课程。还面向全国陆续承接了来自江苏连云港市、广东广州市、湖北孝感市、浙江宁波市、山东日照市等20多个参观考察团的接待和培训任务。一年时间就承接了近80场次，4000余人次的参观、培训。

基地逐步链接了扬州市各知名社区的实践教育资源，和党性教育基地资源，将教育培训内容分成红色教育、党建业务、社区工作、社会组织培育四大模块，设置短期、中期、长期培训，提供“理论授课、现场观摩、实岗锻炼”等不同途径的30多类课程，提供“菜单式”百余小项精品课题。

他们还借助博士工作站的力量，进行社会调研和科学分析，实现组织需求、岗位需求和个人需求有机结合，做到需要什么就培训什么、缺什么就补什么，不断增强教育培训的针对性和实效性。

随着业务量的增加，社区的接待场地已不能满足需要。刚开始时人一多，社区容纳不下，就去借东关小学的阶梯教室，后来总觉得老借人家的场地也不是个事。

郑翔就去找街道书记，书记思来想去，街道正好有一处安置房空着，暂时没派上用场，两人一合计，就想把它装修成酒店式的培训基地。场地有了，装潢的资金从哪里来？几百万不是一个小数目。街道又出面协调，请曲江小商品市场出资装修，双方合作使用。设计规划时他们突出了培训基地的功能，可以提供涵盖餐饮、住宿、会议、培训在内的一条龙精细化服务，在一楼还专门设计了一个用于教学的大展示厅，建成后占地4000平方米，可单次接待千人规模的培训。

场地有了，他们的培训、接访、交流、研究活动逐步走上正轨。许多来文昌花园社区参观的，看了以后都说好。当年山东济宁一位非常年轻的市委书记带着四套班子到扬州来学习交流，参观文昌花园社区后，对社区的各项工作非常肯定，对社区干部培训基地很感兴趣。回去以后就要他们组织部组织人员到基地来培训。他们组织部就组织了100多名市级机关和各县市区的组织工作者来基地培训党建工作。后来形成一个连锁效应，各县市区的组织部又带着各街道来基地培训，各街道又分别组织了不同人员来基地参加培训。

郑翔喜滋滋地说：“那一年基地的培训业务基本没要烦神，光是他们大大小小的培训就来了好多批次，接连不断。”她也很自豪地说："当然，这也说明我们的课程吸引了他们，从市级到县级，从县级到街道，从街道到社区，不同的层次，他们学习的内容是不一样的，针对性、实用性都比较强，他们学到了东西。"

在运作过程中，郑翔又动脑筋了。现代社区工作研究交流中心只是他们社区的一个社会组织，民非企业，在扬州有点名气，可在全国推广不起来，人家总不能奔着一个社区的社会组织来培训，也不能都指望人家来参观后再安排培训。当时全国还没有一所专门培训社区干部的学院。她找到了区委组织部，希望能争取扬州市委组织部在他们社区成立社区干部培训学院，他们好在全国扩大宣传，打响品牌，吸引更多的人来扬州培训。

市委组织部领导非常重视也很支持，可审批权在教育系统，他们找到市教育局。市教育局也非常重视，积极到省里去争取，可省里认为虽然没有专门培训社区干部的学院，但有一些高校已经开设了相关课程。再说在一个社区成立，不太合适。几经努力，最终没能通过。但这次努力他们成立了社区干部培训学院，广陵区的副科级事业单位。

审批下来时，作为街道副主任，郑翔已过了副科55周岁的退休年龄，不能继续担任院长。现在院长由广陵区委组织部副部长兼任，郑翔以文昌花园社区党委书记的身份担任名誉院长，她把创享中心和培训中心的人员整合起来，几个社工具体负责运作。

最近，省委组织部准备打造推广一个街道一个社区的培训中心，街道层面选了南京的仙林街道。社区层面，他们的社区干部培训学院基础最好，但省里调研后觉得场地需要调整，面积不足，也没有院子，不便于学员的管理。市区组织部门和街道都在积极想办法，想把周边整合起来，扩大到8000平方。郑翔也希望能将他们的社区干部培训学院提升成一个省级品牌，创成首个“江苏省社区干部学院”，打造全省社区干部培训的“第一课堂”，圆他们最初的梦想。

第十二章　“百姓心语”满满的幸福感

一

时间如流水般悄然而去，二十年的光阴似白驹过隙，一晃而过，如同一道时空之门，带领大家跨越了时代的洪流，经历了发生在这片神奇土地上翻天覆地的变化。如蛹化蝶，这些变化不仅仅是居民生活中的点点滴滴，更是老百姓幸福生活的飞跃。

回望这二十年，郑翔感觉她一直在与创新“较劲”。她深知唯有创新，社区的治理机制才能不断完善，变“要我参与”为“我要参与”，从“自助”走向“互助”，由“他治”迈向“共治”；唯有创新，服务内容才能覆盖不同群体的不同需求，服务方式才能多姿多彩；唯有创新，才能实现人民群众对美好生活的向往，老百姓的笑容才能愈发灿烂……

得知自己当选为党的十八大代表，郑翔兴奋得几个晚上都睡不着觉，她怎么也没有想到自己一个最基层的社区工作者能成为党的十八大代表。她坦言党的十八大是举世瞩目的盛会，党代表是至高无上的荣誉，全市只有三名代表，自己能成为其中之一是何等的骄傲、自豪。

第一次参加大会，既紧张又兴奋，按照要求收集整理基层的声音，积极为参会做好各项准备。当选代表时接受记者采访，记者问了她一个问题：“你准备带什么‘见面礼’到大会上？”“啊？还要带‘见面礼’？”她第一次参加带什么“见面礼”呢？这个问题可把郑翔难住了。

到居民中听听他们的意见，郑翔登门入户，多次召集党员、居民代表集中座谈，大家你一言我一语，有的说漆器是扬州的“四大花旦”之首，可以带些扬州美景的漆器；有的说扬州剪纸是国家级非遗，可以把文昌花园的景致做成系列剪纸；有的说乱针绣能代表扬州，可以弄一幅文昌花园南大门的刺绣作品；有的说设计一套带有文昌花园风景的明信片，或者做一些能体现文昌花园特色的文创品……

郑翔觉得这些想法好是好，但似乎又缺少了点什么。想起党的十六大召开时，自己还是一个改制企业的中层干部，十年，自己从一名下岗工人一步步成长为党的十八大代表。自己工作的文昌花园是扬州市最大规模的拆迁安置小区，经过几年的共同努力，社区面貌发生天翻地覆的变化，华丽转身为百姓安居乐业、社区文明祥和的和谐示范社区。

透过自身和社区这两扇窗口，她更真切地感受到中国社会十年来的巨大发展和进步。这些发展和进步不仅体现在城市面貌的变化上，更应该体现在老百姓的日常点滴上，体现在老百姓的心理感受上，这个礼物要以人为本，让代表们从老百姓身上可以感受到，扬州是一座有着幸福底色的城市。讨论中大家最终形成共识，“老百姓的笑脸是最好的成绩单”。

选哪些人的笑脸？哪些人的笑脸最能体现这几年的变化？怎么选？他们又展开了大讨论。讨论中，大家逐渐将社区的人群归纳总结为十八类群体，每个群体选取最具代表性的十张笑脸，这样，十八类群体、180张笑脸，也与十八大的数字吻合。

社区志愿者拍摄了上万张社区居民的笑脸，他们对应着十八类主体，从中选出180位居民的幸福笑脸，有居民领到保障房钥匙时豪放开怀的大笑，有党员志愿者志愿服务后的会心一笑，有下岗工人自主创业对生活充满自信发出的轻松愉悦的笑，有留守儿童得到社会关爱时天真无邪的笑，有残疾人体现自身价值时灿烂明媚的笑，也有空巢老人享受社区养老服务时温馨甜蜜的笑……这些发自内心的笑脸共同见证了社区发生的巨变。

社区的文友们觉得光有笑脸的照片不能说明问题，不能反映他们内心的情感，太单薄。他们又发挥所长，为每一个主题创作了一首诗歌相呼应。

我是党员我带头——党员中心户：共产党员意志坚，居民疾苦放心田。扶贫解困春风暖，危难当头抢在先。

我们有新家了——安居惠民工程：新政惠民楼宇耸，平常百姓有新家。拆迁解困春风暖，满脸阳光灿烂花。

放心吧，我们不孤独——社区老年公寓：公寓清幽好地方，空巢喧闹笑声扬。耆年时有人相伴，康乐舒心俏夕阳。

不出门照样能挣钱——“家门口饭碗”服务社：加工就在家门

口，利用资源土变金。幸福前程辛苦得，重新就业奏佳音。

爱的阳光洒向留守儿童——阳光学堂：儿童留守不孤单，长辈关心展笑颜。明理读书知识长，阳光学校映霞丹。

舞出幸福，舞出青春——好邻里艺术团：移步轻歌展笑容，化妆清唱荡春风。葫芦唢呐笙箫响，舞出青春俏夕阳。

邻居好，赛金宝——和事佬协会：邻里和谐道德良，互帮互爱洒阳光。消除矛盾心中乐，亲如手足喜洋洋。

我健身，我快乐——体育俱乐部：健体强身勤运动，闻鸡起舞练清晨。舒筋活血常青树，绽满心花总是春。

做盆绒花献党恩——残疾人工疗站：身残自立亦英雄，妙手生花技艺工。智障人群心向党，感恩尽在不言中。

老百姓说好才是真的好——社区工作站：万绪千头重任担，以人为本效春蚕。居民说好才真好，百姓平安我也安。

…………

每一首诗他们分工创作，集体讨论，字斟句酌，力求韵律节奏鲜明，语句简洁而富有力量；从各类群体的现实生活中提炼出思想和情感，通过生动的描绘和形象的表达，使人能感受到这个群体的幸福和笑声。

照片有了，诗也有了，整体框架有了，但怎么呈现？通过一种什么方式把扬州的特色体现出来？郑翔觉得他们社区的能力和水平可能达不到要求，她找到区委宣传部领导，想请专业人士帮着出出点子。宣传部领导一听，这是个大事，是个非常有意义的事，必须帮忙。他邀请了广陵区文化馆几个专业人士一起商讨，能参与其中，大家都很激动，都想把扬州的特色融进去体现出来。策划中大家感到想要呈现的元素太多，必须精挑细选有所取舍，几轮方案反复比较，修改，最终形成一致意见。

影集取名《幸福美如花》，以红、黄为底色，热烈喜庆，采用折叠式制作成画卷，展开来长达五米多。影集的封面和封底采用扬州漆器新工艺，漆片高度写真，配以雕刻金字完成。页内每张上半部一幅剪纸，中间一首配诗，下半部是10张笑脸组成的画面，以传统剪纸工艺制成的扬州十八景和文昌花园社区的十八类群体主题、十八首居民诗作和180位居民的幸福笑脸相呼应，体现扬州特色文化与百姓日常、古代文明与现代生活的交相辉映和融合传承。

在十八大江苏代表团全体会议上，郑翔为大会献上三重“大礼”。第一件礼物是一面大幅党旗。“我们社区一位80多岁老党员首先倡议，许多居民自发参加，绣了一面党旗向十八大献礼。”郑翔在党旗上绣了第一针，然后由平均年龄40岁左右的“十姐妹”绣制而成。第二件是由18件书画作品组成的艺术品。“都是过去10年幸福生活的展现，反映了10年的变化和对未来的期盼。”第三件就是《幸福美如花》的居民笑脸影集。

“老百姓说好才是真的好。”郑翔说，这次来参加党代会，社区居民都很激动，特意编写了十八首反映自己心声的诗句，拍下了180张洋溢着幸福的笑脸，委托她带来向十八大献礼。与会代表纷纷称赞：这是最基层的声音，也是过去十年幸福生活最好的诠释。

这份特殊的礼物亮相后，受到一致好评，“小巷总理”郑翔也受到各家媒体的关注。《新华日报》采访了“笑脸图”，江苏电视台、人民网等媒体也频频关注这位来自基层的代表。会后，《人民日报》还派出记者来扬州采访参与制作的居民。

当记者问郑翔为什么送“笑脸”时，郑翔说，是因为文昌花园小区以前是拆迁安置小区，居民们总是愁眉苦脸，在党的领导下，经过几年的治理，大家脸上都绽开了灿烂的笑容，笑意写在脸上，幸福洋溢在心间，扬州“幸福表情”在新时代的春风里绽放。定格他们美丽的笑脸，带到大会上，来体现扬州居民的生活状态。这180张笑脸，不仅记录了文昌花园社区居民生活的巨大变迁，也是“幸福扬州”的真实写照。

“看，那是我们的郑主任！”“是的是的，我们都看到了。”……当直播的镜头扫到十八大代表郑翔所坐的那一排，在社区活动室集中收看的党员群众看到穿着深色衣服、戴着眼镜的郑翔，一下子兴奋起来。社区志愿者滕晓玲说：“郑主任带去了咱们老百姓的心声，也是我们文昌花园社区百姓的骄傲。”

如今，三本制作精美的十八大献礼作品《幸福美如花》长卷，一本开会时赠送给大会会务处保存，一本在社区映像文昌展示馆展示，还有一本赠送给扬州市档案馆永久收藏。居民冯桂英像中了大奖似的：“做梦都没想到，我的笑脸也会成为珍贵资料永存档案馆。”她是“笑脸图”中的一员，原来她住在泰州路，那里的老房子只有50平米，2007年因拆迁搬到文昌花园130平米的大房子。自从住入这个花园式的小区，心情变得越来越舒畅，整个人感觉神采奕奕。她说："现在感觉年轻了很多。"

郑翔笑着说："每一张笑脸的背后，都有一个故事。幸福生活离不开党的好政策，党的十八大召开后，大家的笑容会越来越灿烂。"

二

得知自己当选党的十九大代表时，郑翔依然非常激动和兴奋，骄傲和自豪的同时，也感到使命和责任的重大。这次她有经验了，也不需要记者提醒，开始着手准备礼物。她觉得十八大的献礼作品制作非常精美，有意义，但太重太大，不方便携带，这次要精致一点，不过不管最终以什么方式呈现，主题依然不变，以人为本，用社区居民的亲身感受和心声，来反映老百姓生活发生的巨大变化，展现扬州五年来社会快速发展的缩影。

依然是登门走访，组织社区大学生村官、党员代表和居民代表座谈，共同商议这一次带什么礼物去北京。大家非常积极踊跃，各抒己见，提出了很多想法，包括居民自制手工艺品展现扬州新貌，继续制作幸福笑脸相册等。多方讨论商议之后，郑翔决定这次"特殊礼物"的方式为"捎句话儿去北京"。

捎什么话儿去北京，郑翔认为自己是一个最基层的社区工作者，每天打交道的就是居民，这些话必须代表居民的心声，必须与居民的生活息息相关。讨论中大家决定以一个普通居民的视角，从老百姓关心的话题，如空气质量、百姓收入、医疗保障、食品安全、养老服务等方面着手收集整理发生在居民身边的变化，郑翔还结合十八大报告，提出了政治生态、干群关系、工作作风等几个话题。最后形成一致意见，选取最能反映居民心声的十九个变化，用诗的形式来表达扬州五年来城市面貌和社会生活的变迁。

社区的文友们又开始了他们紧张兴奋、字斟句酌的创作。83岁的刘存南是参与诗歌创作年龄最大的，他说：“对于每首诗歌的标题，郑翔费了很大心思，提出使用口语化，更贴近百姓更接地气，读起来也朗朗上口。比如空气更清新了、水源更纯净了、交通更畅达了、百姓口袋更鼓了等等，尤其这个‘更’字，展现了居民生活更上一层楼。”

王兆根曾参加过十八大礼物的制作，这是第二次参与制作“特殊礼物”。他说：“日思夜想，沉浸在创作中。一天夜里本来已经上床睡觉了，半夜醒来突然有了灵感，连忙披衣起床，创作了‘水源更纯净了’这首诗。”各自完成创作后，便将这些诗拿到一起讨论，一字一句推敲，互相提出一些更好的建议。他说他在“水源更纯净了”中间的第二句“润泽千秋松柏青”，原先创作的时候用的是“草木青”，讨论时有人提出来“草木”二字太柔了，可以改为“松柏”，这样更能体现出共产党员的风骨，他采纳了。

他们社区7个人创作了20多首诗歌，大家坐下来，一首一首地讨论筛选，最后确定了19首，19个“更”呼应着党的十九大。空气更清新了、水源更纯净了、菜篮子更丰富了、食品更绿色了、创业环境更优越了、百姓口袋更鼓了、养老服务更周全了、医疗卫生更有保障了、居住条件更舒适了、读书的人更多了、教育资源更均衡了、文化娱乐更精彩了、健身公园更亲民了、交通更通畅了、信息更快捷了、城市更雅致了、干部作风更扎实了、干群关系更近了、政治生态更清明了。

居民吴进荣创作的《菜篮子更丰富了》：农贸市场蔬品多，九珍叠案听鸡鹅。清晨购得篮中满，一路归来唱赞歌。

居民朱士举创作的《百姓口袋更鼓了》：快意人生故事长，如歌岁月好时光。相看钱袋年年鼓，万户千家富满堂。

居民孙成创作的《养老服务更周全了》：和谐社会谱新篇，幸福工程惠晚年。关注民生抓服务，舒心养老更周全。

居民刘存南创作的《居住条件更舒适了》：高楼林立设施全，多种功能幸福连。回忆茅棚多简陋，如今处处有甘泉。

居民唐存芳创作的《读书的人更多了》：居民爱读古华章，假日休闲挤满堂。城市书斋飘雅韵，晚间灯火竞辉煌。

居民蒋兴国创作的《城市更雅致了》：扬州本是秀娟城，湖上园林世有名。墨韵书声频入耳，繁花绿树听飞莺。

居民王兆根创作的《干群关系更近了》：倾听民意结知音，派对帮扶促脱贫。创业艰辛同致富，干群融洽暖人心。

…………

十九个变化整理归纳出来了，十九首诗歌创作修改好了。采用什么样的方式来呈现？大家又坐下来讨论，献礼党的十八大礼物，使用的是漆器工艺，这一次制作诗集使用哪种传统工艺体现扬州特色？再三商议后，郑翔觉得雕版印刷技艺是中国传统文化的瑰宝、世界非物质文化遗产，扬州是中国雕版印刷的发源地之一，保存了全套古老的雕版印刷工艺，其历史和文化价值得到广泛认可，使用雕版印刷工艺更能体现扬州特色。

在广陵区文化新闻出版局的推荐下，郑翔找到世界非遗雕版印刷的主体传承单位、全国最大的线装书生产基地扬州广陵古籍刻印社。刻印社相关负责人说，郑翔带着十九个变化的诗词手稿来咨询制作时，距离十九大开幕只有短短的十几天时间，要是一般的画册他们就不接这活了。时间紧任务重，只能出彩不能失败，他们商量后决定采用扬州雕版印刷现代创新表现形式呈现。封面采用红色底纹映衬着万福大桥，烟花绽放，烫金的党徽严肃而庄重，内页仿古宣纸上一面是篆刻，一面是诗作，字迹娟秀有力，中缝是“共筑中国梦，喜迎十九大”居民心语。

在十九大江苏代表团全体会议上，郑翔告诉大家，这本《我们眼中的十九个变化》的作者，是文昌花园社区的十几位居民，他们将发生在身边的十九个变化写成十九首“小诗”，作为十九大的心语，嘱托她带到北京、带进十九大的。“特殊礼物”引起大家的关注，引发代表们的共鸣，获得众多中央媒体的聚焦。代表们认为，这十九个变化，彰显的是执政理念的提升，见证的是惠民政策的升级，标注的是服务基层的深化，体现的是共建共享的合力。

十九大代表、全国人大常委会副委员长吉炳轩，看着这份充满

“扬州味道”写着百姓故事的礼物激动地“点赞”。“近年来民生大礼包确实越来越多、越来越厚实！”“老百姓说好，才是真的好！”时任江苏省委书记在分组讨论会上，对这份礼物给予高度肯定。他说，这十九个变化，实际上就是习总书记在报告里所讲的五年成绩在社区这个点上的具体体现，而且这十九个变化用了雕版印刷，也体现了扬州的文化和历史。

中央电视台新闻频道也关注了扬州“十九个变化”。郑翔接受采访时说：“这本书表达了基层群众对十九大的礼赞与期盼。扬州这些年的发展有目共睹，我们选择具有扬州特色的世界非物质文化遗产雕版印刷作为载体，用诗的语言表达发生在群众身边的十九个变化，反映扬州人民对幸福生活的满足和对未来美好生活的期待。”新华社记者在党的十九大召开的当晚，电话采访了两次参与策划、创作的王兆根，让他兴奋了好几天。

2017年10月20日的《人民日报》在头版“今日谈”栏目，以《聆听新时代的声音》为题，点赞这份来自扬州的“特别礼物”，认为19首诗歌“每首写身边一个变化，正是新时代来自基层的声音”。文章说：“19首诗歌，构成国家蓬勃发展的剪影。在960多万平方公里的广阔土地上，更多风景正在铺展，更多变化正在发生。”“每个人都在十九大报告中找到属于自己的获得感，也都在其中展望着新生活。”

三

得知自己当选党的二十大代表时，郑翔兴奋得无法言语，心中的激动如潮水般翻涌，欢快的情绪像鼓面上跳跃的音符，感染着身边每一个人。自己一个最基层再普通不过的社区主任，能连续三届当选，这是何等荣耀、何等自豪、何等骄傲的人生！激动之余，她觉得责任更大了，她不能辜负扬州30万党员、460万百姓对她的信任和支持，她一定要不辱使命，更好地履行党代表的职责。

这次带到大会上的“特殊礼物”，主题依然不变。但如何超越前两次？更有特色，更有历史和文化内涵，更能概括老百姓的心声，更能体现老百姓满满的幸福感。她陷入深深的沉思，找来记者商量，记者说：“最近这两年大运河文化比较流行，从运河文化入手？”这运河文化又该怎么体现呢？两个人商量来商量去，谈到2020年11月，习近平总书记在扬州视察时，称赞“扬州是个好地方”，郑翔脑子一个激灵，能不能围绕“扬州的好”做文章？扬州的好好在哪些方面？好在老百姓的衣食住行，能提炼出20个“好”吗？

有了思路，她开始思考，好在住房的宽敞，好在收入的增加，好在就医的方便，好在交通的便捷，好在环境的变化，好在就业渠道的增加……怎么更简洁？好房、好医、好行、好风景……好像不太恰当，“好”的同义词有哪些？打开手机百度搜索，从众多的同义词中挑选出一个“宜”字，这个字更恰当，既有称赞的意思，也有合适，适合于的意思，还有表示永无止境不断提升的寓意，就用这个“宜”

字。那段时间她脑子里想的都是这20个“宜”，她先把大的类别写出来，再一个个仔细推敲，社区一帮人议论的也是这20个“宜”。

2022年10月18日《扬州日报》发表了记者采写的一篇文章，《一本线装小册子写满“百姓心语”》，其中的一段文字记录了她收集整理20个“宜”时，老百姓那满满的幸福感：

> 赴京参加党的二十大前夕，郑翔以登门入户、集中座谈等形式，采集“百姓心语”，她要把这幅幸福图景带到盛会上。大家你一言我一语，举例子、讲故事，虽然口音不同、声调不一，表达的却是同一层含义：“扬州是个好地方，是一座‘近悦远来’的魅力之城，一个‘宜’字最能诠释‘好地方’扬州‘好’在哪里、群众的幸福指数高在哪里。”
>
> “我先来说一个：宜居。”居民茅炜说，扬州自2011年创成全国文明城市以来，已成功实现全国文明城市“四连冠”。文明扬州，像一枚鲜亮闪耀的勋章，挂在千年古城的“胸前”。
>
> “2006年，扬州获得联合国人居奖。”茅炜说，“用‘宜居’诠释‘好地方’扬州，名副其实。”
>
> “就连国外的朋友都知道，扬州是个旅游城市。所以，‘宜游’必须名列其中。”居民张学海语气坚定地说，扬州是世界运河之都、世界美食之都、东亚文化之都，深厚的文化底蕴、优美的自然环境，吸引着国内外宾朋纷至沓来，是

一座让人来了就不想走的城市。

对于居民李树香来说，这个“宜”字是“宜业”。她说，2008年，文昌花园社区刚成立不久，辖区里包括她在内的失业人员较多，为了解决百姓“就业难”，社区创建了“家门口饭碗”服务社，14年来先后带领500多名困难居民再就业。

“就业是民生之本，党和政府帮我们找到了金饭碗，沉得很、摔不破。”李树香说。

“退休后，我爱读书看报、逛公园，老有所乐。对于我来说，扬州是一座‘宜乐’的城市。”滕晓玲老人说，“过去五年，扬州新建（提升）各类公园306个，从2015年建设第一家城市书房，到现在共建成60家，家门口就能休闲健身、免费借阅，咱们的晚年生活别样精彩。”

上了年纪，身体毛病多，但在八旬老人徐俊达看来，老人就医不再难，他认为扬州是一座“宜医”的城市。“相比以前，如今就医很方便，除了苏北医院、扬州大学附属医院等三甲医院，还有卫生服务中心、卫生服务站等，扬州构建起了‘15分钟医疗圈’，家门口就能看医生，跑腿距离越来越近，老年人健康有了保障。”徐俊达说。

…………

宜治、宜安、宜商、宜业、宜裕、宜赏、宜智、宜承、宜居、宜品、宜行、宜养、宜医、宜健、宜阅、宜教、宜游、宜购、宜乐、宜梦，涉及教育、就业、收入、社保、医疗、住房、环境……不知不觉，居民们“凑”齐了20个“宜”，覆盖了人民群众最关心的领域，描绘出“好地方”的现实模样。

20个“宜”初稿出来后，郑翔又请区委宣传部帮忙，请全区范围内擅长诗词的爱好者配诗，每一个宜，配了一首诗。诗词爱好者们围绕主题，通过细腻的描绘将情感、景象、意蕴等元素有机结合，创作出充满诗情画意的诗歌。

宜治：市井祥和入画图，民安法治尽欢愉。居闲淮左夜游客，水泛龙舟唱鹧鸪。

宜商：园林古韵满长街，百业新风尽入怀。贾客腰缠千万贯，营商美誉列头牌。

宜裕：春风自古眷扬州，稻菽清香绕碧流。户户驱车途便捷，葱葱嘉木傍高楼。

宜承：一纸千图凭剪出，十分意象入清眸。隋唐彩胜扬州味，化作非遗韵自流。

宜居：绿杨城郭似桃源，环境清幽众鸟喧。小巷纵横寻觅过，早霞升起绕窗轩。

…………

郑翔告诉我，每一个环节参与的人都很认真，都想让这份“特殊的礼物”更完美。20个“宜”初稿里最后一个“宜”是“宜愿”，他们创作诗词的人反复推敲，认为可以改为“宜梦”，愿望是对未来的想象和期待，而梦想既可以是过去五年的梦想，在党的领导下实现了，也可以是面对未来的期许，还可寓意将每个人的人生梦想与中国梦融为一体，同频共振。大家一致赞成这个“梦”改得好。

如何把20个“宜”包装起来，带上盛会？有的建议以线装书为载体，融合雕版印刷、扬州剪纸等非遗工艺；有的认为雕版印刷和扬州剪纸以前两次用过了，这次不一定用；有的觉得扬州自古书画有名，何不以诗、书、画加以展现，更加符合扬州的颜值和气质；有的认为线装书好是好，但要一本本、一页页地写和画，太费时间和精力；有的认为这件“特殊的礼物”非常有意义，为它花时间和精力值得……众说纷纭，大家一起出谋划策。最后决定以线装书为载体，邀请扬州有名的画家、书法家、篆刻大师一起完成，一首诗、一幅画、一个印章，加书法的形式予以展现，把诗、书、画、印融为一体，每一本都是“手写体”“手绘体”，体现扬州最文化的组合。

很快，一本本纯手工打造，耗时两个月，汇聚了郑翔及30多名文化学者、百姓群众的心血和心语的线装书《宜见扬州好地方》装帧成册，书的扉页以雕版印刷的工艺“印”上了一枚党徽，代表“永远跟党走”的决心；最后一页以扬州的剪纸工艺展现了20个“宜”，中间一个大大的“宜”字，被居、医、游等20个字包围。献礼十八大、十九大的礼物都可以再加印，而二十大的每一本都是孤本，每一本都值得珍藏。

在二十大江苏代表团全体会议上，郑翔告诉大家，线装书《宜见扬州好地方》，是社区居民你一言我一语总结的20个“宜”，以此表达百姓心中的社区好、城市好、国家好、共产党好，全方位诠释了“好地方”扬州“好”在哪里、群众的幸福指数“高”在哪里。同样引起大家的关注，引发代表们的共鸣，获得众多中央媒体的聚焦。

大会期间，中央电视台《新闻联播》以《成就举世瞩目，蓝图催人奋进——二十大代表继续分组讨论二十大报告》为题进行报道，郑翔接受了采访。2022年10月20日出版的《人民政协报》头版头条以《美好生活新图景，正徐徐展开……》为题，邀请党的二十大代表畅谈增进民生福祉提高人民生活品质。文章在《百姓说好》篇章描述了郑翔他们牵头召开了10余场党员群众征求意见座谈会，面对面了解群众所思所想所盼，确保将最真实、最鲜活的群众心声带到党的二十大。

文中称赞这20个“宜”字，充分展示了扬州这个“好地方”党群一心、携手共创美好未来的现实模样，用他们最接地气的语言表达扬州人民一心向党爱党爱国爱家乡的真挚情感。郑翔说，这20个“宜”字，勾勒出“党旗飘扬在一线”的使命担当。

社区自成立以来，每年新年都印制新台历赠送给居民。2023年元旦，社区将20个“宜”制作成台历，封面是喜庆的红色，右边竖排写着“宜见扬州好地方”，与线装书的封面一致。第一页正面是一幅20个“宜”字扬州剪纸；背面是20枚传统的篆刻印章，每个月份都有一幅美图，展示着幸福扬州的20个“宜”。社区民间收藏家张玉顺说：“社区的这本2023年台历，非常珍贵，我要把它收藏起来。”“线装书《宜见扬州好地方》，写满了扬州百姓的‘心语’，其中的‘宜医’是我提出来的。”八旬老人徐俊达说，社区送给他一本《宜见扬州好地方》新台历，每天看一看，自豪感、幸福感油然而生，值得珍藏。

如今，在社区映像文昌展示馆，他们把20个“宜”的剪纸制作成直径约90公分的红色浮雕，安放在玻璃柜子里，每一个进馆参观的人都能感受到那红红的喜庆和浓浓的幸福。

党的十八大召开时，郑翔带着“180张扬州百姓笑脸”参加；党的十九大召开时，她带着“群众身边发生的19个变化”参加；党的二十大召开时，她带着“宜见扬州好地方”的20个“宜”参加，这三份“特殊的礼物”，都来自最基层的“百姓心语”，虽然形式、内容不尽相同，但里面装着的都是满满的百姓“幸福感”。也见证了郑翔主任在社区工作中“老百姓说好才是真的好”的发展思想和价值追求。正如她在工作笔记首页写下的“柴米油盐、吃喝拉撒，群众的小事就是我们的大事，能被群众需要就是我们的本事。做社区工作，最重要的是解决群众的操心事、烦心事、揪心事”。这是一名党员的初心使命，更是一位社区当家人的工作目标。

郑翔说：“回望20年，我们也在不断总结经验，基层治理说白了就是：进家门，更要进心门；有保障，更要有质量；带头干，更要一起干；守正为基，创新为要。”20年来，她带领社区一班人在实践中探索，在探索中积累经验，在经验中提升，在提升中不断突破自我，推出20多项首创之举，摸索出一套党建引领城市社区治理的“五好工作法”：党旗引领“好方向”、深耕织密“好组织”、培育治理“好队伍”、提供门口“好服务”和共治共享“好邻里”，让“好地方”的老百姓获得感和幸福感不断攀升。